密書

島津の退き口異聞

黒木 比呂史
Kuroki Hiroshi

郁朋社

密書

島津の退き口異聞

一

薄暗いお堂の中で、初秋のすきま風に肌寒さを覚えて、おえんは目覚めた。隣には逞《たくま》しい身体つきの若い男が、健やかな寝息を立てている。なぜ、こんな畏れ多い場所で、この若者に身を任せてしまったのか。淫らな質《たち》ではないつもりだし、夢を叶えるまでは孤閨を守ると心に誓っていたのに、こんな体《てい》たらくでは、この先のし上がれはしないと、おえんは自戒の溜息を漏らした。

おえんは浅草寺《せんそうじ》境内にある水茶屋「藤屋」の茶汲み女である。近隣には百近くの水茶屋が軒を連ねており、それぞれに器量良しの娘を雇い入れている。漉茶《こしちゃ》一杯が六文とやや高めながら、そうした看板娘目当ての男どもが詰め掛けて賑わっている。その中でも別して繁盛しているのが「藤屋」で、それはおえんの美しさが際立っているからであった。

それだけに、おえんに言い寄る男は引きも切らない。けれどもおえんには、せっかく持って生まれた美貌を、安売りする気はなかった。だからといって、金満家にぶら下がって、一生楽をしようと目論んでいるわけでもない。ましてや、たといお大尽であっても囲い者なんて真っ平だった。おえんが狙っているのは、商家の跡取り息子である。できれば総領の甚六のような盆暗《ぼんくら》をたらし込みたい。誂《あつら》え向きの手合いが見つからないようなら、年寄りの後妻でも構わないから、商家の内儀《ないぎ》に収まり、商いを取り仕切るのが、おえんの大望である。自分には商いの才覚が備わっている、との自負もあった。

客の中に狙い目の男はいないか、品定めする間、よからぬ噂が立たないように、おえんは操を守り通してきた。いくつかの水茶屋では、春をひさぐ女を置いており、おえんも店主からそれとなく打診されたが、きっぱり突っ撥ねた。

それなのに、どういう心の迷いだったのか、この若者の誘いに首を縦に振ってしまった。癪に障るのは、若者がおえんの合意を、微塵も疑っていなかったことである。それはまだ百歩譲って許せるが、不忍池あたりの出合茶屋にでも、しけこむものと思いきや、浅草寺にほど近い神社の裏手で口を吸われ、そのまま奥のお堂に連れ込まれた。若者は「ここは取って置きの場所なのだ」と勝手知ったるふうで、中にあった布を敷布団代わりにして、おえんを横たえ、いそいそと帯を解き始めた。おえんは布を取り払われた後に、見慣れない道具が置かれているのに気づき、慌てて身を起こした。

「ちょっと待ってよ。これは神聖な儀式の道具を覆う布じゃないの。罰が当たるわ」

「心配ない。おれは、いくつもの寺社のお堂に、馴染みがあるが、罰が当たった試しがない。これくらいで災厄をもたらすようでは、その神仏は修行が足りぬと謗《そし》られよう」

若者は堂々と言い放ち、おえんの身体を引き寄せた。馴染みがあるということは、常日ごろから、寺社のお堂に女を引っ張り込んでいるらしい。とんでもない奴に引っ掛かったものである。

とはいえ、久々の若い肌に気を昂らせ、堪能してしまったのだから、おえんも同罪である。もはや、ぶつくさ言える筋合いではない。先ほどの痴態を思い返し、そんなふうに自分を乱れさせた若者が小憎らしくなり、おえんは若者の頬をつねった。目を覚ました若者は、再びおえんの乳房に手を伸ばしてくる。その手をそっと押し退けて、おえんが尋ねた。

「ねぇ、いまさらだけど、お名前を伺ってもいいかしら」

「これはうっかりしておった。おれの名は上水流《かみづる》倫三郎《りんさぶろう》。彦根藩士だ」

「彦根藩かぁ。あたしは聞いたことがないけど……」

「いちおう、幕府の重鎮である井伊さまが当主の藩だ」

「ふうん。歴《れっき》としたお武家さまが、こんな女遊びに惚《ほう》けていていいのかしら」

自分もその女の一人であることは棚に上げて、おえんが詰《なじ》った。

「父からは毎日のように、武士たるものの心構えとか、武士の散り際、武士の一分などと、講釈を垂れられて、うんざりしておる。武士とは厄介な生き物だと、嫌気が差すばかりだ」

「堅苦しい教えに飽いて、女道楽に走ったわけね」

「そのまま長患いをしておる。色の病は治らぬものらしいな。父には『名付けた倫の字が泣く』と嘆かれ、同輩たちからは『生まれながらの女誑《たら》し』とやっかまれている。しかし、そこまで悪し様に罵られるほどの過《あやま》ちでもあるまい、おれが手を染めているのは、飲む、打つ、買うの最後のみだ。いや、買ってすらもいない。ただただ女にだらしがないだけだ」

何の自慢にもならない台詞《せりふ》を、倫三郎がくだくだと連ねる。おえんは思わず吹き出した。

近ごろは倫三郎のような若い武士が少なくないと、おえんは感じていた。徳川の治世が幕を開けて百三十年。泰平の世といえば聞こえはいいが、戦への現実感が失われ、剣の稽古に身が入らない。学問を習得しても、それが何の足しになるのか、判然としない。己は何を成すべきなのか、人生に明確な展望を見出せないまま、太平楽に過ごす若い武士が増えているのである。口の悪い古老連中からは、この世代特有の気質を「泰平惚《ぼ》け」と揶揄されていた。だから、おえんは武士に見初《みそ》められたとしても、断固断るつもりだった。何も起こらぬ世は、武士の心を堕落させる。そんな武士と連れ添っても、胸のときめきは得られないからである。

「おれは三男坊だから、跡目を継ぐことはないはずだった。気楽な身分に甘んじて、放蕩三昧に生きるつもりでいたのだが、どうやらそうもいかぬ身の上になりつつある」

倫三郎が寂しげな顔になった。何が起こったのか、おえんは問うた。

「おえんは『島津の退き口』を知っておるか」

「ううん、何なの、それ」

「おれも、先日まで聞いたことがなかったのだが……。関ケ原合戦ぐらいは耳にしたことがあるよな」

「あたしのような町場の娘が、合戦なんて知るわけがないわ」

「そういうものか。関ケ原合戦とは、徳川家康公が石田三成を倒した戦《いくさ》だ。それによって、家康公は武家の頂《いただき》に立ち、幕府を開かれた」

「家康さまなら知っているわ。偉い将軍さまよね」

おえんがこんな調子なので、倫三郎は話の接穂《つぎほ》がないようだった。不興を買ったかもしれないが、別に構わない。武家の歴史話なんて退屈でしかないし、何の役にも立たない。

「さてと。友と約束があり、その刻限が迫っておる。名残惜しいが、そろそろ退散することにしよう」

倫三郎に急《せ》き立てられ、おえんは手早く身繕いをすませて、お堂を出た。

二

上水流倫三郎は、おえんに告げた通り、彦根藩士であり、先月二十歳《はたち》になった。五尺八寸ほどの長身で、彫りの深い顔立ちをしている。眉は太く、澄んだ眼差しである。しかし、端正な造作とは裏腹に、面構えにどこか気合の抜けたところがあり、振る舞いも飄々としている。それでも美丈夫に間違いはなく、物事に無頓着な身ごなしが、かえって女心をくすぐるのか、彦根藩上屋敷の奥で働く女中たちや、屋敷周辺の町娘たちから、熱い視線を浴びている。自ずとごく若いうちから、色の経験を重ねてきた。もっとも、性に奔放な世であり、それほど特別な粗相でもなかった。倫三郎自身も「あっさり応じる女のほうにも責任があろう」と、非難の声に、あっけらかんとしていた。

上水流家は代々、大納戸役を勤める家柄である。ただし、藩主の参勤交代に従って、江戸に短期間滞在する勤番武士ではない。江戸定府《じょうふ》を命じられ、江戸屋敷で購入した衣服や調度品などの出納を、専らの勤めとしてきた。役頭でもない一介の大納戸役の江戸定府は、異例であり、そこに上水流家の秘密があった。

倫三郎はその名の通り、父・勘平の三男として生を受けた。養子の口が掛からなければ、部屋住みの荷厄介者になる境遇だったが、四カ月前に長兄の勘太郎が食あたりで急死してしまった。勘太郎は大納戸役頭の三女との祝言が決まり、家族ともども喜んでいた矢先だった。同じものを食べていた他の者には、何ら変調が表れなかったため、目付に詮議もされたが、毒を盛られた証拠は上がらず、有耶無耶《うやむや》になった。続けて二カ月前には、次兄の慎次郎が突として消息を絶った。行方は杳《よう》として知れない。母親のりつは、倫三郎が四歳の折に、労咳で西方へ旅立った。勘平は後添えを望まなかったので、他に兄弟はいない。必然的に倫三郎が急遽、上水流家の跡取りになったのである。

出来のよかった息子二人を逆縁で失い、落胆した勘平は、患った風病が重り、床に臥せっている。死期を悟ったのか、連日、倫三郎を呼び寄せ、遺言めいたことを伝えていた。

「倫三郎、頼むぞ。上水流家をしっかり守ってくれ」

「しかし、わたくしが出納を受け持つのは、どう考えても無謀なのでは……」

倫三郎は不安を隠せない。勘平は息子たちを一廉《ひとかど》の武士に育てるべく、丹精を込めて指導してきた。けれども、倫三郎は優秀な二人の兄に似ず、読み書き算盤が不得手だった。

「むろん、大納戸役なら、せめて算盤くらいは、人並みでなければ話にならぬ。だが、案ずることはない。後日くわしく話して聞かせるが、我が上水流家には、秘密の使命があるから、潰すわけにはいかぬ。藩のほうで、おまえにふさわしい役目を、捻《ひね》り出してくれるはずだ」

勘平の予測通り、数日後、倫三郎に馬廻《うままわり》組推挙の沙汰があった。馬廻とは戦国の世ならば、大将の馬の廻りに付き添う親衛隊のことである。往時は身分に拘《こだわ》らず、腕の立つ者が登用された。いまは藩屋敷の守衛や、登城する藩主の警護が、主な役目である。泰平の世に、大道で武家の行列を襲う不届き者が出現するなど、現実味はなく、近ごろは手練《てだれ》揃いではなくなっている。とはいえ、馬廻が番方の花形であることに変わりはなく、これまでは家中の門閥の嗣子で占められてきた。役方の大納戸役の、しかも平士の家から抜擢されるのは、極めて異例であった。

「こんな無茶な人事を押し込むとは、藩には、上水流家を断絶させるわけにいかない、相当な内情がありそうだ」

倫三郎は改めて、上水流家に課せられた、秘密の使命の中身が気に掛かった。

もっとも実のところ、倫三郎が馬廻組に名を連ねることに、異を唱える者はいなかったのである。藩の道場の師範が「自ら攻め掛かる気魄は欠けているが、一本を取られた試しがない。あの受け太刀は、殿を守る際の武器になる」と、請け負ってくれたからである。馬廻組の現役連中も、正直を言えば剣に自尊はなく、「いざ」というときのために、師範が太鼓判を捺《お》した倫三郎が加わることを、歓迎しているふうであった。ただし、その「いざ」なるときが、真に差し迫ったものだったわけではない。後の藩主・直弼《なおすけ》が襲われることになろうとは、まだ誰しもが考え及びもつかない、天下泰平の世であった。

馬廻組に推挙されたと、倫三郎が報告すると、勘平はほっとしたようだった。

「そうか。馬廻組か。おまえに適した役目だな。安心した。では、上水流家の秘事を明かそう。我が上水流家の出自が、薩摩であることは知っておるな」

「むろんです」

遠く薩摩の家柄でありながら、いかなる経緯《いきさつ》によって、井伊家に仕えているのか。倫三郎にとって、大きな謎であった。

「我々には、薩摩出身の当家にしか、果たし得ない使命が課されている」

「その使命を、わたくしが受け継げばよろしいのですな」

重々しい勘平の話しぶりに、倫三郎は戸惑いを覚えながら、問い掛けた。

「して、いかなる使命なのですか」

「それを話す前に、確かめておきたい。おまえは、関ケ原合戦における『島津の退き口』について、どれくらい知っておるのだ」

「何と申されましたか」

島津の退き口なんて、聞いたこともない。

「そんな素っ頓狂なことでは、話にならぬ。明日の晩までに、しっかり学んでから、出直してこい」

倫三郎がすごすごと、自室に下がろうとすると、勘平が一言投げてきた。

「学び直すのは、関ケ原を退くところまでにせよ。その先まで、一夜漬けで学ぼうとすれば、おまえは家出するしかない」

意味が分からないが、倫三郎は問い直すことはできなかった。疲れを見せた勘平が、瞼を閉じたからである。

自室に戻った倫三郎は、島津の退き口をどうやって調べればいいのか、頭を悩ませた。文書を読むと、途端に頭が痛くなる癖があるし、そもそも、どの文書に当たればいいのか、見当も付かない。

「そうだ。あいつに頼めばいい」

頭に浮かんだのが、西郷広円である。西郷家は代々、藩の重職を担う上士の家柄で、広円の父・広之進も御城使役《ごじょうしやく》を勤めており、その役柄から江戸屋敷詰である。身分は大差だが、上水流家も江戸定府のため、西郷家の嫡男で倫三郎と同い年の広円は、前髪のころからの友であった。広円も倫三郎と同様に、幼いころに母を亡くしており、その似た境遇が二人の仲を近くした面もある。

広円は泰平惚けと称される若者たちの中で、異彩を放つ人物だった。まだ彦根藩に藩校は開設されていない時代であるが、独学で漢籍、法令、歴史に通暁し、俊才として一目置かれている。元服して間もなく近習組に出仕したが、この厚遇人事に「親の七光」という揶揄の声は一切上がらなかった。広円がそれだけ藩の未来を担う逸材と、嘱望されていることが分かる。近習としての仕えぶりも、藩主の覚えめでたいとのことで、いずれは父親の跡を襲って、御城使役に就くというのが、衆目の一致するところである。

ただし、神は二物を与えるのを惜しんだ。広円の面相風体は残念の一言であった。馬面のうえに、苦虫を噛み潰したような渋面で、目はまどろんでいるのかと、見紛うばかりに細い。目と鼻、口の配置も、何らかの不手際としか考えようがない。そのため、若い娘たちからは、天から相手にされない。前途有望な広円に目を付けた親が、我が娘に広円との縁組を持ち掛けると、悲鳴を上げて寝込むとの蜚語《ひご》も飛んでいる。もっとも広円当人は、女からの評判など意に介していない。「女は学びの妨げになる」と嘯《うそぶ》き、色事とは無縁を貫いている。倫三郎とは真逆の男だが、妙に馬が合い、腹を割って話ができる仲だった。

倫三郎はさっそく、半町ほど離れた西郷家の屋敷を訪れた。生憎と広円は不在で、暮れ六ツにならないと帰らないと、中間に告げられた。それまでの時を潰すために向かったのが、おえんのいる水茶屋だったのである。大事を目の前にして、女のもとに走ってしまう。我ながら能天気なものだと、倫三郎は頭を掻いた。

三

おえんとの逢瀬を楽しんだ後、暮れ六ツを待って、倫三郎は西郷家の屋敷を再訪した。広円はやたらに文字の多い書物を開いている。

「お父上が、病に臥せっておられるそうだな」

広円が気遣わしげに、倫三郎を出迎えた。

「もう長くはないかもしれぬ」

「そうか。これから後、穏やかな日々を送れるように、看病に励んでくれよ」

「そのつもりだ。今宵、おまえを訪ねたのも、父の心を安楽にするためだ」

「どういうことだ」

「父から遺言を授かることになったのだが、その真意を理解するには、島津の退き口なるものを、知っておかなければならないそうなのだ。広円なら指南してくれるだろうと、足を運んだわけだ」

「島津の退き口なら、よく知っておる。薩摩隼人のおまえが知らぬほうが、けしからん話なのだ」

広円が叱り付ける。そういうものかと自省しつつ、倫三郎はふと不審を覚えた。

「おれの出自が薩摩だと、なぜ分かった。話したことがあったか」

倫三郎にその記憶はなかった。単に忘れてしまったのだろうから、問い詰めようともしていなかったが、広円は妙にまごついてから、開き直った。

「直に聞いたわけではないかもしれぬが、水流、上水流、下水流が、薩摩特有の名字なのは常識だ」

「おまえの常識は、田舎の名字にまで及んでいるのか。そんなものを覚えても、何の役にも立つまいに……」

「どの口がほざいた。いまのは、役に立つことをたくさん知っている賢者の台詞だぞ」

痛烈な皮肉で返された。

「そもそも、役に立つと立たぬの境目は、曖昧なものなのだ。人によっても異なる。どの水茶屋にどんな茶汲み女がいるか、おまえなら役立てられる知が、おれにとっては価値が低い。だが、そんな俗事でも、知らぬよりは知るほうが勝る。いかにも役に立ちそうにないことを拾い集めていくうちに、世の道理や人の世の妙味を悟ることもある」

広円の語り口が説法めいてきた。このままだと、抹香臭い説教か、禅問答になる。切り上げ時である。倫三郎は急ぎ話を移した。

「とにかく島津の退き口とは、いかなるものなのか。おれが呑み込めるように講じてくれ」

「お安い御用だが、どこから口火を切ればよいかな。倫三郎は関ケ原合戦について、いかほど知っているのだ」

「徳川家康公の東軍が、石田三成の西軍を下して、天下を獲られた」

「大雑把だな。それでもうお手上げなのか」

「枝葉は一切合切忘れた」

倫三郎がぬけぬけと言った。広円が頭を抱えた。

「関ケ原合戦の発端から、おさらいする必要があるのか。これは長くなるな」

広円が文机から、数枚の紙と筆を取り出した。

「要点を書き付けておけ。それを怠けると、頭がこんがらがるぞ」

そう注意してから、広円が講釈師さながらに、見てきたかのように、滔々《とうとう》と語り始めた。

「豊臣秀吉公の晩年から、石田三成らの文治派と、福島正則さま、加藤清正さまなどの武功派が反目し、修復は不可能になっていた。武功派は朝鮮に派兵された武将が中心だ。自分たちが命懸けで戦っているのに、文治派は国内でのうのうと過ごし、出世の階《きざはし》を駆け上っていく。秀吉公に擦り寄って依怙贔屓されていると、武功派がひがんだのも頷ける」

「武でのし上がろうとする荒くれ者と、知で政《まつりごと》を司ろうとする知恵者か。犬と猿のようなものだな」

「秀吉公が死去すると、両派の対立はさらに激化し、抜き差しならない事態に陥った。武功派は、三成こそが豊臣家に仇を成す人物、と見なしていた。それには大きくふたつの根拠があった。ひとつは、三元関白の豊臣秀次を切腹に追い込み、三条河原で妻妾や子どもたちまで皆殺しにしたのは、三成が謀り、老いた秀吉公を誘導したと信じていたことだ。もうひとつは、秀吉公の弟の秀長さまが亡くなった後、跡継ぎとなった秀保《ひでやす》さまは、吉野川上流の上西川を散策していた折、小姓に飛び付かれて、滝壺に落ちて溺死した。大和豊臣家はそのまま断絶した。何とも奇怪な事件だが、武功派はこの小姓も、三成が送り込んだ間者ではないかと疑っていた」

「関ケ原合戦で、秀吉公子飼いの武将が、数多く家康公に味方したことは、おれでも知っておる。不可思議に感じていたが、武功派にとっては、三成は豊臣家の敵だったわけか」

もろもろが胸にストンと落ちる。やはり広円の頭脳は凄いと、倫三郎は思った。

「文治派と武功派は、関ケ原でいずれもが豊臣家のために戦った。同床異夢と言ってもよい。というより、取るに足らない身内の喧嘩を、のっぴきならない大戦《おおいくさ》に育て上げたのが、家康公だったわけだ」

「どういうことだ」

「家康公は手を尽くして、三成を西軍の頭領に仕立て上げたのよ」

広円が、髭の剃り残しが目立つ顎を摩りながら。策士の顔立ちになっている。

「慶長《けいちょう》四年（一五九九年）三月三日、文治派の拠り所であった前田利家公が病没された。その翌日、武功派の七将が三成襲撃を企てた。利家公の臨終を見届けるために、前田家の大坂屋敷に詰めていた三成を、その帰途に襲おうとしたのだ。常陸領主の佐竹義宣《よしのぶ》さまから、その不穏な動きを密かに伝えられた三成は、深夜に目眩ましの女駕籠で脱出し、危うく難を逃れた。直後は岡山城主の宇喜多秀家の中之島屋敷に隠れていたが、そこにも追跡の手が迫った。そこで三成が頼ったのが家康公だ」

「空耳か、それとも三成が乱心したのか。縋る藁を取り違えておろう」

倫三郎が虚頓《きよとん》とした顔になった。

「捨て身の賭けだな。しかし、迷い込んだ窮鳥を、勿怪《もつけ》の幸いと抹殺するようでは、それから先、武士の世界で求心力を保てない。家康公は匿うはずと、三成は算段したのだろう」

広円が三成の心中を慮《おもんぱか》った。

「はたして家康公は、三成を保護した。七将から引き渡しを迫られたが、利家公が亡くなって喪に服すべきときに、いたずらに事を荒立てるものではないと、窘《たしな》められた」

「三成には、何の咎めもなかったのか」

「いや、世情を乱した責を負って、蟄居するようにと、家康公に説かれ、三成もこれを受諾した。三成が佐和山城に引き上げる際には、七将の襲撃から守るために、家康公の下命で、結城《ゆうき》秀康《ひでやす》さまと堀《ほり》尾吉晴《およしはる》さまが警護についた」

「そこまで手厚く保護されたのか。茶番ではないか」

倫三郎が首を捻った。

「家康公にとっては、三成を殺させるわけにはいかなかった。まだ生かしておく価値があったのよ」

「宿敵を生かしておく価値とは、どういうことだ」

「分からぬか。敵がいなければ天下は獲れぬ、ということよ」

広円が澄まし顔で言った。

「しかし、三成を蟄居させてしまったのでは、天下を争う敵に育たないではないか」

「当面はそういうことになる。実際、三成の失脚によって、豊臣政権の切り盛りは、家康公が専横するようになった。もちろん、家康公はその程度の地位に、甘んじてはおられなかった。名実ともに天下人となるために、三成を再び担ぎ出そうと画策された」

広円の声が熱を帯びた。

「慶長五年（一六〇〇年）二月、越後領主の堀秀治《ほりひではる》さまから、上杉景勝《かげかつ》さまに謀叛の兆しあり、との密告が寄せられた。家康公はこれを好機と捉えられた。家康公はまず、景勝さまに釈明のための上洛を求められた。けれども、上杉家の執政・直江《なおえ》兼続《かねつぐ》さまは、返書で上洛を断固拒否した」

「なぜだ。家康公の怒りを買うのは明白であったろうに……」

「上杉家は会津に転封されたばかりで、旧主に馴染んだ領民の懐柔や、屋敷割り、街割りに忙殺されていた。それに、兼続さまには、上杉と徳川は同格の五大老であり、家康公に対して、卑屈になる謂《い》われはないとの気骨もあったのだろう。三成と兼続さまは肝胆相照らす仲で、このとき同盟を結んでいたとの説もある。上杉家が抗《あらが》う姿勢を示せば、家康公は会津征伐の神輿を上げる。家康公が上方を留守にした隙《すき》に、三成が兵を挙げ、挟み打ちにする計略があったとされる。だが逆に、三成と兼続さまにそうさせることこそが、家康公の深謀だった。家康公は、兼続さまの返書が、無礼千万であると、憤懣やるかたない態度を装い、あえて会津征伐に向かった。しかし、大軍を率いておられたのに、直ちに力攻めされることはなく、三成が挙兵するまで、じっと待機されていた。己に抗する者を残らずおびき出し、一挙に叩き潰す心算だったのだろう。家康公の目論見通り、三成は豊臣恩顧の武将たちに声を掛け、西軍が決起した」

「七面倒くさい段取りを踏まれたものだ。家康公はそうまでして、天下人になりたかったのか」

倫三郎にはいまひとつ、釈然としなかった。

「何を言いたい」

広円が首を傾げる。

「天下人になれば、日々の政で気苦労も多かろうし、好き勝手もできまい。不自由極まりない。おれなら三顧の礼を尽くされても断るな」

「心配は無用だ。おまえに天下人の鉢が回ってくるようでは、もうその国は滅びたほうが幸せだ」

「何よりだ。ならば、心置きなく、これからも女漁《あさ》りに邁進しよう」

「おまえの人生の物差しは、女の他にないのか」

「好みの女を抱く。それに勝る至福はなかろう」

「薄っぺらい奴だ。しかしな。天下人に昇れば、好きな女を選《よ》り取り見取りで、側室に迎えられるのだぞ」

言い負かしたつもりだろう。広円が鼻を高くした。だが、倫三郎も負けてはいない。

「天下人にならずとも、おれは狙った女に、袖にされたことはないぞ」

「もうたくさんだ。おまえと付き合っていると、いつも女に話が逸れてしまう。今日の題目は、そういったことではないのだろう」

「おっと、そうであった。どこまで聞いたかな」

倫三郎は慌てて書付を確かめたが、要点のまとめ方が拙《つたな》く、自分で記したのに、さっぱり要領を得ない。

「家康公が上杉家の振る舞いに、息巻いたふりをして、あえて会津征伐に向かい、三成の挙兵を誘い、三成はそれにまんまと乗っかった。そこまで話した」

広円が気の毒そうな顔で、助け船を出す。

「うんうん。そうであった。ありがたいのは学のある友だな。それで、島津家はその間、どうしていたのだ。会津征伐に参陣していたのか」

倫三郎にとって、最も注目すべきは、やはり島津家の動静である。

「当時、上方には、島津家当主・義久さまの弟の義弘さまがおられた。家康公は会津征伐の前に、義弘さまと会い、出陣した後の伏見城の守りを要請している」

「義弘さまに断られたわけだな」

「いや、西軍が挙兵したとき、義弘さまは伏見城に入って、助勢しようとされた」

「ちょっと待て。奇怪《おか》しいぞ。それでは島津は、徳川方になるではないか。関ケ原合戦では、島津は西軍として戦ったはずだ」

広円としたことが、とんだ勘違いをしている。

「そこは、まったくもって理不尽な話なのだ。家康公が義弘さまに、伏見城の守りを依頼されたことは、徳川家の文書に残っているから、厳然たる事実だ。ところが、伏見城にいた鳥居元忠《とりいもとただ》さまが、義弘さまの入城を頑《かたく》なに拒まれたのだ」

「元忠さまは家康公の古株の家臣だろう。家康公の命令を無視したのか」

武士にとって、君命は鉄の掟のはずである。

「家康公からの指示が不徹底だったのか、元忠さまが義弘さまを敵の内通者と疑ったのか、元忠さまはそのまま、伏見城で命を落とされたから、真意は藪の中だ」

「広円ならどう読み解く」

「元忠さまは、伏見城での総員討ち死にを覚悟していたのだろう。そんな美しい死に様に、余所者が混ざるのを、嫌ったのかもしれない」

広円の語り口には、元忠の美学への憧憬が含まれていた。

「義弘さまはあっさりと、引き下がったのか」

「せっかく加勢に来てやったのに、門前払いを食らわすとは何事かと、家臣たちに突き上げられ、一転して西軍に加わることになった。島津軍はその後、西軍の伏見城攻めにも参陣している」

「守るはずだった城を攻めたと……。元忠さまの受け答えひとつで、島津軍は味方から敵へと変貌したわけか」

倫三郎は、戦局の機微なるものに、触れた気がした。

四

「さて、いよいよ関ケ原合戦の話に入るぞ」

広円が、古の武士たちへの礼儀を示すかのように、背筋を伸ばした。

「西軍蜂起の一報は、下野《しもつけ》小山の陣にいた家康公のもとに届いた。速やかに開かれた軍議は深更に及び、三成討伐で一致する。それから家康公はしばらく、江戸に滞在して、上杉への睨みを利かせたうえで、東海道を取って返し、九月十五日、関ケ原に東軍七万五千、西軍八万の軍勢が集結した。前夜からの小雨は止んだものの、霧が濛々《もうもう》と立ち込めていた」

「島津軍は、どのあたりに陣を配していたのだ」

「西軍は関ケ原中央の天満山に宇喜多秀家軍一万七千が陣取り、北の笹尾山に石田三成軍六千が布陣した。石田軍の南隣に島津軍千二百、小西行長《こにしゆきなが》軍六千が配備されている。宇喜多軍の南には大谷吉継《おおたによしつぐ》配下の六千、それを見下ろす松尾山に小早川秀秋《こばやかわひであき》軍一万一千がいた」

広円が簡略な地図を描きながら説く。

「島津軍は石田軍の隣か。それだけ頼みにされていたのだろうな」

「あるいは、見張られていたのかもしれない」

広円が不気味に呟《つぶや》いた。

「一方の東軍は、宇喜多軍と睨み合う形で福島正則軍七千二百、その後方支援に藤堂高虎《とうどうたかとら》軍二千四百、京極高知《きょうごくたかとも》軍三千、寺沢広高《てらざわひろたか》軍二千四百などが陣を敷いた。石田三成軍の対面に当たる北国《ほっこく》街道には、黒田長政軍三千七百、細川忠興《ただおき》軍五千四百、筒井定次《さだつぐ》軍六千、田中吉政《よしまさ》軍三千らがいた。その後ろの桃配山《ももくばりやま》に家康公の本陣があり、三万の大軍を率いて、泰然と構えられていた」

広円の描く図に、東軍の武将の名が、続々と書き加えられていく。

「東軍が圧倒的に数が多いな」

「そんなことはない。東軍本陣の南の南宮山に、西軍の毛利秀元《ひでもと》軍一万五千、吉川広家《きつかわひろいえ》軍四千二百、安国寺恵瓊《あんこくじえけい》軍千八百、その後方の栗原山に長束正家《なつかまさいえ》軍千五百、長宗我部盛親《ちょうそがべもりちか》軍六千六百が配されていたから、戦力は概《おおむ》ね拮抗していた」

広円の図が、ようやく完成した。

「なるほど、これなら互角の戦いになりそうだ」

倫三郎も得心した。

「ところが、この方面の軍勢は、最後まで鳴りを潜めていた」

広円が図の南宮山、栗原山の軍勢を丸で囲んだ。

「ほう。なぜだ」

「南宮山最前線の吉川広家が、家康公と密約を結んでいたからだ。家康公はその後方の軍までは内通していなかったが、吉川軍が道を開けないので、後方の軍は進軍できなかった」

小早川秀秋の裏切りは有名だが、他にも内通者がいたことを、倫三郎は初めて知った。

「家康公は、吉川広家を完全に信頼していたのか」

「いや、家康公は慎重だから、広家が約束を反故にした場合に備えて、山内一豊《かずとよ》軍二千、池田輝政《てるまさ》軍四千五百、浅野幸長《よしなが》軍四千八百、有馬豊氏《とようじ》軍九百らを配していた」

「形だけの備えではないか。南宮山、栗原山の軍勢が雪崩込めば、とても支え切れる陣容ではないぞ」

「家康公には、吉川軍は少なくとも、我先に突撃してはこないし、毛利軍の動きも牽制してくれるとの読みがあった。とはいえ安国寺、長束、長宗我部は紛れもなき西軍だ。最後方の長宗我部軍はさておき、安国寺や長束の軍が、他の軍の誘い水になろうと、先陣を切る可能性はある。それくらいなら蹴散らせる軍勢を、用意しておいたのよ。何の備えもせず、安国寺や長束の軍が怒濤の勢いで進撃すれば、勝ち馬に乗ったほうが得と、内通していたはずの吉川軍すら、密約を破棄して、突入してくる恐れもあるからな」

広円は家康が乗り移ったかのようである。

「陣形は掴めたな。では、合戦の様相に入るぞ。東軍の先陣は、福島正則さまが任命されていたが、我ら井伊家の当主・直政さまと、松平忠吉さまが抜け駆けして、宇喜多軍を銃撃し、戦端が開かれた。

しばらくは互角か、西軍が押し気味だった。潮目を変えたのが、小早川秀秋の寝返りだ。それを予期していた大谷吉継は、小早川軍に備える軍勢を配していたが、その中から脇坂安治《わきざかやすはる》、朽木元綱《くつきもとつな》、小川祐忠《すけただ》、赤座直保《あかざなおやす》が裏切って、攻め掛かってきたので、大谷軍は壊滅し、それを契機に西軍は総崩れとなった」

「まさに勝ち馬に乗る武将が、続出したわけだな。ところで、島津軍は何をしていたのだ」

肝心要の島津の名が、とんと出てこない。倫三郎がわずかに苛立った声を上げた。

「奇妙なことに、戦闘に加わろうとしなかった。剽悍《ひょうかん》で名を馳せた島津軍に、あえて突っ掛ける武将はいないから、静かなものだ。いや、一度だけ挑んだ軍があった。我が井伊直政さまと松平忠吉さまが、三百ほどの手勢を引き連れて、島津豊久軍に接近した。だが、まんまと近場まで引き付けられたところで、島津軍自慢の鉄砲が火を噴き、次いで躍り出た精鋭に斬り込まれ、三百の手勢はほぼ全滅してしまった。後尾に控えていた直政さま、忠吉さますら、窮地に陥った。加藤嘉明《よしあき》さまが慌てて、援軍を送ってくださり、事なきを得た。奇怪なことに、島津軍は深追いはせず、兵を引き上げ、再び静寂の陣に帰した」

「勇猛果敢な島津軍らしからぬ戦いぶりだな」

「そうなのだ。三成も訝り、家臣の八十島助左衛門《やそじますけざえもん》を使者として、出撃を催促した。だが、この八十島が不調法者で、軍法に背いて馬上から口上を述べたから、無礼極まりないと、島津兵から斬り掛かられ、駆け戻った。八十島の失態を知った三成は、単騎で島津陣に赴き、きちんと下馬して、礼を尽くして出撃を懇願した。しかしながら、豊久さまは『本日、寄せてくる敵は打ち払い申すが、いつ陣を出て戦うか、自ら決める所存』と、取り付く島もなかった。三成は『好きにせよ』と、捨て台詞を吐くのが精一杯だった」

「どうにも呑み込みにくいな。島津軍がそこまで、頑なに戦いを避けたのはなぜだ」

「関ケ原合戦の前夜、豊久さまは、家康公本陣への夜襲を、具申されたと伝わっている。ところが、三成の家老・島左近《しまさこん》に『夜襲は寡兵でかつ賊軍の軍略だ。我々のように大義を抱き、多くの将が集っている軍が、そのような姑息な戦略を採るなど、古今に例がない』と、舌打ち交じりに一蹴された。豊久さまは左近の不遜な態度に立腹された。島津軍は石田軍よりも、はるかに戦上手との矜持もおありだったろうから、協力する気をなくされたのかもしれない。この逸話には、豊久さまの訛がひどく、夜襲の具申を誰も聞き取れなかったという異説もある。これはまぁ、眉唾な説だが……」

「いや、ありそうな話だ。茶店で薩摩藩の若者に、話し掛けられたことがあるが、何を喋っているのか、さっぱり分からなかった。それでとうとう、おれの先祖が薩摩生まれだと、言い出せないまま別れた」

広円がぷっと吹き出し、ひとしきり二人で腹を抱えた。

五

そのとき、彦根藩上屋敷の外から、拍子木の音と、「火の用心」の声がした。五ツの夜回りだろう。もう一刻も広円の話を聞いていたことになる。

「いささか細かすぎやしないか。ほれ、おまえが用意してくれた紙が、七、八枚も埋《う》まった。字を書くのに慣れておらぬから、手が痛くてかなわぬ」

倫三郎が恨みがましそうに、書付を広円に示した。

「おれが書き付けておれば、五十枚は楽に超えているはずだ。十枚にも届かず、音を上げるとは、情けない奴だ」

「とにかく明日の夜までに、島津の退き口の概要を、知っておかなければ、父に雷を落とされてしまうのだ。まだ島津の退き口については、一切出てきていない。ちょいと端折《はしょ》って話してくれ。このままでは、夜が明けても終わりそうにない」

父の叱責が怖いわけではない。島津の退き口をよく知らないまま、父に会ったのでは、病をさらに重くしてしまう。倫三郎としてはそれは避けたかった。

「慌てるな。これからが島津の退き口だ」

広円はそう言って、自分にも気合を入れるかのように、両頬を軽く叩いた。

「小早川の寝返りで、東軍が勝勢となり、西軍の諸将が遁走を開始したとき、取り残されたのが島津軍だった。島津軍の総大将は島津義弘さま。六十代半ばの老将だが、猛将として名を轟かせていた。その義弘さまが未曾有の退却戦を雄図される。それは後方に逃走するのではなく、前方の敵陣の中央を突破して退くというものだった。これこそが世に言う島津の退き口だ」

「無謀というか、法外な退き方だな。それは逃げたのではなかろう。死に場所を求めて彷徨《さまよ》った姿であろう」

敵陣中央へ向かうなど、どう考えても、逃走の方向ではない。他の西軍のような遁走を潔しとせず、戦って散ろうとしたのだろうと、倫三郎は思った。

「そうではない。義弘さまには、前方突破こそが最善との胸算があった。しかして島津軍には、この退き口を成功させられる、独特の軍略も存在したのだ」

島津軍とは何の縁もない広円だが、戦国の世の軍略を語るのは、興奮するものらしく、早口になっている。

「島津軍自慢の軍略のひとつが『鋒矢《ほうし》の陣』だ。『穿《うが》ち抜け』の通り名のほうが、知られているかな」

「悪いな。どちらも初めて聞く」

倫三郎は頭を掻いたが、広円は「おまえなら、まぁ、そうだろうな」と、諦めたような口ぶりで言って、より詳細に語り出した。

「縦長の隊列を組んで、敵陣のごく限られた一点に向かって、一直線に突っ込む戦法だ。『穿ち抜け』の名の通り、敵の陣形に穴を穿ち、その穴を通り抜ける。組み討ちは御法度だし、鉄砲や槍が命中したかどうか、一瞬たりとも確かめてもいけない。陣形が乱れて、走る速さが鈍るからだ。そんな暇があったら、とにかく前へ疾走する」

「前へ、前へと……。そんな直線的なやり方で、うまく退けるものかな」

倫三郎には疑問だった。

「全体を相手することなく、眼前の敵のみに集中する『穿ち抜け』は、敵方が大軍であればあるほど、威力を発揮する戦法だ。もっとも、敵軍に心の余裕があれば、四方から包み囲まれ、全滅する危険も孕《はら》んでいる。しかし、不動心など望めない戦場で、真一文字に進撃してくる敵に、瞬時に包囲戦へと転換できる沈着な将は存在しない。だから真正面の敵さえ捩じ伏せれば、どんどん前に進める。寡兵で大軍に立ち向かう戦に熟達している島津軍は、それを肌で知っていたのだ」

「島津軍は、寡兵で大軍を打ち破ってきたのか」

「あぁ。『木崎原《きざきばる》の戦い』では伊東義祐《よしすけ》軍三千を島津義弘軍三百が、『沖田畷《おきたなわて》の戦い』では龍造寺隆信《りゅうぞうじたかのぶ》軍六万を島津家久・有馬晴信《はるのぶ》連合軍五千が撃破した。最も驚異的なのが、慶長の役の『泗川《しせん》の戦い』だ。島津義弘さま、豊久さまの軍はわずかな兵、これは諸説あって二千とも七千とも言われるが、いずれにせよ明・朝鮮連合軍二十万よりも、圧倒的に少ない兵で、伝説的な大勝利を収めた。戦場には累々《るいるい》たる屍《しかばね》の山が築かれた。島津家の文書には、三万八千七百十七人の首級を上げ、その他に打ち捨てた死体は数知れず、と記されている。明側の記録には幅が大きいが、戦死者数八万余りとの記載すらある。誇張はあるだろうが、劇的な勝利だったことは確かだ。その折に明・朝鮮連合軍が名付けた『鬼石曼子《しまづ》』の雷名は、国内外に轟いていた」

「圧倒的な兵力差を物ともせず、島津軍が勝利を重ねられた理由は何なのだ」

「決まっているではないか。鉄砲のおかげだ。我が国に鉄砲が最初に伝来したのは種子島だ。おまえの先祖は薩摩生まれなのだから、それぐらい知っていただろう」

倫三郎はさっぱり知らなかったが、ふと心づいた。

「それで鉄砲を、種子島と呼ぶのか」

「正確を期すと、すべての鉄砲が種子島ではない。話は天文《てんぶん》十二年(一五四三年)にまで遡る。その年、種子島に漂着したのが、明の商船だった。商船といえば聞こえはいいが、内実は密貿易を本業としつつ、時と場合によっては海賊に早変わりする連中の船だ。島主の子・種子島時堯《ときたか》さまは、無鉄砲にもこの船を見物に出かけられた。船にはポルトガル商人が同乗しており、火縄銃を所持していた。時堯さまはその銃の威力に驚嘆され、二千両を支払って二丁購入され、島の鍛冶職人に、その銃を参考にして、自前の銃を造るように命じられた。苦節の末に完成した銃は、ポルトガル製の火縄銃より、軽量で携帯しやすく、かつ照準も優れていた。これが種子島だ。その威力に目を付けた島津家は、種子島家に莫大な資金を投じて、鉄砲の製造を奨励した。実戦でも他家に先駆けて取り入れた。巷では、天正《てんしょう》三年（一五七五年）、信長公・家康公連合軍が、三千丁の鉄砲を駆使して、武田騎馬軍団を撃破した『長篠の戦い』が、初めて鉄砲が主役になった戦とされているが、島津軍ではそれより二十五年以上も前、天文十八年（一五四九年）の『黒川崎合戦』で、鉄砲が用いられた記録がある。その後も鉄砲製造に力を入れ、関ケ原合戦の時点で、戦国武将の多くがせいぜい数百丁しか蔵していない中で、島津家中には七千丁以上の鉄砲があったとされる」

「大量の鉄砲が、強靭な島津軍を支えていたのか」

「冴えているではないか。偉いぞ。その調子で吸収してくれれば、教え甲斐がある」

広円に褒められるのは滅多にないことである。童《わらわ》を励ますかのような言い回しが、いささか引っ掛かるが……。

「島津軍の『穿ち抜け』が優れていたのは、刀、槍頼みの戦法ではないことだ。最先陣には『繰抜き』という名の鉄砲隊が配置される。鉄砲隊は三列に並び、前列が撃ち終えると次列が前進して撃つ。それによって、弾込めと着火に時間を要する鉄砲の弱点を補う。いわゆる『三段撃ち』の一種だな」

「『三段撃ち』の名は、聞いたことがある」

「今し方出てきた『長篠の戦い』でも、用いられた戦法だ」

「ならば、島津軍独自の戦法ではないな」

「いや、単なる『三段撃ち』と、島津軍の『繰抜き』では、決定的な違いがある。ほとんどの軍では、鉄砲を撃つのは足軽隊で、士分の者は専ら弓矢か槍、刀で戦う。分業制になっているわけだ。それに対して島津軍では、鉄砲を担当するのも士分の者たちだった。だから、撃ち終えた武士は、中間や小者に鉄砲を渡して、そのまま手に弓矢や槍、刀を持ち替えて突進する。一人二役の戦法が実現したのだ。しかも、先ほども述べたように、島津家では夥《おびただ》しい数の鉄砲を擁しているから、訓練も積みやすい。他家で鉄砲を担当する足軽は、鉄砲に触る機会は微々たるものだから、戦場でもとりあえず前に向けて撃つだけで、まさに闇夜に鉄砲だ。その一方で、士分が鉄砲を担当する島津軍では、日ごろの成果を見せつけようと、確実に狙い撃つ。他軍の鉄砲隊とは命中率が段違いなのだ。さらに言えば、島津軍は大量の鉄砲を蔵しているから、士分の者は全員鉄砲で武装している。大多数が槍か刀しか持っていない他軍と比較して、戦闘力は別次元といっても過言ではない」

広円の講釈が、どんどん細かく、専門的になっていく。

「腰を折って悪いが、戦法の蘊蓄《うんちく》は日を改めよう。島津の退き口の実態に話を変えてくれ」

「とりあえずそうするが、後でまた、島津軍ならではの戦法は出てくるからな」

広円がお生憎《あいにく》さま、とでも言いたげに、にやりとした。

「関ケ原の退き口では、先鋒に島津豊久さまと佐土原《さどわら》の衆、右備え隊が重臣・山田有栄《ありなが》さま率いる富《とみ》隈《くま》の衆、その後方に島津義弘さまの本隊という陣形が整えられた。群れが横に広がらないように、隣の武士とは肩をぴたりと寄せ合って、敵勢で満ち溢れる只中へと躍り出た。目立たないように一本杉の馬標《うまじるし》は折られ、敵味方を識別する袖の合標《あいじるし》も引きちぎられた。身軽さを専一に刀の蛭巻《ひるまき》を捨て、荷駄も放置せよとの触れが出た」

「それくらいの目眩ましでは通用すまい。たちまち敵に取り囲まれたのだろうな」

いくら「穿ち抜け」が優れた戦術だとしても、敵陣へ走るのだから、そうなるのは自明の理である。

「いや。島津軍にとって僥倖だったのは、すでに東軍の主力は、三成らを追って伊吹山に向かっていたことだ。福島正則さまは関ケ原に留まっていたが、『方角が狂っている。あれは死に焦がれの兵だ。委細構うな。大火傷をする』と、自兵に傍観に徹するよう命じた。他将も手出しをしようとしなかった」

「猛将の呼び声高い福島さまですら、島津軍を畏怖していたのか」

「福島さまに限らず、できれば島津軍とは兵刃を交えたくない。そう考えていた武将は多かったはずだ。先ほどの『泗川の戦い』の少し前に、秀吉公が逝去され、朝鮮からの撤退は決まっていたが、難航は必至だった。島津軍は撤退戦のしんがりを務め、泗川で奮闘した。そのおかげで、明・朝鮮軍は一時後方へ退いた。東軍には朝鮮の役に参陣していた武将も少なくない。島津軍の武力に、畏敬の念を抱くだけでなく、自分たちの朝鮮からの退却を、助けてくれた恩義を忘れてはいなかっただろう」

「そんな恩があったのなら、あえて島津軍の退却の邪魔はしないな」

「だから、奇策が功を奏するかに見えた。しかし、その刹那、島津軍の前に立ち塞がったのが、我が井伊直政さまの軍勢三千五百だ。こんな無法な退き口を完遂されては、せっかくの大勝利にケチが付く。直政さまにも、徳川四天王としての意地があったのよ」

「意地はよいが、相手が悪い。直政さまは、関ケ原で島津軍と戦ったときの怪我がもとで、亡くなられたのではなかったか」

物を知らない倫三郎でも、さすがに自らが仕える彦根藩の、藩祖の死因ぐらいは耳にしている。

「偉い、偉い。よくぞ記憶を呼び起こせた。ただし、その怪我については、もう少し先の話になる」

広円が倫三郎を煽《おだ》てた後、詳細に説き始めた。

「井伊軍の姿を認めた島津軍は、槍を地に深く突き刺して、急拵えの柵を造り、その隙間から『繰抜き』の陣形で鉄砲を放ち、数に勝る井伊軍に、逆ねじを食らわせたうえで、再び走り出した。かくして、ついに家康公の本陣が目前に迫った。そのとき直政さまはようやく、島津軍に正面から相対するのではなく、四方から囲むよう兵に令していたが、島津軍が本陣に近づいたのに愕然とし、慌てて総兵に本陣の守護に駆け戻るように命じ直した」

「島津軍は、本陣の間近まで到達していたのか。まさに破竹の勢いだな。家康公も肝が縮まれたであろう」

「ところが、島津軍はまたもや、意表を突く動きに出た。義弘さまが、南宮山を抜けて伊勢路を目指すと下知されたのだ。ここまで戦線の中央を突っ切っておきながら、本陣の真正面で旋回するなど、薩摩隼人らしくない。たとい総員討ち死にしようとも、敵の総大将に一矢報いれば悔いはないし、そのための中央突破だったはずだ」

広円が首を捻ろうとしたが、猪首なのでうまく回らない。

「予想していなかった島津軍の転身に、敵兵は呆気に取られ、若干は時間を稼げた。それでも仕切り直して、再追撃を開始した井伊軍に、本多忠勝さまの軍勢も加わった。いわば徳川の最強部隊であり、島津軍との強兵《つわもの》同士の激闘が繰り広げられた。しかも、戦場では、敵味方を見分けるために、合言葉を決めているが、この日は偶然、島津軍と追撃のいずれかの軍が、同じ『ざい』を合言葉にしていた。敵か味方か判別が付かず、彼我《ひが》入り乱れて混乱を極めた」

「ありふれた『やま』や『かわ』なら、あり得るだろうが、『ざい』なんて珍奇な文句が、よくぞかち合ったな。確かに皆が皆、『ざい、ざい』と叫んでいたら、誰を斬るべきか、当たるも八卦、当たらぬも八卦になるぞ」

「さらにそこで、島津軍が特異な戦法を投入した」

またもや戦法の話になるのかと、倫三郎はいささかうんざりした。

「島津軍を勇ましいだけの猪武者と、見くびっていると、手酷い竹篦《しっぺ》返しを食らう。緩急自在の戦法を操るからだ。また、それくらいでなければ、圧倒的な戦果を上げ続けられた由もない。井伊軍、本多軍に詰め寄られ、絶望的な数的不利の中、用いられたのが、島津軍伝統の戦法『捨《す》て奸《がまり》』だ」

「捨て身の奸計という意味かな。戦法名の響きだけでも、何やら恐ろしげだ」

「あぁ、掛け値なしに恐ろしい。『捨て奸』とは退却の際、しんがりの少人数部隊が、その場に留まり、敵を嘲笑うかのごとく、胡座《あぐら》を掻いて待ち構える戦法だ。このため『座禅陣』とも呼ばれる。胡座の兵を見て、何事かと敵兵の集中力が切れた瞬間、あらかじめ脇道に潜ませておいた伏兵が、鉄砲や弓矢、槍で一斉攻撃を敢行する」

「油断させて、その隙を突くわけか。ずるい罠ではあるが、寡兵で大軍と戦うときなら、許されるか」

「島津軍には『釣り野伏《のぶせ》』なる類似の戦法もある。これは軍を三つに分割し、二隊は左右に枝分かれして脇道で待つ。中央の一隊はいったん敵にぶつかった後、劣勢のふりをして遁走する。敵が釣られて、調子に乗って深追いしてきたところを、左右の二隊が鉄砲や弓矢、槍で攻撃し仕留める」

「あらまし同じ戦法のようだが、どこに違いがあるのだ」

「目途の違いだ。『捨て奸』は、本陣の死守を唯一無二の使命とする。だから、敵を足止めするために、脇道に潜伏した兵も含めて、全員が討ち死にするまで戦い抜く。十死零生《じゅっしれいしょう》を宿命づけられた玉砕戦法なのだ。現実に全員が倒れると、再び本陣から志願兵を募り、小部隊を再編成して、退路に置き捨てる。かくして時を稼ぐのだ」

「何てことだ。『捨て奸』の『捨て』は捨て身ではなく、兵を置き捨てる、つまり捨て駒という意味だったのか」

戦国の世の苛烈さに、倫三郎の肌が粟立った。

「驚くには値しない。兵の犠牲などを気遣っていたのでは、戦はできぬからな」

広円は傲岸不遜な質ではないのだが、幼いころから、いずれ上に立つ者としての薫陶を受けて育ったせいか、ときおりこんな非情な物言いをする。

「我が井伊軍は、この『捨て奸』の罠に嵌まった。おまえが思い起こしたように、直政公が鉄砲で狙い撃たれたのが、このときだ。撃ったのは、島津家中きっての鉄砲の名手・柏木源藤《かしわぎげんとう》だ。放たれた弾は、直政さまの右脇腹に命中したが、幸い鎧が頑丈だったため、跳弾となり右肘を貫いた。その傷が遠因となって、二年後に亡くなられたことは、おまえも知っての通りだ。この『捨て奸』に苦しめられたのは、井伊軍だけではない。本多忠勝さまは愛馬・三国黒を狙撃され、落馬して負傷された。家康公の四男で直政さまの婿だった松平忠吉さまも被弾し、重傷を負った」

「三人もの大将の狙撃に、成功したのか」

凄まじい命中率の高さである。

「大将が三人とも負傷して、兵の腰が引けた。それでも追手は迫る。義弘さまの命も危ういとなったとき、身代わりを買って出たのが、家老の長寿院盛淳《ちょうじゅいんもりあつ》さまだ。義弘さまの羽織は、秀吉公から贈られたもので、白い鳳凰の縫い取りがあった。金貼りの軍配は、三成からの拝領品で、いずれも義弘さまを象徴する品だ。盛淳さまは、その羽織と軍配に加えて、義弘さまの兜、具足を奪い取るようにして身に付け、『我こそは島津兵庫頭義弘。死に狂いなり。錦を飾りたい者は、いざ尋常に勝負せよ』と、大音声で叫び、十数人の家来とともに、敵勢の只中に乗り込み憤死した」

またもや、主君のために、命を散らした武士の登場である。しかも、それで終わりではなかった。

「義弘さまが、関ケ原から落ち延びられたのは、最後に退き口のしんがりを務めた豊久さまの功績が大きい。豊久さまは日向佐土原の領主で、島津家十五代当主・貴久さまのご子息たち『島津四兄弟』の末弟・家久さまの嫡男だ。家久さまは戦において、三人の兄たちをしのぐ異才を発揮され、戦神と称されていた。豊久さまはその血を受け継ぎ、次代の島津家を担う俊英と目されていた。豊久さまは義弘さまの防波堤になるとの気魄で、奮闘されたが、烏頭坂《うとうざか》という丘まで追い詰められた。傍を守る家来は、二十人足らずになっていた。豊久さまはここで散る覚悟を固めて、敵陣に討って出て、たちどころに敵に取り囲まれ、槍を突き立てられて果てた」

そこまで話して、広円が疲れで強張ったのか、肩をゆっくりと回した。

「かくのごとき多くの犠牲によって、義弘さまは関ケ原から脱出され、薩摩へと辿り着いた。その道中にも、あまたの苦難があった。島津の退き口はそこまで含めるが、さすがに気骨《きぼね》が折れたな。しばらく休んで明朝から再開しよう。おまえはこのまま泊まっていけ」

「いや、父から、学ぶのは島津軍が関ケ原を脱出するところまでにしろと命じられておる。これまでの話で十分だ。そもそもこれ以上は、おれの頭が破綻する。そうか。父にはおれの頭の容量が、明々白々だったのだな。明夜までに、関ケ原の先の退き口まで学ぼうとすれば、おれは出奔するしかない」

と、真顔で憂慮されていた」

倫三郎は苦笑いした。

「関ケ原からの脱出までの顛末《てんまつ》こそが、肝心要なのであろう。そこまでを知ったおまえに、お父上は何を告げようとしているのだろうか。明夜のお父上との話、おれにも教えてくれ」

広円は興味津々である。

「もちろんだ。話の内容次第で、また知恵を借りる」

倫三郎は広円に長居を詫びて、西郷家の屋敷を出た。

六

翌夜、父・勘平の枕元に招き寄せられた倫三郎は、何度もつかえながらも、島津の退き口のくだりを語り終えた。汚い字の書付も大いに重宝した。

「西郷どののご子息にお世話になったか。かたじけないことだ。世間からは親の欲目と謗《そし》られようが、良き友に恵まれたのは、おまえの人徳であると、父は思っておる」

広円に一から十まで教えてもらったことは、父にはお見通しのようである。

「島津の退き口の、いわば関ケ原脱出の段で、文書に残されているのは、おまえが賢友から手ほどきを受けたところまでだ。すなわち豊久さまの憤死で幕を閉じている。だが、豊久さまの物語には続きがある。それが我が上水流家に課された密命の裏事情でもある」

勘平はそう言って、身体を起こした。

「無理をなさいますな」と心配する倫三郎に、「いよいよ本題だ。寝たまま話せるようなことではない」と、自らを鼓舞するかのように、居住まいを正した。

「関ケ原で戦った上水流家のご先祖は勘助という。日向佐土原領主・豊久さまの家臣だった。烏頭坂でも豊久さまに付き従っていた」

勘平の声は誇らしげだが、倫三郎は憂鬱になった。

「豊久さまは烏頭坂で落命されたのに、父上やわたくしが、いまここに存命しているのですから、ご先祖は豊久さまを見捨てて、姿を晦《くら》ましたわけですか」

先祖が卑怯者だったとは、気が滅入る。

「先走るでない。ご先祖はもとより、豊久さまの死出の旅に供するつもりだった。ところが、豊久さまからそれを断念するように、説得されたのだ」

勘平が退き口の続編を語り始めた。勘助の霊が憑依したかのような口吻《こうふん》になっていた。

＊

烏頭坂で進退窮まり、上水流勘助はこの場所が死地と腹を括った。薩摩隼人として、いつでも命を投げ出す心意気だった。そのとき、主の島津豊久が手招きしているのに気づいた。傍に寄ると、豊久は懐から書状を掴み出した。

「おまえに託す」

「ご遺言書ですか。承りました。近くの寺にでも預けて、即刻戻ってまいります」

自分の韋駄天ぶりを買われたと、勘助は勇んだ。

「そういうことではない。おまえには一人で生き延びて、ある役目を担ってもらいたい」

「お断りでごわす。主を見捨てて生き残ったとなれば、末代までの恥辱となります」

勘助はへの字口になって辞した。

「それを承知で頼んでおる。島津家の命運を握る任務だから、曲げて応諾してくれ」

「命運を握ると……。それがしにいったい、何をせよと仰せで……」

「追手が迫ったら、神妙に捕らえられ、この書状を……。はて、いずこにすべきか」

豊久はしばし瞑目し、考えに沈んだが、やがて腹を決めたようだった。

「やはり井伊家がよかろうな。追手には、この書状を井伊家に取り次ぐよう、下知されていると伝えよ。おまえはそのまま、井伊家に召し抱えられることになろう。その身の上を甘受せよ」

「仰せの意図が、さっぱり判じられませぬ。それがしは佐土原に、若妻を残しております。井伊家に勤仕してしまえば、二度と会えますまい」

勘助は二カ月ほど前、朋輩の横山平吾の妹・おさとを娶《めと》っていた。色黒で太り肉ではあるが、目はぱっちりと大きく、片笑窪が愛くるしい女である。豊久とともに、戦場で玉砕するのならば、諦めもつくが、おさとと遠く離れて生き別れになるのは、願い下げである。

「すまん。若妻のことは忘れてくれ。井伊家に潜んで、根を張るのがおまえの任務だ。島津家と井伊家、いや島津家と徳川家を繋ぐ役目を、果たしてほしい」

「徳川家との間を繋ぐですと……。この書状はいったい何なのでごわすか」

勘助は狼狽した。徳川も井伊も現前の敵である。敵との間を繋ぐとは、胡散臭《うさんくさ》すぎる役目である。

「知らぬが仏、見ぬが花よ。おれの読みでは、この書状はおまえが隠匿し続けることになるな。使いようによっては、災いの種になりかねない代物だから、井伊家の他の方々は、手元に置きたがらないだろう」

「そんな面妖な書状なら、なおさらご勘弁を……」

半泣きになった勘助は、豊久の「すまぬ」という詫び声と同時に、鳩尾に当て身を入れられたのを悟った。

勘助が再び目を覚ましたのは、小さな祠《ほこら》の中だった。豊久が運び入れたのだろう。あたりは深い夜陰に覆われ、虫の音が集《すだ》くように響いている。豊久と十数名いた仲間の姿は消えていた。

「死にはぐれてしまったか」

勘助は暗闇の中で頭を抱えた。しばらくして、敵兵の足音が近づいてきた。

「おい。こんな祠に隠れておるぞ」

このときには、もう勘助の腹は固まっていた。井伊家に潜むことが己の定めなのだと……。

「斬り捨ててしまうか、生け捕りにするか」

談合を始めた敵兵たちに、勘助は心を鎮めて口上を述べた。

「それがしは上水流勘助と申す。日向佐土原の城主・島津豊久より、井伊直政さまへの密書を託されており、お取り次ぎを願い奉る」

「そんな口上が、鵜呑みにできるか」

敵兵の一人がせせら笑い、勘助に槍を突き付けた。別に怖くはない。このまま槍を突き立ててもらい、冥土の仲間のもとに、馳せ参じたいぐらいだ。

「待て。万々が一にも本物の密書だったら、後々咎めを受けるかもしれない。そもそも命乞いなら、もうちょっと気の利いた言い訳を、用意しそうなものではないか。この落ち着きようも奇怪しいぞ」

別の兵が冷静に制した。

「弱ったな。いちおう本多さまのご裁断を、仰いだほうが無難か」

槍を突き付けていた男が、切っ先を下げた。

「本多さまで差し障りはないのか。井伊さまへの密書と、ほざいておるぞ」

もう一人の兵が横から口を挟む。どうやら自分を発見したのは、本多忠勝軍の兵らしい。時ならぬ展開に、皆が困惑している。

そこに忽然と現れたのが、全身を黒装束で固めた男である。本多軍の兵たちが、たじろぐほどの覇気を纏っている武士だった。

「この場は、引き取らせてもらおうか」

黒装束の武士の眼差しに、本多兵たちは一瞬、射竦《いすく》められたように見えたが、さすがにそこは猛将・本多忠勝の兵だけに、きちんと質す。

「あなたさまは、どちらのご家中でございますか」

「この者が取り次ぎを願った井伊家から来た。この件はすでに、井伊直政さまも諒解しておられる」

「井伊家ご家中の印を、示していただかなければ、信用できませぬ」

気丈に抗う本多兵たちに、黒装束の武士は「名乗るわけにはいかぬが……」と嘯《うそぶ》きながら、井伊家の家紋である橘紋が配《あしら》われた印籠を示した。彫りにも塗りにも生半《なまなか》ならぬ技巧が凝らされており、下級武士が手にできるような造作ではない。

「これでも引かないようなら、刀に懸けてもという面倒事になる」

不気味な殺気が放たれた。

「滅相もない。その橘紋で十分でございます」

本多兵たちは、ほうほうの体で去っていった。徳川四天王の井伊家の家紋を、勝手に使えば、重罪に問われる。橘紋の入った印籠を持っていれば、すなわち井伊家中の者である証になったのである。

成り行きを見守っていた勘助は、黒装束の武士を挑むように見据えながら、再度口上を述べた。

「井伊家の方でござるか。主の豊久から、井伊直政さまへの密書を預かっております」

「肝が据わっておるな。豊久さまが後顧を託しただけの御仁と、お見受けする。家康さまから直命があった。島津軍の残党の中に、何らかの密書を携えている者がいたら連れ帰り、井伊家で召し抱えよと……。子細は詮索せぬまま、隠密に動いておったが、そのような者が真《まこと》に現れるとは……」

黒装束の武士の表情に、当惑と憂鬱が浮かんだように、勘助には見えた。

七

「ご先祖はその謎の武士に、彦根に連れていかれたわけですか」

倫三郎が勘平に尋ねた。

「まず向かったのは、当時の井伊家が所領していた上野《こうずけ》高崎だ。井伊家はその後、関ケ原合戦の論功行賞で、十八万石に加増されるとともに、三成の佐和山《さわやま》城を賜わり、上野から移り、佐和山藩を立藩した。彦根藩になったのは、関ケ原合戦の六年後、天下普請で彦根城が築城されてからだ」

「密書はいま、どうなっているのですか」

聞きたくないし、聞かずとも答えは明白だが、倫三郎としては、確かめないわけにはいかない。

「豊久さまが予測されたように、我が上水流家に置かれたままだ。大納戸役として幾許《いくばく》かの扶持を宛てがわれ、地道に勤めながらも、何よりの使命は、その密書の守秘とされてきた。そのため、彦根藩士になっても、代々誰も彦根に足を踏み入れたことはなく、永代江戸定府を命じられている」

「当家を江戸定府にしている訳合は、何なのですか」

「人が動けば密書も動く。江戸・彦根間を移動している間に、盗まれる危険性も高まるだろう。それに我々を江戸に留め置けば、見張りがしやすい」

勘平の返答に、薄気味悪さが漂った。

「わたくしは、その密書を目にしておりませんが、どこに隠してあるのですか」

倫三郎が問うと、勘平はあたりを窺うように耳を澄まし、倫三郎に戸締りを確認させてから、ようやく床脇の天袋を指差した。倫三郎が天袋の戸を開けると、畳まれた女物の着物があった。

「母上の物ですか」

「中に合わせ鏡が隠してある」

倫三郎は着物の中から鏡を抜き出して、勘平に渡した。美しい蒔絵が施されている。

「綺麗な鏡ですな」

「りつの嫁入り道具だった」

勘平が懐かしそうに合わせ鏡の蓋を開けた。錆びついた二枚の鏡の中に挟まれていたのは、古びた櫛と、点袋《ぽちぶくろ》ほどの大きさの紙包みだった。紙包みは蠟封されている。

「目眩ましで、そこに入れておいたのだ。鼠にも齧られずにすむからな。それこそが件《くだん》の密書よ」

しげしげと眺めた倫三郎は、遺髪でも入っていそうな紙包みだと感じた。

「こんなに小さな物でしたか。中には何が綴られていたのですか」

「誰も封を開けていない。おぞましすぎるからな」

勘平から返ってきたのは、拍子抜けの答えだった。

「それならば、倫三郎も見ないことにいたします。中身は知らずとも、密書を守りさえすればよいわけですからな」

「中を見ないことに異論はないが、密書の守秘は生易しい役目ではないぞ」

勘平が脅しをかける。

「勘太郎の死因はおそらく毒殺だ。行方知れずの慎次郎もすでに殺され、どこぞに埋められているだろう」

「兄者たちは、この密書のために殺されたのですか」

耳を疑うような話である。それはつまり、新たな密書の守り役になった倫三郎に、危険が及ぶことを意味してもいる。

「断ずることはできないが、何らかの悪因で、この密書を入手して、活かそうとする者たちが出現したのだろう。わしの危惧が的中しておれば、日ならずして、ご先祖を関ケ原から道案内した一族の者に召し出され、特命が下されるはずだ」

勘平は厳しい顔で、自分の推察を語った後、枕元の風呂敷包みを解いた。中にあったのは一口《ひとふり》の刀である。鍔は小さく無地の鉄でできている。鞘は黒漆を塗った牛皮である。鞘を払うと、地鉄は小板《こいた》目《め》に柾目《まさめ》が交じり、刀紋の細かい沸《にえ》が美しい。

「波平行安《なみのひらゆきやす》の銘が入っている。正真正銘の名刀だ」

「波平行安ですか。聞いたことがあるような、ないような……」

「相変わらず頼りないな。平安期から薩摩の波平に住んだ刀工一派の頭領で、無骨ながらも斬れ味鋭い刀に鍛え上げる名工だ。その刀も、試し斬りをしてみたが、物凄まじい斬れ味だった。わしでも腕や足は、一閃ですっぱりと斬り落とせた。おまえの伎倆なら、胴もふたつ斬りにできる」

「試し斬りと……。よもや、辻斬りに手を染めたのではありますまいな」

倫三郎がこわごわと聞いた。

「まさか。当家が代替わりするたびに、庭先に試し斬り用の死体が投げ込まれる。秘密裡に刑死体でも調達するのであろうな。当家が何者かの監視下にある明証であり、いずれおまえが召し出されることになると、わしが危ぶむ謂《い》われでもある」

「試し斬り用の死体とは、気味が悪いですな」

辻斬りどころか、もっと胡乱《うろん》な話になった。

「この刀は、ご先祖が烏頭坂の祠で目を覚ました折、傍に置かれていた。豊久さまの愛刀だったと思われる。おまえにこの刀を譲り渡す。これまでおまえには、道場で剣技を隠すように厳命してきた。その封印を解き、名刀・波平行安で、迫りくる敵を撃退し、密書を守り抜いてくれ。頼んだぞ、倫三郎」

勘平が腰を屈めた。

「不肖ながら、倫三郎とて、上水流家の者でございます。しかと賜わりました」

父に頭を下げられたのは、初めてである。密書を守ることは、それだけ重大な任務なのだろうと、倫三郎は気を引き締めた。

「返す返すも無念なのは、端《はな》からおまえを、引き込んでおかなかったことよ。勘太郎と慎次郎には、早くから密書守秘の役目を伝えてあった。呑気に生きているおまえを、重い枷で縛る必要もあるまいと、楽観しておったのが手抜かりであった。剣の腕前は兄二人よりおまえのほうが格段に上と、家族なら誰でも知っておったのに……。おまえに密書守秘を委ねておけば、勘太郎のような毒殺は避けようがなかったとしても、慎次郎のごとく闇に葬られることはなかったろう。父の失態であった」

これが勘平の最期の言葉だった。倫三郎に上水流家の密命を伝え終えて、残された力を使い果たしたのだろう。静かに床に横たわり、数日後、とこしえの眠りについたのである。

八

勘平の初七日を過ぎたころ、西郷広円が弔問にやって来た。上水流家ではこれまで、口入れ屋から中間や下女などを雇い入れていたが、二人の兄を追って父まで亡くなったため、数日前に暇を出した。いまは繁吉という六十を超えた下僕が一人いるだけである。寡黙で動作ものったりしているが、陰日向なく掃除や飯炊きをこなしてくれるので重宝している。繁吉は古参の下僕にありがちな、若い主への小言も口にしないから、倫三郎は毎日、朝寝を決め込んでいた。

「お天道さまが真上に来ようとしているのに、まだ寝ていたのか」

広円は掻巻を着たままの倫三郎に、呆れ顔である。

「寝るほどに眠くなる。春眠暁を覚えずだ」

大きく伸びをして、倫三郎が答える。

「惜しいことにもう秋だが、めずらしく気の利いた文言を知っていたではないか。続きを吟じてみよ」

「諺《ことわざ》に続きなどあるのか」

広円が肩透かしを食らった力士のように、こけるふりをした。

「諺ではないわ。孟浩然《もうこうねん》の詩だ。春眠暁を覚えず。処々に啼鳥を聞く。夜来風雨の声。花落つること知らず多少ぞ。こういうふうに続く」

「ようすら言えるな。しかし、続きはたいしたことない。心に響かぬ」

このまま広円に、漢詩の知識をひけらかされたのでは堪らない。倫三郎は早々に話題を打ち切った。

「僻《ひが》覚えだったくせに、偉そうな口を叩くな。仏壇にお参りをさせてもらうから、床ぐらい上げろよ」

広円が履物を脱いで、部屋に上がってきた。その履物がまた、あまりにも変わっている。いつのころからか、広円は草履と木履《ぼくり》を片方ずつ履いている。無頓着の果てなのか、それとも傾奇者《かぶきもの》を気取っているのか。この格好で街を歩いているのを初めて見たときは、思わず二度見した。こんな姿が、若い娘たちからそっぽを向かれる元凶でもある。家族が警告すべきとも思うが、広円の父は職務で多忙だし、母は早くに亡くしている。ここは自分の出番である。

「尋ねそびれていたが、片方に草履、もう片方に木履とは、どういう謎懸けなのだ」

「おう、これか。見れば分かる通りだ」

「見ても分からぬから、聞いておる」

「黒田勘兵衛さまの名言『草履片々、木履片々』に因《ちな》んでいるに決まっているではないか」

「その格好にも、小難しい話が絡んでおるのか。だったら語らずともよい」

倫三郎が耳を塞ごうとした。

「まぁ、聞け。どんなに奇抜な格好であっても、人には走り出すべき瞬間がある。そうしなければ、運は開けないという含意の喩えだ。本能寺の変の報せに接して、放心している秀吉公に、勘兵衛さまはこの金言を授けられた。いまこそ天下獲りの好機と、我に返った秀吉公は、中国大返しの荒技に打って出られた」

「その逸話とおまえの格好が、どう引っ掛かるのだ」

どう考えても遠い。

「武士として、いつでも走り出せるようにしておくべきであろう」

やはり繋がらない。奇抜な格好でも走り出さなければならない。そんなときもあるだろう。それは分かる。だからといって、あらかじめそういう格好にしておく必要はない。片々の履物では走り出すのに邪魔になる。だが、所詮、口で広円に勝てるわけはない。弁舌を弄されて、丸め込まれてしまうに違いないから、指摘するのは自重した。

広円は仏壇に線香をあげてから、「お父上のことは無念だった。力を落とすなよ」と、悔やみの言葉を掛けてくれた。

「わざわざ足を運んでもらって、すまないな」

「当然のことだ。そうだ。門にこんな紙が挟まっておったぞ」

広円が懐から紙を引っ張り出した。手漉《す》きのわりと上質な紙だった。開いてみると「明日　申の刻下がり　下屋敷　清正の井戸」と書かれていた。

「何じゃ、こりゃぁ」

覗き込んだ広円が、頓狂《とんきょう》な声を上げる。

「清正の井戸がある下屋敷とはいずれの藩か、調べるのは難儀そうだな」

倫三郎がそう独り言《ご》ちると、広円が口をあんぐりさせた。

「まさか、おまえ知らぬのか。我が彦根藩は、おれやおまえも住んでいる上屋敷が、桜田堀を挟んで江戸城と接している。中屋敷は赤坂にある。そして下屋敷は、かつて代々木九十九谷《つくもだに》と呼ばれていた鄙《ひな》の地に設けられている。もとは肥後熊本藩の下屋敷だった。加藤清正公が掘らせた井戸があり、美味い清水が湧き出る井戸として名高い」

「我が藩の下屋敷であったか。そこに明日の申の刻下がりに来いということだな」

「行くのか。こんな胡散臭い召喚状など、放っておけ」

「いや、どうせ暇を持て余しておる。出掛けてみることにしよう」

どうやら父の予感が、的中したようである。

「おれが連れになって、陰で張り込んでいようか」

「邪魔だ。そもそも広円の伎倆では、助太刀にならん」

「口惜しいが、その通りではある。しかし、油断はするなよ」

広円が気を揉んでくれているところに、ひょいと顔を出したのが、広円の妹のおりんである。いま十六歳だが、十二歳のときから彦根藩上屋敷の奥に上がっている。女中奉公という名目の、いわば行儀見習である。外部と奥の行き来は禁じられているが、上屋敷内に家族が住んでいる場合に限り、目こぼしがあった。おりんは実家に顔を出した帰りに、こっそり倫三郎宅に立ち寄ることもある。弟妹のいない倫三郎は、おりんを可愛がっていた。広円が「りん」と呼ぶと、倫三郎もおりんも、つい振り向いてしまう。それが三人の他愛もないが楽しい遊びになっていた。

おりんは広円に似て聡い娘だが、容貌のほうは果報なことに似ても似つかない。目鼻立ちのはっきりとした愛くるしい娘で、手足はすらりと長い。いつだったか「広円の妹に、ようもこんな見栄えのいい娘が誕生したものだ。神仏に感謝せねばならぬぞ」と、からかったことがある。ほんの戯れ言だったのに、「余計なことを抜かすな」と、意外にも広円にえらく憤慨された。広円は己が醜男であることを、気に病んでいたのか。そうであったら逸言であったと、倫三郎は反省した。

近ごろのおりんは、可憐な少女から一皮剥けて、艶のようなものを纏いつつあった。もう数年して、ほっそりとした腰回りが丸みを帯びれば、嫁ぎ先も引く手あまただろう。

「おりんはますます、娘盛りになってきたな。そのうちに、おれが立派な大人の女にしてやるからな」

「うん。首を長くして待っているわ」

倫三郎にとってはただの軽口だし、おりんもそうと分かっているから、倫三郎に科《しな》を作って見せ、広円を横目に、ちろっと舌を出した。広円が血相を変える。

「ええい、二人とも離れろ。大人の女にするなど、下卑た台詞《せりふ》は金輪際禁じる」

「どうした、広円。冗談に決まっているではないか。いちいち咎めるな」

倫三郎が窘《たしな》めた。

「黙れ、倫三郎。おりんもしっかりしろ。こんな色狂いの下郎に、まんまと騙《だま》されては身の破滅なのだ。さっさと帰るぞ。倫三郎も小娘を口説く暇があったら、明日、下屋敷に出向く支度をしろ」

「来たばっかりなのにもう帰るの。つまらない」

おりんが口を尖らす。お茶目な仕種に愛嬌がある。広円は委細構わず、強引におりんを連れ帰った。

やれやれ、あの年ごろの娘は、身内の見込みほどには初心《うぶ》ではないものを、妹とはあれほどに可愛いものか。倫三郎は呆れつつ、少し羨ましくもあった。

「あれでは余所《よそ》の女に溺れる余裕もなかろう」

倫三郎は要らぬ節介を焼いた。

「おれは違うぞ。待っている女はいくらでもいる。明日は下屋敷にいく用ができた。今日のうちに、おえんに慰めてもらうとするか」

倫三郎はいそいそと、浅草寺境内の水茶屋へと向かった。

九

翌日の申の刻下がり。まだ明るさが残る中、倫三郎は彦根藩下屋敷に着いた。広円から、下屋敷としては最も広大で、十八万坪の敷地を誇ると聞いていたが、確かに圧倒されるような広さである。門番に名乗ると、すでに何らかの伝達がなされていたらしく、清正の井戸までの道順を教えられた。竹や雑木が生い繁る森閑とした敷地を進んでいくと、時折涼風が立ち、微かに騒《ざわ》めく木々の枝先は黄葉を始めていた。しばらくして辿り着いた清正の井戸の前には、下僕が待っており、竹林の奥に建てられた小さな庵に案内された。

庵の畳座には、狆《ちん》を抱いて、脇息に凭《もた》れた主が待っていた。狆の頭を皺だらけの手で撫でている。枯れた顔つきで、ちょっと見には好々爺然としている。しかし、「待ちかねたぞ」と発された声は朗々としていた。齢《よわい》が読みにくい人物だった。

倫三郎はすぐに、主の正体を察知して、息を呑んだ。井伊家の影家老と呼ばれる男だったからである。もっとも影家老は、彦根藩の正式な役職には就いていないし、実の名は家臣たちにも秘されている。けれども、表舞台に登場することはないものの、井伊家を裏で牛耳っているのはこの影家老であると、家臣たちは暗黙のうちに了していた。それにしても、徳川譜代の名家でなぜ、このような怪しげな人物が跋扈《ばっこ》しているのか。影家老と膝を交える機会が増えるとすれば、広円に尋ねておいたほうがいいかもしれないと、倫三郎は思った。

「用向きは父から伝えられておろうな」

影家老が静かに口を開いた。

「父から預かった密書は、携えて参りました」

倫三郎は懐から密書を抜き出し、影家老に差し出した。

「ほう、それか。関ケ原合戦の折に、その密書の在り処を探り、上水流勘助を井伊家に連れ帰ったのは、わしの先祖だ」

「はぁ」

倫三郎は、不得要領な相槌を打った。

「はぁ、とは何だ。古い曰くを持ち出されて、迷惑とでも言いたいのか」

影家老が睨み付ける。

「いえ。これまで百三十年もの長きにわたって、我が家に放っておかれた密書を、いまになって掘り起こす所以が、解せないだけでございます」

影家老の鋭い眼光に気圧されないように、倫三郎は気を奮い立たせて答えた。

「いま、その疑問を払拭してやる。そのために、おまえを召し出したのだ。今春から極秘に進めていることだが、将軍家と島津家が婚姻を結ぶ運びになった。井伊家はその橋渡し役を担う。井伊家の家臣であるおまえが守っているこの密書が、婚姻を成立させるうえでの拠り所となるからだ」

「はぁ、拠り所と……」

話がどんどん突飛になっていく。倫三郎の頭では、ついていけそうもない。

「もしかしておまえは、密書に何が書かれているか、知らないのではあるまいな」

影家老が怪訝な顔になった。

「わたくしのみならず、先祖代々、誰も開封しておりません」

「そうであったか……。いや、それで構わぬ。密書が敵の手に渡らぬように、守り通してくれさえすれば不服はない。将軍家と島津家の絆を示す密書と、了しておれば十分だ。それ以上深く知る必要はない」

影家老は、自らにも言い聞かせるように、頷きを繰り返した。

「一抹の不安は昨今、不穏な動きが生じていることよ。この密書の存在を嗅ぎ付けた輩《やから》が、密書を奪って、不届きな企みに悪用しようとしておるらしい。もう一枚上の備えが必要になったわけだが、日ごろは密書をどこに隠してあるのだ」

「床脇の天袋に置いてあります」

倫三郎がそう答えると、影家老の顔が赤らんだ。

「天袋だと。不用心な。盗人に奪ってくれと言わんばかりだし、屋敷に火を放たれれば、お手上げではないか。これからはおまえが、肌身離さず身に付け、敵から守り抜け。そうだ、褌《ふんどし》の中に入れておけ。それでも強奪されそうになったら、死に際《ぎわ》に呑み下せ」

「いくら小さくても、こんな紙包みを呑み下せとは法外です」

「一廉の武士なら、それぐらいできる」

倫三郎の泣き言を、影家老が激しい剣幕で大喝した。

「しかし、褌の中も安泰ではありませぬ。わたくしも風呂にも入れば、女も抱きます」

「ふん。女は断てばすむ」

自分にはそれが至難なのだと、倫三郎は嘆いた。

「風呂のほうは手立てが要るな。少々濡れる分には大事ないが、水中に潜る必要があるかもしれぬ。念を入れておくか」

影家老は密書を手にして、奥の間へと消えた。密書を守るために、水中に潜ることもあり得るのかと、倫三郎は気分が萎えた。

　ほどなくして影家老が戻ってきた。密書は茶色い物で包まれている。

「油紙よ。とは言っても特別誂えで、おまえが知る油紙とは雲泥の差だろう。揉み紙に柿渋を塗り重ね、油を染み込ませてある。もともと紙とは水に強いものでな。商家では火事の折には、大福帳を井戸に投げ入れて逃げる。濡れても後で乾かせば、墨の文字は鮮やかに蘇るからだ。さらにこうして、油紙に包んでおけば心丈夫だ」

　影家老は準備万端整ったと、喜色満面である。

「もはや、呑み下せぬ大きさになりましたな」

　逆に、油紙に包まれて、ひと回り大きくなった密書に、倫三郎は溜息を吐《つ》いた。

「愚か者め。それだけの不退転の覚悟で臨めということだ。爾今《じこん》はいかなるときも、人目に付かぬように努め、用心のうえにも用心を重ねよ。密書守秘に専念するために、おまえの上役には、役目を免じるよう申し伝えてもある」

　倫三郎の知らない間に、いろいろと根回しがすんでいるようである。

「そこまでのお骨折りをされてまで、将軍家と島津家の婚姻を、実現させる値打ちが、どこにあるのでしょうか」

　島津家を軽んじるつもりはないが、あくまで外様大名である。外様大名との婚姻を万難を排して成し遂げる意義は何なのか。倫三郎には釈然としなかった。

「この婚姻の背景には、家康公の遠大な計がある」

影家老の口から、いきなり大物の名が飛び出し、倫三郎にはもう嫌な予感しかなかった。

「家康公は将軍家の行く末を遠望し、いずれ将軍家が求心力を失い、獅子心中の虫が台頭すると予知されていた。はたせるかな、家綱さまの治世に下馬将軍と呼ばれた大老・酒井忠清《ただきよ》どの、綱吉さまの側用人・柳沢吉保《よしやす》どのなど、上様を飾り物にして、権勢を振るう者が出てきた。このままでは、将軍家の威光は地に落ちる」

やはり物々しい話になってきた。倫三郎は軽い悪心に襲われた。

「慎重な家康公は、そのような将軍家の一大事の際に、島津家の力添えが得られるようにしておかれた。すなわちこの密書が、徳川家と島津家の連帯の直証なのだ。この密書が存在しているからこそ、徳川家が危機に瀕《ひん》した折に、薩摩の武力を後ろ楯にできる。泰平の世になり、幕政は番方が沈み、役方が仕切っておる。しかしながら、いざとなれば武力で圧するのが武士の真骨頂だ。しかしていま天下を見渡して、武力を最高潮のまま温存しているのは薩摩だけだ。それは家康公が、島津義弘さまに下知されたことでもある。義弘さまはその命を守り、もともと武張った薩摩人に、研鑽を怠らない家風を築き上げられた。我が井伊家には、将軍家の存亡の瀬戸際に、島津家と手を携えて、将軍家を盛り立てていくように、との命が託されておる」

影家老の言は、説得力があるようでいて、どこか齟齬をきたしているように、倫三郎には感じられた。その原因に倫三郎は思い至った。

「これまでは、家康公が懸念されたように、上様を蔑《ないがし》ろにする重臣が、おられたかもしれません。しかし、現将軍の吉宗さまは、名君の誉れ高い御方です。将軍家はいまはもう、存亡の瀬戸際などではありません。わざわざ島津家と縁戚を結び、その武力を頼らずとも安泰でございましょう」

「おまえはそれでも、井伊家の禄を食《は》む者なのか」

影家老が激昂した。倫三郎は慌てて低頭した。

「名君だから困るのではないか。改革といえば聞こえはよいが、井伊家にとっては、生憎《あいにく》な者ばかりが重用されておる」

影家老が大それたことを言い出した。

「これまで夥《おびただ》しい数の譜代大名が、転封・減封を強いられる中で、井伊家はその憂き目にあうことなく、石高も幕閣最高を誇ってきた。その格別な地位を、死守しなければならぬ。ところが、吉宗さまの将軍就任を、現藩主の井伊直惟《なおのぶ》さまも後押しして差し上げたのだから、見返りに大老職に任じられると信じていたが、未だに何の沙汰もない。直惟さまの現在の掃部寮《かもんりょう》など、井伊家の当主が甘んじるような職ではないわ」

「あのぅ。上様の改革では、井伊家の他のどのような方々が、登用されているのですか」

吉宗が名君とは聞いているが、改革の中身までは、倫三郎は知らない。くわしく知る気はないが、話の流れで恐る恐る尋ねてみた。

「何も知らんのか。手の焼ける奴だな。将軍家の実情ぐらい把握しておいてもらわなければ、役目は務まらぬぞ」

影家老は倫三郎を蔑むような目で見たが、気を取り直したように語りを継いだ。

「上様が最初に抜擢されたのが、紀州藩主時代からの家臣だ。小笠原胤次《たねつぐ》どの、有馬氏倫《うじのり》どの、加納《かのう》久通《ひさみち》どのを側衆に任じ、改革を主導させた。ただし、紀州への拘りはそれほど強くなかったらしく、近ごろでは他藩からの登用が目立っている。岡崎藩の水野忠之どのを勝手掛老中に取り立てて、財政を専管させるとともに、佐倉藩主の松平乗邑《のりさと》どのを老中に任命して、町奉行の大岡忠相《ただすけ》どのと司法改革に携わらせている。適材適所の重用であることは認める。だからといって、井伊家に声が掛からぬ事由にはならぬ」

影家老の声に嘆きが交じった。改革の蚊帳の外に追いやられ、焦燥感を募らせているようである。

「このままでは井伊家は、幕閣筆頭の座に安住できなくなってしまう。だからこそ、この密書の存在を再認識させ、将軍家と島津家を結び付けなければならない。それを仲立ちできるのは、井伊家だけであることを知らしめれば、向後の井伊家の安寧は、約束されたも同然だ。この密書は三家にとっての切り札なのだ」

倫三郎にようやく、影家老の真意が透けて見えた。三家のためというのは建前にすぎない。本音はひとえに井伊家の繁栄を念じていると……。

倫三郎は端くれとはいえ彦根藩士であるから、井伊家のために奔走するのは吝《やぶさ》かではない。しかし今後、将軍家や自分の出自である島津家と、井伊家の間で利害が対立することもあり得そうだ。次第によっては井伊家に正義がないことも……。そうなっても井伊家のためと割り切れるのか、倫三郎には迷いがあった。

「それにな。わしはこの婚姻にもうひとつ、小細工を施してみる」

影家老が悪戯坊主のような顔つきになった。

「家康公は秀吉公を嫌っておられた。奇をてらった戦略を好む様を嘲り、金に飽かせてきらびやかな装束を纏い、黄金の茶室まで造らせるなど、腰に大小を差す者の所為《しょい》ではないと、蔑《さげす》み笑いをされておられたそうだ。その家康公が、秀吉公に勝てないと認められていたことが、ふたつある」

影家老が声を低めて、近くに寄れと手招きした。家康公が遅れをとった話だから、開けっ広げには語れないらしい。

「ひとつは、美しさを愛でる心とでも言えばよかろうか。ある評定の座興で、城造りの第一義は何かという話題になった。家康公は『堅牢』と答えられた。他に出たのも『頑強』『重厚』『不壊』と、似たような文言だ。その中で、秀吉公は迷うことなく『絢爛』と明言された。家康公は己には達し得ない境地と、秀吉公を見直された」

影家老は徐《おもむ》ろに茶を点《た》て、ずずっと音を立てて啜った。ふくよかな香りが立ち込める。倫三郎のもとに茶碗は回ってこない。下々の者をもてなす心慮は欠片《かけら》もないようである。

「家康公が秀吉公をお認めになられていた、もうひとつとは……」

蔑《ないがし》ろにされている屋敷に、長居は無用である。倫三郎は先を促した。

「民の暮らしを豊かにしたことだ。大坂の花めきに家康公は唸り、お膝元の江戸を、大坂よりも潤った街にしようと心血を注がれた。ただし家康公にも意地があるから、端金《はしたがね》稼ぎに身を磨り減らしている大坂を、ただ模倣するのではなく、江戸を文化の香りの高い街に育てたいと、念じておられた。小銭ではなく、豊かな富をもたらす政を進められた」

「家康公の念願通り、江戸八百八町の賑わいは繁く、版本や芸能も盛んになっております」

倫三郎はおもねったつもりだったが、影家老は鼻を鳴らした。

「ふん。おまえの目は節穴か。これまではそうだった。しかしながら、上様が緊縮策を打ち出されてから、商いは遍《あまね》く底を這い、人々の暮らしからは潤いが失われておる。いまの江戸の姿を、家康公が照覧されたら、大いに嘆かれるであろう。だからこそ、将軍家と島津家の婚姻の意義も出てくるのだ」

「はて、どう繋がるので……」

倫三郎には影家老が施すつもりの、おそらくは悪巧みであろう小細工の中身が読めない。

「ふふ。極力派手な婚姻に仕立て上げてみせる。緊縮策を謳っておきながら、絢爛豪華な輿入れ行列になれば、反感を買うのは必定だから、民心を宥めるために、改革にも手心が加わるであろう」

影家老の口元から、黄ばんだ歯が零《こぼ》れた。

「いかなる具体の策を、立てておいでなのですか」

倫三郎の問いに、影家老はある姫の名を呟いた。倫三郎は耳を疑った。はたして島津家は、この姫を娶ることを承諾するのだろうか。それほど悪評高き姫だったのである。

「中身は知らぬままで構わぬが、その密書は此度の婚姻を、円滑に進めるために必要になる。婚姻に不満を持つ者が、強奪しようとするかもしれない。しっかり守り抜けよ」

影家老が倫三郎に念を押した。

＊

倫三郎が庵を辞去してから、しばらくして——。影家老が天井に向けて声を放った。

「おい、そこに控えておるか」

「お呼びと承って、いま参上いたしました」

姿は現さず、くぐもった声のみがした。

「爾今《じこん》、今し方出ていった侍を監視して、逐次動きを報せよ」

「かしこまりました」

天井からすっと気配が消えた。

十

竹姫は鬱屈した日々を送っていた。竹姫が住む江戸城二の丸の庭は、徳川家光の命で小堀遠州が作庭した。諸国から銘木が集められ、池には小さな滝まであるが、そんな明媚な庭を散策しても気が晴れない。平生は楽しみにしている茶の湯も慰めにならない。

原因は、お付きの中臈・萩谷から、こっそり耳打ちされた噂話である。畏れ多いことに、自分と将軍・吉宗との密通が、囁かれているとのことである。それも大奥の内だけでなく、江戸城内、さらには市中にまで広まっているらしい。萩谷は「お気をつけて」と厳しい顔で献言したが、何ら身に覚えがないのに、どう気をつけろというのか。吉宗には敵が多い。誰かが吉宗への害意を込めて流言を行っているのなら、竹姫には防ぎようがない。

確かに吉宗のことは、憎からず思わないでもない。六尺（約百八十センチ）に届こうかという長身で、顔に少々の痘痕《あばた》はあるが、肌は浅黒く、がっしりとした身体つきは男としての魅力に溢れている。

とはいえ、五代将軍・綱吉の養女である自分は、吉宗にとって大叔母に当たる。血を同じくはしていないが、吉宗と契るなど、不道徳が許される由もない。それなのに、こんな不埒な噂が広まるようでは、もはや江戸城内に身の置き所はない。竹姫の懊悩は深まるばかりだった。

竹姫は公家の娘として、京に生まれた。父は権大納言・清閑寺熙定《せいかんじひろさだ》であり、父の姉の大典侍局《おおすけのつぼね》は綱吉の側室だった。

綱吉の正室は、左大臣・鷹司教平《たかつかさのりひら》の娘である。名は信子という。まだ館林藩主だった綱吉に、信子が輿入れしたころ、綱吉はお伝という側室を溺愛していた。信子が入輿してからも、綱吉は連夜お伝のもとに通い、二人の子が産まれた。

信子は鷹揚な性格で、悋気は起こさなかった。むしろ、お伝のおかげで綱吉の床入りが間遠《まどお》になり、高貴な我が肌を貪《むさぼ》られずにすむと、喜んでいるふしもあった。

信子の代わりに、お伝への対抗意識を燃やしたのが、京から付いてきた奥女中たちである。上臈・万里小路《までのこうじ》は綱吉をお伝から引き離すために、別の側室に目を向けさせようと計る。万里小路が京から招き寄せたのが常磐井《ときわい》である。霊元《れいげん》天皇や後水尾《ごみずのお》上皇に勤仕していた女人で、宮中随一の才媛との誉れ高く、匂い立つような色香を湛えていた。宮中文化に憧憬を抱いていた綱吉は、常磐井の居室に入り浸りになる。

お伝には常磐井に対抗できる教養はない。そのうちに女の旬を過ぎて、女体の魅力で絡め捕るのも困難になっていく。しかし、お伝も強《したた》かだった。京の公家・二条家に渡りを付け、常磐井に比肩し得る京美人を送ってもらうように依頼する。新たな側室の後見役となることで、権勢を奪還しようと画したのである。

お伝が二条家から仲立ちされたのは、東山天皇に大典侍として仕えていた女人で、大奥でも同じ名で呼ばれた。これが竹姫の伯母である。大典侍局は容色、教養ともに図抜けており、以降は綱吉の寵愛を一身に受ける。

残念ながら、大典侍局は子宝に恵まれず、寂しさを紛らわすために、養女を育てることを望んだ。選んだのが姪の竹姫である。それまで側室に養女など、前例のないことだった。けれども、嫡男の徳松が五歳で早世したのに続き、紀州藩に嫁いでいた一人娘の鶴姫も疱瘡で逝ったために、意気阻喪《いきそそう》していた綱吉は、これを承諾する。それどころか、竹姫を綱吉自身の養女として迎え入れたのである。

それ以来、竹姫は江戸城二の丸御殿で暮らしている。すでに二十五歳。「行き遅れ」と誹謗中傷されていることは、十分に自覚していた。ただし、竹姫が居座りを決め込んでいるわけではない。縁組がまとまりさえすれば、すぐにでも大奥を出ていきたい。しかしながら、その縁なるものが整う望みは、薄かったのである。

これまで竹姫には、いくつかの縁談があった。綱吉は竹姫を可愛がり、竹姫三歳のときに、会津藩主の松平正容《まさかた》の嫡男・久千代と婚約させた。ところが、久千代は数カ月後、十二歳の若さで夭折してしまう。綱吉は竹姫を傷つけないように、次の縁組を急ぎ、二年後、有栖川宮正仁《ありすがわのみやただひと》親王との婚約が整った。だが、竹姫が成長し、結納が交わされた直後、正仁親王が急死してしまったのである。

竹姫は「不吉の女」「行かず後家」と陰口を叩かれるようになり、縁談はふっつりと途絶えた。どの藩に打診しても、「竹姫」の名が出た途端に、「その儀は平にご容赦を」と平伏されるとの噂を耳にして、身を縮こめた日もある。確かに続けて許嫁を亡くすとは、まさに呪われた女である。もう自分に縁談が舞い込むことはないと、竹姫は諦めていた。

そんな竹姫の憂いに付け込んだのが、中﨟の秀小路である。亡くなった六代将軍家宣の正室・天英院の側近として、大奥を闊歩している。切れ長の狐目の女で、唇は滑りを帯びて光っている。性悪が顔に出ている女だった。竹姫の居室を訪れた秀小路は、居丈高に天英院の意向を伝えた。

「竹姫さまにご不幸が度重なったのは、悪しき魔物に取り憑かれているせいではないかと、天英院さまが案じておいでです。ありがたき法力を備えた女行者を、お引き合わせいたしますので、明日から御祓いを受けていただくように、との仰せにございます」

「天英院さまにお気遣いいただき、竹は果報者にございます」

内心「ありがた迷惑」であるが、天英院の提案を拒むわけにはいかない。現将軍の吉宗が大奥に正室・側室を入れていないため、いまでも大奥首座は天英院なのである。

翌日から現れた女行者が祈祷を施すと、竹姫は激しい悪寒に襲われ、ついには嘔吐した。食も細り、日を置かずして面窶《おもやつ》れしてしまった。「憑き物が落ちつつある証」と、女行者は我が手柄を吹聴したが、さすがに疑心を起こした中﨟の萩谷は、天英院の周辺に探りを入れた。すると、女行者が秀小路の居室に、頻繁に出入りしているとの噂が、漏れ聞こえてきたのである。その噂には尾鰭が付いていた。とある女中の姪が、大奥に遊びに来たとき、秀小路の部屋から呻き声がするので、つい覗き見たところ卒倒したらしい。その童女は、大蛇と狐の絡み合いを見たと、震えていたとのことである。

疑惑を募らせた萩谷は、高名な上人を竹姫のもとに連れてきた。江戸城では牛込円福寺の住職が、城内の魔や鬼などの災いを祓う祈祷を取り扱っていた。円福寺には、日蓮が開眼した厄除開運祖師が安置されており、霊験あらたかな寺である。上人は竹姫をひと目見るなり、祈祷を始めた。それを終えると、あたりを払い、厳めしい顔になった。

「向後は、かの女行者を招き入れてはなりません。いかなる下心があったのか。女行者が施したのは、邪教に伝わる呪詛の祈祷だったようです。いま調伏しておきましたが、油断は禁物です。そもそも婚約された方々が、亡くなられたのは、その方々の柵《しがらみ》によるもので、竹姫さまのせいではありません。それに、近々良縁に恵まれるとの卦《け》も出ております」

竹姫は自分に災厄をもたらす者たちが、現前していることを悟った。しかし、実行犯の女行者を糾弾しようにも、背後には天英院の影がちらついている。下手に動けば、障りがありそうである。そのため、むしろ自分付きの女中たちには、箝口令を布いた。救いは良縁の瑞兆だが、俄かに信じられはしない。

天英院の嫌がらせで、さらに塞ぎ込んだ竹姫のもとを、巨躯の男が訪れた。八代将軍・吉宗その人である。竹姫の心の臓は跳ね上がった。吉宗との密通を疑われている最中に、噂話の火に油を注ぐようなものだからである。

「これは上様。どのような御用の向きにございますか」

竹姫がことさら他人行儀に問い質す。吉宗は竹姫の冷たい対応を意に介さず、微笑みを湛《たた》えている。その口から発せられた言葉が、竹姫の意表を突いた。

「大叔母さまに、このうえなき縁談を携えて参りました」

「お戯れを申されますな。わたくしは二十五歳の大年増。良縁などあるはずもございません。どこぞの小藩の後妻にでも片づけて、お城から体よく叩き出すお心積もりでしょうか」

嫌味を言う竹姫に、吉宗は目を合わさずに答えた。

「継室の形ではありますが、けっして小藩ではございません。薩摩藩主の島津継豊《つぐとよ》どのとの縁談が、進められております」

「そのような鄙の地に放り出すとは、わたくしに、いかなる落ち度があったと仰せですか」

竹姫はきっと吉宗を見据えた。

「いえ、薩摩に下向する必要はありません。芝の薩摩屋敷で、ごゆるりと過ごしていただく手筈になっております」

参勤交代は、原則として一万石以上の大名に、一年交代で領国と江戸を行き来させる。一方で正室と世子は、江戸常住を義務づけていた。いわば人質である。そのため、嫁ぎ先の領国を訪れたことがない正室は、少なくなかった。

「もとより、それは存じ上げております。けれども、殿様が隠居でもすれば、薩摩に連れ去られてしまうこともございましょう」

竹姫は顔を曇らせた。竹姫が思い描く薩摩は、どこまでも茫漠たる芋畑が広がる最果ての地だった。

「ご懸念には及びませぬ。この春、老中の松平乗邑が、島津家に竹姫さま入輿の内意を通達いたしました。その際、竹姫さまには末永く芝の薩摩屋敷にお住み続けられるように、約定を結んでありますす」

自分の気持ちを確かめないままに、そこまで話が進んでいる。竹姫は言葉を失った。

「しかも、この縁談を持ち込んだ彦根藩主の井伊直惟によりますと、将軍家と島津家の婚姻は、大権現《だいごんげん》さまのご遺言でもあったようなのです。突拍子もない話ですが、直惟はその直証となる品の存在を、示唆しておりますから、戯れ言と捨て置くこともできません」

家康の遺言であるならば、徳川家の者にとって金科玉条である。それは竹姫にとっても同じで、運命は決まったも同然である。

「そうですか。大権現さまのご遺言と……。わたくしのような不吉な女の嫁ぎ先は、外様で田舎者の島津あたりが、適《かな》っているのかもしれませんね」

竹姫は自嘲の笑みを零した。

「不吉な女などと、仰せになってはいけません。たまたま不運が重なっただけで、いつか幸せになっていただきたいと、皆が祈っております、この吉宗とて同じにございます。その祈念の証左として、竹姫さまには、わたくしの養女として嫁いでいただきます」

竹姫にとって、この吉宗の申し出はありがたかった。現将軍の娘になる栄誉が欲しかったわけではない。親子になれば、吉宗と自分の黒い噂は立ち消えになる。その期待感のほうが、竹姫には大きかったのである。

「ただし、島津家からはいささか、難題も吹っ掛けられております」

「島津家はさように、高飛車な構えなのですか」

不吉の女を自覚していても、公家の生まれで、元将軍の養女として生きてきた誇りを傷付けられ、竹姫の声が尖った。

「将軍家と島津家の婚姻が、大権現さまのご遺言で、井伊家にその直証となる品があることを、島津家でも諾していいるはずなのに、いろいろと勝手な要求をしてきているのです。まぁ、たいした注文ではございません。竹姫さまをお迎えするには、芝の屋敷は手狭と、文句を付けてきましたから、近隣の旗本屋敷を徴収して、新たに七千坪を与えました」

「それはまぁ、広いに越したことはありませんが……」

竹姫は吉宗の大盤振る舞いに、機嫌を直した。

「それから、竹姫さまには、心していただきたいことがございます。島津継豊どのは、長門長府藩主・毛利吉元《よしもと》どのの娘を、正室に迎えられていましたが、すでに亡くなっておられます。その正室との間に、子は産まれなかったのですが、側室が産んだ益之助を、世子と定め、幕府への届け出もすんでおります。そのため、竹姫さまが嫁がれた後、男児が誕生しても、世子は益之助のままにする、との条件が付けられております」

「無体な……。まさか承服なされたのですか」

自分の産んだ子は、世継ぎにはなれない。あらかじめ、そう決められている――。後妻とはいえ、正室に迎えられるのに、屈辱としか言いようがないと、竹姫は憤慨した。

「島津家の要求は、丸呑みするつもりにございます」

吉宗がきっぱりと確言した。どうやら、何をどう反駁しても空《むな》しいようである。それにしても、時の将軍を、ここまで妥協させる拠り所となった、家康の遺言とは何なのか、井伊家が蔵する証拠の品とは、どのようなものか、竹姫に興味が生まれた。それを吉宗に問うと、「何も知らぬまま、嫁いでくだされ」と、木で鼻をくくったような答えが返ってきた。

「それに、この縁談は、天英院さまのご差配でもあるのです」

「何と、天英院さまが……」

さらに予期せぬ名が通告され、竹姫は困惑した。天英院が策動しているとなると、この縁談の裏側には、陰謀が蠢《うごめ》いている。けだし竹姫を貶《おとし》める罠が、仕込まれているのだろう。竹姫は思わず、吉宗の厚い胸に取り縋って、これまでの天英院の仕打ちを、告白しようとしたが、それをぐっと堪えた。天英院の手の者に見咎められれば、また悪しき噂が立ってしまうからである。しかし、吉宗に頼らず、徒手空拳で天英院に歯向かう度胸も力もない。自分の前途には暗雲が立ち込めている。竹姫は底知れぬ絶望感に襲われていた。

十一

江戸城大奥。天英院は朝の勤行《ごんぎょう》をしていた。夫の六代将軍・家宣の他に、六柱の位牌が並んでいる。早世した子どもたちの位牌である。天英院自身が腹を痛めた子は二人だが、側室が産んだ子も、形のうえでは正室の子として扱われるため、一緒に冥福を祈っている。これだけの幼い命を弔うのは、尋常ではないようだが、大奥ではめずらしくなかった。

実は徳川歴代将軍の中で、前将軍の正室から誕生したのは、三代・家光のみである。四代・家綱、七代・家継は、側室から産まれた庶子だった（後の九代・家重、十代・家治、十二代・家慶、十三代・

家定も側室の子)。その意味では、将軍の血筋を絶やさないために、多くの側室を抱える大奥を築いた春日局は、炯眼《けいがん》の持ち主であったといえる。ただし、春日局の目算を超える事態も出来《しゅったい》していた。大奥では正室、側室を問わず、将軍の子が次々に亡くなってきたのである。結果として五代・綱吉は館林藩、六代・家宣は甲府藩、八代・吉宗は紀州藩(後の十一代・家斉と十五代・慶喜は一橋家、十四代・家茂は紀州藩)から招聘されている。幼児が死亡する割合の高い時代ではあるが、手厚く庇護されている将軍の子が、続けて亡くなり、世継ぎを残せない将軍が多いことは、やはり異様と言わざるを得ない。

勤行を終えた天英院は、自らも加担した、これまでの大奥の相剋を回想していた。それは苦々しい記憶でもあった。

天英院は関白・近衛基熙《もとひろ》の娘で、名を熙子《ひろこ》という。母は後水尾天皇の皇女である。近衛家は五摂家の中でも筆頭の家格で、あまたの関白、太政大臣を輩出している。

延宝《えんぽう》七年(一六七九年)、熙子が降嫁したのが、甲府藩主の後継に決まった徳川綱豊だった。ただし、近衛家が乗り気だったわけではない。近衛家には公家筆頭の誇りがあり、当初はこの縁談を断ろうとした。熙子の父・基熙の日記には「武家との婚姻は、近衛家の禁忌に背く」との記述があり、熙子の婚約が整ってから嫁ぐまで、悔しさのあまり泣き暮らしたという。近衛家にとっては、徳川の一族といえども、武家に娘を嫁がせるなど、品下がり以外の何物でもなかったのである。そのため、熙子は形式上は近衛家の娘ではなく、中納言・平松時量《ときかず》の養女となってから嫁いだ。近衛家としては、それで体面を保ったつもりだったが、徳川家にとっては屈辱であり、ひた隠しにされている。

熙子が嫁いだころ、将軍の正室になる芽はなかった。ところが、世子出生の心願として「生類憐れみの令」まで発布した綱吉が、老境に達してついに、実子の誕生を断念する。跡継ぎに指名したのが綱豊だった。家宣と改名した綱豊は、熙子と江戸城西の丸御殿に入った。宝永《ほうえい》六年（一七〇九年）、綱吉の薨去に伴って、家宣が六代将軍に就任し、熙子は御台所となり、本丸に移った。

ここから大奥では、世継ぎを巡る暗闘が激化する。家宣と熙子の間に、子宝を授からなかったわけではない。だが、家宣が甲府藩主だったときに、桜田御殿で産まれた長女・豊姫は二カ月で早世。待望の嫡男も出生時に亡くなり、命名すらされなかった。

大奥に入った熙子は「御褥《おしとね》すべり」を願い出る。子を産むことを、唯一無二の責務とする大奥では、三十歳を超えると、将軍と閨《ねや》を共にすることは禁じられていた。四十路の坂を越えた熙子が辞するのは、いわば分別であった。しかし、これは熙子の本音でもあり、建前でもあった。子を儲けるための交わりは、他の女に任せるが、家宣が自分の柔肌に未練があるようなら、たまには馳走してやろうといった心積もりであった。実際に「御褥すべり」は融通が利き、高齢になっても、馴染んだ肌を愛おしみ、正室との添い寝を楽しむ将軍もいた。熙子は雪をあざむくかのような色白で、肌の触り心地もしっとりしている。非の打ち所がない容色と自惚《うぬぼ》れていた。しかも摂家の女だから、床で乱れるような、はしたない真似はしない。そんな高貴な交わりを惜しみ、家宣は「御褥すべり」を拒むと過信していた。ところが――。家宣は熙子を労《ねぎら》ったうえで、あっさりと同意したのである。熙子はそのとき、家宣がそっとほくそ笑むのを見逃さなかった。

「わたくしを袖にするとは、何たることか。もはやこの身体が欲しくないのか」

熙子は呆然とした。

数日後、側室の喜世付きの女中が、戴き物のお裾分けを持ってきて、ふと思い出したかのように「上様が熙子さまのことを、人形を抱いているようだったと、仰せでした」と、口元を袖で隠しながら言った。熙子は素直に賛辞と受け取った。公家筆頭の家に生まれた熙子は、幼いころから、何事にも素直に、おおらかに処すように躾けられている。

「そうであったか。人形のように美しいと、讃えておられたのなら、時折は共寝して差し上げましたものを……」

熙子は鷹揚に応じつつ、家宣への誘い水もかけておいた。

「熙子さまとは、どうにも話が噛み合いませぬ」

讒言好きで知られる女中は、毒気を抜かれた顔をして帰っていった。

「あの女中は、何を言いたかったのであろうか。まぁ、下々の者が的外れを言うのは、承知しておる。出自の格差が大きすぎるのだから、止むを得ぬな。放っておくことにしよう」

熙子はお付きの女中たちに、そう宣《のたま》った。女中たちは皆、顔を逸らした。

熙子が「御褥すべり」になってから、家宣が間断なく通うようになったのが、側室・喜世であり、大奥では熙子派と喜世派が対立する構図が、長らく続くことになる。

もともと両派は水と油だった。熙子を取り巻く女中たちは、京で生まれ育った者たちである。知性に溢れ、挙措は楚々としており、その分気位が高い。他方の喜世派は、江戸の女たちで占められていた。気風《きっぷ》はよいが、行儀に疎い。喜世派の女中が所作を誤ると、熙子派の女中は「はしたないこと」

と、衆目に晒して大袈裟にあげつらう。逆に喜世派のほうでも、熙子派の女中たちを「鼻持ちならない女ども」と、陰口を叩いていた。

熙子はすでに、自らの子を将軍に据えることは諦めていたが、お付きの女中たちから、喜世の悪口を吹き込まれ、「下品な女が産んだ子が将軍になるようでは、徳川家の行く末は暗い」と、公言するようになった。

幸いだったのは、喜世が身籠もる前に、側室の古牟《こん》から家千代が誕生したことである。しかし、喜んだのも束の間、家千代は三カ月後に亡くなってしまう。

そこで、熙子が白羽の矢を立てたのが須免《すめ》である。柳沢吉保の妾の妹で、熙子を慕い、久しくお付きの女中として尽くしてくれた女人だった。熙子の目論見通り、須免は男児を産み、大五郎と名づけられた。翌年に喜世から鍋松が誕生したから、紙一重の差だった。

しかし、頼みの綱であった大五郎は、三歳になる間際、高熱に侵され、早世してしまう。熙子は喜世派が抹殺を計ったのではないかと疑った。

数年後、須免が再び身籠もり、虎吉を産んだ。すると今度は、喜世派が疑心暗鬼に陥った。虎吉を世継ぎにするために、鍋松を殺しに来ると思い込み、鍋松から片時も目を離さないように、見張り役を配置する騒動になった。対抗するために、虎吉にも同様の措置がとられたが、その甲斐もなく、虎吉は数カ月で病没してしまった。

正徳《しょうとく》二年（一七一二年）、家宣が五十一歳で薨去する。正室、側室は落飾し、熙子は天英院、喜世は月光院となった。家宣の跡を継いで将軍に就いたのは、唯一生き延びた鍋松改め家継である。わずか四歳だった。その生母として、月光院の権力が増していく。

「月光院は将軍を産んだのだから、それも致し方ない。わたくしは負けたのである。これからは、家宣さまや子どもたちの菩提を弔って生きていこう」

天英院には諦観の念があった。ところが――。

「月光院が歪んだ性に走りさえしなければ、わたくしは安らかな余生を過ごせたものを……」

天英院が、当時の出来事を顧みて、歯噛みした。

幼少の家継を補佐していたのは、側用人の間部《まなべ》詮房《あきふさ》だった。歌舞伎役者と見紛うほどの美丈夫である。月光院がその詮房と、爛《ただ》れた仲に堕ちたのである。

天英院はそれを聞き付けたとき、初めは「年増女の色狂い」と嘲った。しかし、よくよく鑑みて、ただの下衆な話ではないと思い直した。これまで多くの幼子が命を散らしたのは、月光院の仕業と勘繰っている者も少なくはない。復讐を企て、家継を亡き者にしようとする動きが、出てくるかもしれない。そこで家継の守り役に選んだのが詮房だったわけである。とはいえ、情を交わし、一蓮托生の契りを結んだ男でなければ、心丈夫に家継を委ねられない。だからこそ月光院は、自らの肉体を報奨としたのであろう。

月光院の意を受けて、詮房は毎朝大奥まで家継を迎えにいき、抱き上げて表御殿に出て、執務中は常に膝の上で遊ばせ、夕方になると再び抱いて大奥に連れ帰った。幼い家継も懐き、詮房が迎えに来るのを、待ち遠しそうにしており、あたかも実の父子のように見えた。このように一日中詮房が離れなければ、誰も家継には手が出せない。月光院の計図通りに事が運んでいたわけである。

「つまり、女心ではなく、母心であったか」

天英院は嘆息した。その母としての思いは分かるが、仏門に入った前将軍の側室と幕臣の密通を、見過ごすわけにはいかなかった。天英院には大奥首座として、大奥の秩序を守る責務があった。

他方で、幕閣の間でも、詮房の存在を危ぶむ声が囁かれていた。詮房が幼い将軍を傀儡《かいらい》として、天下を操るのではないかと……。そうした心ある幕閣と手を組んで、月光院と詮房を江戸城から追い出そうと、天英院は決意したのである。

十二

幕閣と手を携えて、月光院と詮房を追放する。そう思い定めたものの、天英院には具体の策が浮かばなかった。こんなときに頼りになるのが、お付きの中臈・秀小路である。秀小路は天英院が家宣に嫁いだ際に、実家の近衛家から派遣されてきた女で、八瀬童子の娘と伝えられていた。八瀬童子は山城愛宕に住む一族で、鬼の子孫と噂されている。比叡山の雑役に従事するとともに、天皇が亡くなった際に、棺を担ぐ栄誉を与えられている。その裏で近衛家に雇われ、忍者として暗躍していた。そんな家に生まれた秀小路だけに、汚れ仕事も厭わないし、闇の世界とも通じていた。

天英院が幕閣の誰かと手を組むと宣すると、秀小路は猛反対した。

「幕閣の中に、詮房さまの成り上がりに、眉をひそめている方はおられます。でも、その本心を表に出されている方はおられません。簡単には心底を見せないのが、幕閣というものなのです。しかも、詮房さまの他にも、月光院さまと通じている幕閣がいる可能性もあります。誤って月光院派の幕閣に、声を掛けてしまったら、策略が水の泡となります」

「そなたの申す通りであるな。幕閣のうち、誰が我らの同朋になってくれるのか、識別は至難である。とはいえ、大奥にいる仲間の女たちだけで、事を為すことはできまい」

「天英院さま。ここらでお覚悟をお決めくだされ。尾張と紀州、いずれに助力されるのか」

前将軍・家宣の実子で健在なのは、現将軍の家継だけである。その家継は生まれつき病弱で、長くは生きられないだろうと、見なされていた。そのため、次期将軍の座を巡って、早くも尾張と紀州が、火花を散らしていたのである。

「家継さまがご存命なのに、不届きを申すものではない」

天英院が秀小路を叱り付けた。しかし、秀小路も引かない。

「この際、本音で話すことをお許しください。そうしなければ、良計など生まれませぬ」

そう言われると、天英院も頷かざるを得ない。

「お覚悟を決めてくだされと申しましたが、実のところ天英院さまが、どちらの藩に加担するか、もう定まっているのです」

「そなたごときが、なぜにそう確言できるのだ。わたくし自身、まだ何も決めておらぬというのに、口が過ぎるぞ」

自分の運命を、知っているかのような秀小路の態度が、天英院は癪に障り、いくらか刺々しい口調になった。

「お聞き及びではございませんでしたか。月光院さまは、尾張藩と手を結んでおられます」

「そうであったか。となると畢竟《ひっきょう》……」

「はい。天英院さまは、紀州藩と組むことになります。よろしいでしょうか」

秀小路が念を押す。天英院はしばし黙考したが、他に選択肢がないことは明らかである。

「そうするしかなさそうであるな」

「では、紀州藩の者と裏で話を付けます」

秀小路が事も無げに言った。並の大奥女中が容易く請け負えることではない。八瀬童子の家に生まれた秀小路だから、紀州藩の忍者にも手蔓があるのだろうと、天英院は察した。

数日後、秀小路は新しい女中を連れてきた。

「つうでございます。紀州で生まれ育ちました。藩の偉い役人さまから、天英院さまのために身を粉にして働けと、申し付けられております」

つうは齢《よわい》十七といったが、幼さの残る顔立ちだった。江戸に来て間もないらしく、田舎なまりも交じっている。驚異的なのがその身の軽さである。板廊下を音を立てずに歩き、とんぼ返りまでして見せた。大奥女中には不要な芸だが、いまなら大いに役に立つ。案の定、つうは月光院派の粗探しに精を出し、値打ちのある内緒話を拾ってきた。

「紀州藩の忍者が、売り込んできただけのことはありますね」

秀小路は満足そうだった。

つうが聞き込んできた話の中に、十日後に月光院が、家宣の墓参に赴くというものがあった。これを何らかの形で活かせないものか。天英院と秀小路は、つうを通じて紀州藩の忍者に打診した。その返答は早く、かつ短かった。

「墓参の帰りに、ご一行が木挽《こびき》町の山村座で、歌舞伎を見物するように仕向けてください」

大奥の女たちにとって、墓参と歌舞伎見物は付き物だった。外出の機会がほとんどないため、墓参の形で、外出が大っぴらに認められる折には、ついでに遊興もしたくなるのが人情だからである。月光院も当然、此度も歌舞伎見物を予定しているだろうから、それを山村座に誘導すればいいわけだが、これが簡単ではない。天英院が勧める歌舞伎を、月光院が見物するはずがないのである。

「秀小路、何ぞ知恵はないか」

「中継ぎが必要になりますな。そうそう。後藤縫殿助《ぬいのすけ》はいかがでしょう」

「何者だ」

「大奥出入りの呉服商です。月光院さまに可愛がられておりますが、商人はいつでも新規の客を欲しがっているものです。反物を数反贖《あがな》い、今後も贔屓にすると仰せになれば、頼みを聞いてくれるでしょう。口が堅い男との定評がありますから、あくまで内密にと言いつければ、天英院さまの御名は伏せてくれます」

秀小路が予想した通り、後藤は天英院と取引が生じたことを喜び、奇妙な依頼を、詮索することもなく、内密に動いてくれた。それどころか、「わたくしから、日ごろの感謝を込めて」と、自腹で山村座の客席を十人分押さえ、月光院に提供したそうである。月光院はこの賂《まいない》をすんなり受けた。

「商人の只ほど怖いものはありませぬ。何の疑いも抱かないとは、月光院さまも案外甘うございますな。さてさて、紀州藩の忍者が、山村座にどんな罠を仕込んだのか、じっくりと観賞することにいたしましょう」

上々の首尾に、秀小路が手放しで喜んだ。

ところが――。墓参当日、つうがいつになく、がさつな足音をさせて飛んできた。

「あり得ないことが起こりました。月光院さまは墓参に出掛けておられません」

「いったい何があった」

秀小路の声が裏返っている。どうやら大甘はこちらのほうだったと、天英院は気づいた。

「月光院さまは、持病の腰痛のため、御年寄の絵島さまが名代となられ、すでにご一行さまは出立されておられます」

絵島は月光院の右腕である。

「月光院さまは、臥せっておられるのか」

秀小路がいまいましそうに尋ねる。

「いえ、部屋の様子を探っておりましたら、わたしと目が合い、わざわざ部屋の外まで出てこられ、大きく伸びをされ、にっこりと微笑まれました」

「腰を痛めた女がすることではないな」

天英院は声を上げて笑った。それぐらい手強くていい。こちらも腰を据えて戦う意思が定まるというものである。おそらく月光院は、吝嗇《けち》な商人が歌舞伎の客席を提供してきたことを怪しみ、調べさせ、後藤が天英院のもとを訪れたばかりであると、知ったのだろう。

こうなったからには、計略の練り直しが必要になる。天英院はつうに「墓参は絵島の代参になった」と、紀州藩の忍者に急報するように命じた。

数刻後、戻ってきたつうの伝言に、天英院と秀小路は、まさに虚を衝かれた。

「藩の偉い役人さまからの伝言でございます。此度の標的は月光院さまにあらず。もとより、絵島さまこそが的であると……」

「何と。織り込み済みということか」

天英院は、忍者たちの見通しに深さに、感じ入った。

「しかして、今夕すでに、絵島さまは釣れました。この後、針が喉元に食い込むまで、お待ちください。それまで月光院派を刺激せず、静観しておいていただきたいと、役人さまは付け加えておいででした」

すでに釣れたとは、どういうことなのか。自らも加担していることでありながら、天英院は身の毛がよだつ思いがした。

絵島が嵌まった罠が何だったのか。天英院と秀小路は、それから数カ月後、つうから聞かされた。

「絵島さまを色仕掛けで嵌めたのは、山村座の看板役者・生島新五郎です。機会は限られておりますから、新五郎は出会った日に、楽屋で情交に及びました。絵島さまは三十四歳にして初めて、生身の男に抱かれたと思われます。女体の扱いに慣れた歌舞伎役者ですから、絵島さまはどんどん溺れていかれました。年増の深情けとも申しますから……」

生々しい話なのだが、つうの話しぶりが、書付を棒読みしているかのように、淡々としているので、真に迫ってはこない。もっとも、十七の娘に、色仕掛けを情感たっぷりに話されても、座りが悪いかと、天英院は苦笑した。

「絵島さまは差し当たり、細々とした外出の御用を作り、出合茶屋で新五郎と逢瀬を楽しんでおられました。御年寄の役職を上手に使えば、けっこう外出もできるようです。でも、それでは長居はできず、物足りなさを覚えてしまいます。そこで、呉服商の後藤が納める長持の中に、新五郎を潜ませて、大奥に引き入れ、淫楽に耽るようになりました」

「後藤が手助けをしたのか。誰とでもつるみ、何でもやる無節操者なのであるな」

天英院が後藤を蔑んだ。

「そこに利があると胸算用すれば、汚れ仕事も厭いません。商人《あきんど》ですから……」

つうが天英院に、世の道理を説くかのごとき訓言を発した。

「かくしていまや、二人の仲は、のっぴきならないところまで来ております。いや、真に追い詰められているのは絵島さまだけで、新五郎のほうは仕事で演じているだけの屑《くず》野郎ですが……」

「新五郎は仲間なのだろう。そう悪し様に罵っていいのか」

ここまでの顛末を聞けば、生島新五郎が紀州藩の手の者であることは、天英院にも分かる。

「紀州藩の忍者の中で、女絡みの仕事を一手に引き受けているのが、生島一族です。本当はわたしは、あんな外道どもと組むのは、真っ平なんですよ。生島一族の者が『女なんて皆、我らの調教で意のままに操れる』なんて嘯いているのを聞くにつけ、虫酸が走るのです。なるほど今回は、性に枯渇している年増女の弱みに、うまいこと付け込めたのでしょう。だからといって、技を讃えたくはありません。わたしは女ですから……」

つうの言い分は、天英院の耳に痛く刺さった。月光院派の殲滅に躊躇《ためら》いはない。しかし、その方法が色仕掛けでも構わなかったのか、と問われれば、けっしてそうではなかった。同じ女として、女を性の虜《とりこ》にする遣り口など、容認すべきではなかったのである。

「つう、そなたの上役に、絵島への陥穽はもう差し止めるよう、伝えてくれ」

「生憎遅うございました。『本日、罠の仕上げと相成りました』。それが藩の偉い役人さまからの新しい伝言です」

天英院はつうが、いつどのようにして、紀州藩の忍者と接触しているのか知らなかったが、当日の伝言が、早くも届いていることに驚いた。それにしても「仕上げ」とは、おぞましい言い様《ざま》である。

「絵島は、どうなってしまうのか」

心配する立場にないことは納得ずくで、天英院は尋ねた。

「今日も、絵島さまは月光院さまの名代として、家宣さまの墓参に赴かれました。その帰途、山村座に立ち寄り、芝居を見物してから、新五郎と身体を重ね、熟練の性技に陶酔し、刻《とき》を忘れてしまわれました。これから大奥に戻られますが、そこで秀小路さまに、一役買っていただきとうございます」

「ようやく出番が来たか。どんな役回りかの」

秀小路が張り切る。

「ご承知の通り、江戸城の御錠口は、暮れ六ツに閉門します。大奥の女は、それまでに帰り着かなければなりません。絵島さまはいま、早駕籠で江戸城に向かわれていますが、たぶん門限に遅れてしまうでしょう。そこが付け目です」

「門限の決まりはその通りだが、絵島は大奥御年寄だ。その権威を笠に着れば、問答無用で開門させることもできよう」

つうの献策に、天英院が疑義を挟んだ。

「その憂慮があるからこそ、いよいよ秀小路さまの出番なのです。天英院さまが御錠口の間近に顔を出されるのは、不自然ですが、秀小路さまなら『騒々しいので、何があったか検分して参れと、天英院さまに言いつけられた』との言い訳が立ちます」

「遅参した絵島たちを大声で詰って、騒ぎを大きくして、罰を受けさせるように仕向けるのが、わたくしの役目だな」

秀小路が先走る。

「その場で悶着を起こす必要はありません。できれば御錠口では、絵島さまたちと顔を合わさないほうが上々です。このたび葬るのは絵島さまだけで、これから月光院さまとの暗闘が控えております。そのときに秀小路さまにはまた、大切なお役目がありますから、いまはむしろ、目立たないようにしていただきたいのです」

「騒がず、目立たぬようにすれば、絵島を糾弾できぬぞ。門限の遅れなど、なかったことにされてしまうわ」

秀小路は不満げである。

「ですから、そこが秀小路さまの腕の見せ所なのです。御広敷《おひろしき》の役人が出張ってくるでしょうから、そのうちの誰かに『何があったのか、しかと調べて、しかるべき手筈を整えよ』と命じて、『天英院さまも、ご心配のようであった』と付け加えてください。この一言で御広敷役人は、調べと報せを怠けられなくなります」

「御広敷役人からの報せを受けて、誰が裁きを担当して、大事《おおごと》にするか。それも決まっておろうな」

天英院がつうに確かめた。

「抜かりはございません。老中首座の土屋政直《まさなお》さまと、手を結んでおります。絵島さまと生島新五郎の吟味には、目付の稲生正武《いのうまさたけ》が選ばれました」

「準備万端整っていると……。では、わたくしはそろそろ、御錠口に向かうとしよう」

秀小路が足早に部屋を出た。

数日後、絵島、新五郎らが捕まり、稲生の過酷な取り調べが始められた。その模様も、つうから報せがあった。

「稲生さまは拷問がお好きで、絵島さまにも三日三晩、一睡も許さない『現責《うつつ》め』を施されました。絵島さまはそれに耐え、無言を貫いておられます」

「待てや。新五郎も拷問されているのか。仕事でやったことなのに、ちと気の毒である」

自分の依頼のせいで、痛い目に合っている新五郎を、天英院が気遣った。

「新五郎には『石抱き』が用意されていました。三角状の木を五本並べた台に正座させ、膝の上に重石を積み上げる拷問です。でも、稲生さまがその拷問をちらつかせただけで、新五郎はあっさり落ちました。絵島さまに罪を着せたところで、新五郎の役目は終わりですから……。罪を認めても、罰として拷問に掛けてもよかった気もしますが……」

つうは、新五郎が拷問を避けられたことが、不本意なようだった。

さらに数日後、絵島らへの処分が下った。絵島は高遠藩《たかとお》への流罪、新五郎は三宅島に遠島になった。

「大奥の女は、上様以外の男に身を委ねるのは、御法度だから、それくらいの罪には問われるだろうな。新五郎はどうするのだ。三宅島に送られてしまってもいいのか」

秀小路がつうに尋ねる。

「大丈夫です。別の男と入れ替わる手筈になっております」

「別の男と……。よく島送りの身代わりを承知したな」

「借金取りに追われていた男に金を積み、家族の暮らしを約したとのことです」

「よくぞ、恰好の男が捜し出せたものよ。顔や年格好も似ておったのか」

「何もかもうまくはいきません。年格好は近いのですが、顔は似ても似つかないとか……」

現に二十八年後、新五郎は赦免されて江戸に戻ったが、別人のようだと囁かれた。

「でも、瑣末なことです。生島一族は化粧《けわい》の達人です。『自分は生島新五郎だ』と言い張れば、何とか誤魔化せるくらいの顔には仕上げたそうです。それに、罪人の顔をしっかり確かめるのは、お白州の裁きまででしょう。仕置きが決まった罪人なんて、逃げようとさえしなければ、誰も興味なんか持ちませんよ」

つうが断言した。

土屋政直と稲生正武は、追求の手をゆるめず、順々に処罰が下った。御年寄の宮路、梅山、大奥表使の吉田、沖津をはじめ、五十人余りが罪に問われ、大奥を追われた。月光院派の中核を成す者ばかりで、派の勢力は急激に衰えていった。

「紀州藩の忍者たちのおかげで、月光院に圧勝できた。吉宗どのには借りを返さねばならぬ。わたくしの力で、次期将軍に押し上げてみせようぞ」

天英院は尊大な顔で、高らかに宣した。

十三

徳川吉宗は貞享《じょうきょう》元年（一六八四年）、紀州徳川家二代藩主・光貞の四男として生まれた。母のお紋は、和歌山城の奥の下女だったが、湯殿番として、光貞の背中を流していたときに、戯れに手が付いた。そのため、吉宗は長らく「湯殿の子」との誹謗に、塗炭の苦しみを味わうことになった。母親の下賤な出自から、和歌山城内で起居することは許されず、家老のもとで育てられた。その惨めな境遇もあって、物心付いたころにはもう、手に負えない利かん坊になっていた。長じてもふらりと街場を出歩き、喧嘩を買って出ることとすらあった。岡場所に入り浸ったころもある。己の行く末に見切りを付け、自暴自棄になっていたのである。「情けない青二才だった」と、吉宗は後に、忸怩たる思いで振り返ったことがあるが、若いころ下情に通じたことが、政に活かせた面もあった。

その吉宗の前途に、曙光が射したのは、元禄《げんろく》十年（一六九七年）、越前葛野藩三万石の藩主となった折である。紀州藩の支藩ではあるが、一国の主になったことで、生き甲斐が生まれ、心を入れ替えて政に邁進した。それ以上の栄達は諦めていたが、父や兄たちが亡くなり、紀州藩五代藩主の座が回ってきた。吉宗は、旱魃や地震・津波によって、痩せ細った紀州藩の内証を立て直し、名君の名を欲しいままにした。

吉宗は堂々たる体躯や、若いころの荒っぽい行状などから、度量が大きく、肝の太い人物と評されている。だが、その評価はいわゆる見掛け倒しであり、内実は些事《さじ》をくよくよ気に病む臆病者であると、吉宗は自認していた。もっとも、それは必ずしも恥じることではなく、だからこそ政は、自分にとっての天職なのであると、自負してもいた。

たとえば、大胆な改革を思いついても、緻密な裏付けが得られなければ、実施を見送ってきた。その慎重な姿勢が、着実な成果を生んだ。

あるいは、門外漢の分野については、あえて軽輩者を登用し、責任を押し付け、自らは矢面に立たずにすむようにした。家格の高い武士を用いなかったのは、いざ不都合が生じたときに、さまざまな柵があって、尻拭いさせにくいからである。軽輩者なら、あっさり切り捨てることができ、自分に火の粉が降り掛かることはない。

一方で、己に敵対する者は、容赦なく葬ってきた。それも表の真っ当な仕置きだけではない。裏の世界の者たちを動かして、隠密裏に始末することも厭わなかった。

吉宗の闇の仕置きを担ってきたのが、藪田定八を首領とする忍者集団である。定八はもともと、紀州藩の薬込役だった。吉宗が鉄砲の訓練をする際に、弾薬の装填を担う役目である。身近で物騒な火器を扱わせるわけだから、吉宗は定八に全幅の信頼を寄せていた。定八も吉宗の信望に応え、いわゆる耳役となって働くようになる。

後に吉宗が将軍となってからは、定八は新たに創設された奥庭役《おくにわやく》の首領を勤めた。奥庭役とは、江戸城本丸天守台下の番所に宿直《とのい》し、二の丸御休息所、西の丸山里門に詰所を置いて、表向きは中奥、大奥の警護に当たりつつ、吉宗の直命で、隠密の仕事を仕切る忍者集団である。すなわち「御庭番《おにわばん》」の始まりであった。

＊

まだ紀州藩で耳役を勤めていた定八から、吉宗に極秘の報せが届いたのは、家継が七代将軍に就任して、三カ月ほど経ったころだった。

「憚《はばか》りながら、あえてお報せいたします。家継さまは生まれつきの蒲柳《ほりゅう》の質にて、たびたび臥せっておられます」

「二人きりのときは、遠回しな言い方をするな。つまり……」

「あまり長くはないかと……」

「すると次はどうなる」

「家継さまにご兄弟はなく、幼君ですからお子もおられません。御三家の中から、抜擢することになりましょう」

明言する定八に、吉宗は胸の高鳴りを覚えた。

「実質的には、尾張藩の吉通どのと、おれとの争いになるな。よし、定八。おまえに特命を授ける。何としても、尾張藩の弱みを探り出すのだ」

定八なら容易い御用のはずである。ところが、定八は動こうとしない。どうしたことかと見やると、実に面白くなさそうな顔をしていた。

「殿ともあろう御方が、手緩うございますな。それでは将軍の座など、夢のまた夢でございましょう」

「どうせよと言うのだ」

「弱みを探れではなく、弱みを創れでは……。すでにその種も蒔いてあります」

底気味の悪いことを、言い出したものである。だが、定八の言う通りである。

「おまえに任せよう。吉通どのが自ら、将軍職を辞退せざるを得なくなる、そのような弱みを創り出してくれ」

「委細承知いたしました」

定八は今度は勇んで飛び去った。

十四

それからの定八の手際は、見事なものだった。

「胸糞が悪くなるような醜行もあったが、あ奴には呵責の念など、毛ほどもないからな。おれも同類ではあるが……」

吉宗はうっすらと笑い、久しぶりに顔を見せた定八を労《ねぎら》った。

「大儀であった。『種は蒔いてある』とのことだったが、あれほど早くから下拵《したごしら》えがすませてあったとは、吉宗、恐れ入ったぞ」

定八が示唆した尾張藩の「弱みの種」は、約八年も前に蒔かれていた。宝永二年（一七〇五年）、生島新五郎の弟・初代生島大吉が、尾張藩主・徳川吉通《よしみち》の生母である本寿院が住む四谷屋敷に、女装して長持に隠れて通い詰め、密通したとの罪で入牢したのである。

「大吉はどうやって、本寿院さまに取り入ったのだ」

「本寿院さまは、もともと歌舞伎がお好きな女人でした。ただし、初代市川團十郎を贔屓にしておられましたので、市村座で座頭を勤めていた生島半六に、初代團十郎を始末させ、大吉が後釜に座りました」

「初代團十郎は確か……」

「ええ。半六が舞台の上で、刺し殺しました」

「もっと別の目立たぬやり方はなかったのか」

病死に見せかけるとか、せめて毒殺を選ぶべきだったと、吉宗は詰った。

「歌舞伎愛好家に観てもらうために、趣向を凝らしてみました」

忍者には、派手な演出を好むところがある。虚仮威《こけおど》しに有効なためか、遊び心なのか。吉宗には解せない習性だった。

「衆目に晒したら、半六は罪を免れまい」

「むろんです。すぐさま取り押さえられて投獄され、一カ月半後に獄死しました。本寿院さまと通じた大吉のほうも、一年後に赦免されましたが、直後に発狂死いたしました」

定八が平然と答える。成果を上げるためなら、多少の犠牲は当たり前と言いたげだった。忍者はそれぐらい冷血でいいと、吉宗も思っている。

「二人を殺めたのはやはり……」

「どうやら、生島一族の動きを察知した、尾張藩の御土居下衆に、報復されたようです」

御土居下衆とは、名古屋城に秘設された藩主脱出用口「御土居」を、警護する役割を担っている忍者集団だと、定八が告げた。

「それにしても発狂死とはまた、どういう技をかけられたのだ」

吉宗の問いに、定八は事も無げに答えた。

「大吉は御土居下衆に、くすぐり責めを施され、笑い死にいたしました」

「笑って死ねたのなら、幸せであったか」

「逆でございます。くすぐり責めは、修行で克服できない忍術のひとつです。黴《かび》たような肌の老忍者でも、腋《わき》に荏胡麻《えごま》油を垂らされて、鳥の羽でさわさわと撫でられると、息が止まるまで、笑い続けるしかありません」

「くわしく説くことはない。気色が悪くなった」

「もっとも、半六や人吉を葬っても後の祭りです。本寿院さまの身体の中には、すでに淫薬が仕込まれておりましたから……。その効き目は空恐ろしいほどでした。尾張藩の文書を盗み見たことがありますが、『本寿院さま、貪淫絶倫なり。誰によらず召して、淫戯に耽る』と記されております。大吉との密通で蟄居させられた後も、家臣に同衾を迫ることもしばしばで、『庭木に女陰を押し付ける癖あり』との記述には、腹を捩《よじ》ってしまいました」

自分たちでそうなるように罠を仕掛けたのだから、笑うところではなかろうと、吉宗は苦笑した。

「あのころの本寿院さまは、まだ三十代でしたから、身籠もることもありました。落飾して、前藩主の徳川綱誠《つななり》さまに、操《みさお》を立てているはずなのに、子が産まれたのでは、辻褄が合いませんから、数度に及ぶ堕胎を強いられておられます」

「かくして本寿院さまは、尾張藩にとっては持て余し者、我々にとっては切り札になったということだな」

吉宗の確認に、定八が自信たっぷりに頷いた。

「ええ。ただし、本寿院さまの弱みだけでは心もとないので、此度それがしが、もろもろの仕掛けを施し直しました。まず手を付けたのが、ご存知の通り、吉通さまのご退場です」

正徳三年（一七一三年）七月、尾張藩主・徳川吉通は、生母の本寿院が住む四谷屋敷を来訪し、夕餉を口にした直後、いきなり吐血して悶死した。

「吉通さまは、英邁の誉れ高き藩主でした。まともに張り合うことになりましたら、畏れながら、殿と吉通さまのどちらが、次期将軍に選ばれるか、定かではございません。早めに消えていただくしかありませんでした」

定八は冷徹に言い放った。吉通が死去したのは、家継が将軍に就任して四カ月後、つまり定八が動き始めて、わずか一カ月後であった。

「尾張藩は、嫡男の五郎太さまが、跡目を継がれました。二歳の可愛い盛りで、痛ましい限りではございましたが、二カ月後に鬼籍に入っていただきました」

「次なる藩主は、吉通どのの異母弟の継友どののだったな」

幼児暗殺を長々と話したくはない。吉宗はさっさと話題を転じるために、聞かずもがなのことを聞いた。

「その異母弟というのがまた、よき按配でございました」

「どういうことだ」

「継友さまが藩主になるために、御土居下衆に吉通さまと五郎太さまを暗殺させた、という蜚語《ひご》を流してみたのです。継友さまも御土居下衆も、身に覚えのないことですから、躍起になって否定しておりました。けれども、異母弟なら兄を葬りかねないし、御土居下衆なら幼子でも手に掛けそうだと、巷の匹夫凡夫たちに誤認させることに成功しました。近ごろでは、継友さまの人望は、すっかり損なわれております」

「御土居下衆も、とんだとばっちりであったな」

「忍者同士の戦いには、そんな機微もあります。油断した奴らが悪いのです」

自分たちなら下手を打つことはない。定八の矜持が感じられた。

十五

尾張藩の弱みを握った後、定八が次に進言してきたのは、大奥と誼《よしみ》を通じることだった。

「いかなる益があるのだ。大奥の受けがよくなったからといって、将軍の座に手が届くわけでもあるまい」

吉宗には、定八の計図が、いまひとつ掴めなかった。

「いえ、此度に限っては、大奥を味方に付けたほうが勝つと、それがしは睨んでおります」

「面白い。その訳合を噛み砕いてみよ」

「将軍選びで、最も重きが置かれるのは、前将軍の思し召しです。しかして家宣さまの遺言状には、家継さまの後見は尾張藩主の吉通さま、と記されております」

「そんな遺言状があったのか。それではおれに、勝ち目はない」

「ですから、吉通さまを真っ先に、消除させていただいたわけです」

定八が悪びれもせず、話を続ける。

「次に重いのが現将軍の下知ですが、家継さまは幼君です。自らの見解を述べられるはずもありません。他方で、ご生母の月光院さまが『家継さまはこのようにお考えである』と代弁されたら、その真偽を確かめようもなく、誰も異を唱えられなくなります。あるいは月光院さまが、家継さまをいろいろと、言いくるめることもできましょう。大奥の女の意向が影響するというのは、そういう意味です」

「ならば早々に、月光院さまに取り入ろう」

「月並みでございますなぁ」

定八の礼を失した放言に、吉宗はむっとしたが、定八がそう出るからには、何らかの言い分があってのことに相違なかった。

「尾張藩主の継友さまの近臣たちも、月光院さまに近づき、媚びへつらっております」

「遅きに失したか」

「いえ、それがしは端《はな》から、月光院さまに擦り寄る必要はない、と考えておりました」

「月光院さまではないとなると……、天英院さまか」

「御意にございます。いま大奥では、月光院さまと天英院さまの派閥が、激しい勢力争いを繰り広げております。その勝者と手を携えた御方が、次期将軍の座を射止めるでしょう」

「おまえは、天英院さまが勝者になると、見込んでいるのか。そいつは大いに疑わしい。現将軍の生母の力は侮れないぞ。月光院さまは、側用人の間部詮房どのなど、幕閣の幾人かを手懐《てなず》けておられるとも聞く」

「月光院さまの実父は、ただの寺の住職です。何の力もありません。対して天英院さまの実家は、五摂家筆頭の近衛家です。帝の最側近であり、公家衆を束ねる家柄です。さらに言えば、近衛家には忍者集団・八瀬童子が仕えております。こうした天英院さまの背後を鑑《かんが》みれば、敵対せず、手を携えるに限ります」

「言われてみれば、近衛家は敵に回したくはないな。しかし、どうやって天英院さまに擦り寄るのだ。大奥におられるから、男は入れぬぞ」

「とりあえず女忍者を、天英院さま付きの女中として、送り込みましょう。その女忍者を介して、月光院さまの勢力を削ぐ計略を提案し、遂行に協力すれば、天英院さまの信頼が得られるはずです。そうだ。大奥の女人たちを罠に嵌めるのならば、尾張藩の本寿院さまの籠絡に成功した、生島一族が使えますな」

定八が、名案が浮かんだと言いたげに、両手を打ち鳴らした。

「また生島一族か。尾張藩と大奥の双方で蠢《うごめ》けば、繋げて考える者が出てくるかもしれぬ」

「ごもっともですが、色事師の技をあそこまで操れるのは、生島一族をおいて他におりませぬ。嫌疑を掛けられそうになったら、一族をそっくり根絶やしにするだけのことです」

吉宗の懸念に、定八が冷血な忍者らしい解決策で応えた。その後、定八は女忍者・つうを、大奥に諜者として送り込み、その手引きで、生島新五郎が絵島をたらし込んだ。それを契機として、月光院派が弱体化したことで、吉宗は天英院の絶大な信望を得たのである。

十六

享保《きょうほう》元年（一七一六年）三月、七代将軍・家継が病の床に臥し、四月三十日、八歳で薨去した。

麹町の紀州藩上屋敷で、定八からその報せを受けた吉宗は、「ついに湯殿の子が、武家の頂《いただき》に成り上がるときがきたぞ」と、雄叫《おたけ》びを上げた。

「上様のご逝去は、我々の謀計が、功を奏した面もございました」

定八が鼻を蠢かせた。一体何を自慢しているのか。吉宗には身に覚えがない。

「今般のご不幸は、上様が月光院さま、間部詮房さまと一緒に、夜桜見物をされた日に、風邪を召されたのが発端でした。上様が眠り込まれたのをこれ幸いと、月光院さまと詮房さまは、そっと居室に戻られ、しばしの営みに耽られました。言わでものことながら、上様を夜の庭に、長く置き去りにするつもりはなかったでしょう。ところが、どうしたことか、お二人は我を忘れ、上様が風邪を引くのに十分なときが、経ってしまったのです」

「男女の睦みが深まれば、すべてが後回しになるものよ」

吉宗が呆れて、首を横に振った。

「しかし、月光院さまと詮房どのの仲は、我々が謀ったことではないぞ。謀計が功を奏したとは何のことだ」

「絵島、宮路など、月光院さま側近の女中が、健在であったら、上様が夜の庭に放置されることはなかったでしょう。我々の助力によって、月光院さまの派閥が衰退したことが、結果として、痛ましい出来事を引き起こしたわけです」

そんな因果があったのかと、吉宗は気が重くなった。あくまで月光院と詮房の粗相ではあるが、しばらく寝付きが悪くなりそうだった。

家継の薨去に伴う八代将軍選びは、さまざまな意見が入り乱れ、混迷を極めた。吉宗にとって心強かったのは、やはり天英院の後ろ盾だった。まさに八面六臂の力添えをしてくれたのである。定八の勧告を入れて、天英院と手を組んでよかったと、吉宗は身に沁みて実感した。

「天英院さまは、こちらの見込みを超えるお働きでございました。月光院さまが尾張藩主の徳川継友さまを推され、間部詮房さまが賛同されるのは、想定しておりましたが、新井白石さまも、後押しされたときには、まずいことになったと思いました。白石さまは明晰な人物ですから、論破されるかもしれないと……」

新井白石は無役の旗本だったが、儒学、漢籍の泰斗で、学問を好んだ家宣に、氏より育ちと登用された。

「もっとも、白石さまが張られた論陣が『家宣さまの遺言状に、家継さまの後見は、尾張藩主の吉通さまと書かれている。その遺言に従うのが必然』でしたので、ほっといたしました。織り込み済みのことで、とっくに対策が講じてありましたから……。打ち合わせ通り、天英院さまに『遺言状の吉通さまは、亡くなっている。家宣さまが指名したのは吉通さまであり、継友さまではない』と、突っ撥ねていただきました。驚愕したのは、そう反論したついでに、天英院さまが即興で『家宣さまが今際《いまわ》の際《きわ》に、わたくしに枕元で直々に、新たな遺言を告げられた。万一のときは、八代将軍は吉宗さまに継がせよ、との遺言であった』と言い出されたことです。前のめりすぎと申しますか……」

「あれはやりすぎだった。虚言であることは明白だったからな」

「さっそく白石さまから、そのような遺言は誰も承知していない。その遺言が真《まこと》である明証を立てられるのかと、疑義が呈されたのでしたな。しかし、こうした理詰めの攻めには、概してたじろぐものですが、天英院さまはもう一段上の御方でした」

「あぁ、横車の押し方が、実に板に付いておられた。『わたくしの実家は、京で帝をお支えする公家筆頭の近衛家である。さような氏素性の者が、かような大事の際に、虚言を弄したと、そなたは申すのか。ようよう了したぞよ。では帝にお頼みして、そなたの面前で、わたくしが嘘を吐く女ではないと、証していただくことにしよう。それとも帝の勅語も、信じられぬか』。天英院さまはそう仰せになって、白石どのを睨《ね》めつけられた。語気を荒《あら》らげられたわけでもなく、淡々と話されていたのがまた、格段に恐ろしかった。白石どのはわなわなと唇を震わせ、二の句を継ぐことができず、投了と相成った。天英院さまと白石どのでは、貫目《かんめ》が違いすぎた」

「まさか真に帝のお手を煩わすことはないと、白石さまは看過できなかったのでしょうか」

「分かっていたさ。しかし、天英院さまなら、実家の誰かを通して、帝に『新井白石は奸臣なり』ぐらいの告げ口はしかねない。いや、天英院さまに逆らったら、もう何をやられても不思議ではないと、怖じ気づいたのよ。天下国家どころではなく、我が身が可愛くなったわけだ。おれだって、白石どのと同じ目に合ったら、たちまち従順な羊になってみせる。つくづく天英院さまがお味方で助かった」

吉宗は胸を撫で下ろしつつ、重ねて尋ねた。

「尾張藩は存外あっさりと引き下がったな。ごねると睨《にら》んでいたが……」

「先日、御土居下衆の首領と会い、『本寿院さまは、ますますお盛んらしいな』と、釘を刺しておきました。首領は『此度は見送ると、継友さまも諦めておられる』と、悔しそうに言った後、『覚えておけよ』と、ありふれた捨て台詞を吐いておりました」

定八が冷やかに笑った。

十七

かくして八代将軍となった吉宗は、すぐさま月光院と通じていた間部詮房を放伐し、天英院への感謝の念を表した。

だが、月光院もしぶとかった。吉宗に執拗なほど秋波《しゅうは》を送ってきたのである。いくらか食指は動いたが、月光院と情を交わしてしまえば、天英院に知られたときに、どんな仕返しが待っているか分からない。吉宗はあの手この手を使って、月光院を振り切った。「この据え膳が食えるようなら、もっと立派な将軍になれるだろうが……」とも思ったが、吉宗にそんな胆力はなかった。

それから吉宗は、幕政の改革に多忙な日々を送った。すでに正室を亡くし、側室も置いていないため、大奥に通うこともなく、いつしか天英院とも間遠になっていた。

ところが、今春になって、井伊家から竹姫の縁談話が舞い込んできたのである。あまりに突飛な話だったので、しばらく静観するつもりだったが、天英院からもその縁談を後押ししてほしいとの要望が寄せられた。どう対処すべきか相談するために、吉宗は定八を呼んだ。

「彦根藩主の井伊直惟どのが、竹姫さまと薩摩藩主・島津継豊どのの縁談をまとめたいと、献言してきた。なぜ井伊家が、こんな話を持ち込むのか、腑に落ちなかったので問い質すと、将軍家と島津家の婚姻は、神君家康公のご遺言だったとのことだ。その直証となる密書を、井伊家が預かっており、上水流倫三郎なる彦根藩士が守っているそうだ」

「いかにも怪しげですな。百歩譲ってそういったご遺言があったとしても、大権現さまが亡くなられて百年以上も経てから、両家の縁組を実現させようとは、悠長にすぎましょう」

「おれも眉唾だと思ったから、拱手傍観《きょうしゅぼうかん》を決め込んでいた。ところがそこに、天英院さまからも、この縁談を取りまとめよと、直々のお達しがあったから喫驚《きっきょう》した。おれには天英院さまに逆らう度胸はないから、仰せの通りに粛々と動くしかないぞ。ただ、天英院さまが首を突っ込んでこられた因果が、いまもってあやふやなままだ。実家の近衛家の意向を、仄《ほの》めかしておられたが、なぜ近衛家がしゃしゃり出てくるのか」

「それは歴然としておりましょう。近衛家と島津家は、古くからの主従ですから……」

「そうであった。失念しておったわ。すると、島津が徳川の姫君との縁組を目論んで、近衛家に助力を頼んだという構図か。待てよ。そこに井伊家はどう絡むのだ。うまく嵌め込めないぞ」

吉宗はどうにも合点がいかないだけでなく、この縁談に漠たる不安も感じていた。

十八

天英院は大奥で「我が世の春」を謳歌していた。家継が亡くなり、間部詮房が失脚したことにより、月光院派の力は失われた。現将軍の吉宗は、天英院を立ててくれ、細々とした要求にも応えてくれる。もっともそれは、吉宗が素直に感謝しているからというよりも、どうも自分に対して、おどおどと怯えているようでもあった。

「どうしたことやら。まぁ、いろいろと貢いでくれておるから、怨言《えんげん》はせぬが……」

すっかり満ち足りた天英院にとって、唯一の目の上の瘤《こぶ》が竹姫だった。竹姫も公家の女であるから、元来は天英院派と目されていた。ところが竹姫は、大奥の争闘に一歩引いた形で接していた。天英院としては、高みから見下ろされているようで、疎ましかった。

「たかだか名家の生まれのくせに、偉そうにしおって」

天英院が思わず口汚く罵ってしまい、公家の女らしくない口前を、誰かに聞かれなかったかと、慌てて見回した。

公家は摂家―清華家―大臣家―名家・羽林家―半家の序列が明確である。竹姫が生まれた清閑寺家は名家であり、摂家の近衛家と比べると、三段も格下であった。

とはいえ、竹姫は綱吉の養女であるから、ぞんざいに扱うわけにもいかない。面倒な存在だった。そこで、天英院はこれまで、竹姫にさまざまな嫌がらせをしてきた。もちろん、天英院の企てと勘づかれないように、秘密裡の仕掛けばかりである。そのひとつとして「月光院派の息の根を止めるため」と、吉宗が捻り出した奇策にも乗った。

「あれは愉快な妙策であった」

天英院は隣に控えている秀小路に、声を掛けた。

「ええ。二十五歳以下の容姿端麗な女を、自薦、他薦で五十人選び出せとなれば、誰しも上様の側室候補と思い込みます。はたせるかな、大奥は騒《ざわ》めき立ちました」

「ところが、集まった五十人の大奥女中には『本日を以て暇を申しつける。そなたたちは容色が優れておるから、大奥を出ても、引く手あまたであろう』と、引導が渡された。体のよいお払い箱であった」

天英院が堪《こら》えきれずに、くつくつと笑い声を立てた。

「大奥の経費削減が目的なのは、明らかでしたから、天英院さまは撥ねつけられると、思っておりましたが……」

「上様の狙いなど、お見通しである。しかし、月光院派の女中を、まとめて五十人も放逐できるのなら、その手に乗らぬわけにはいかぬだろう」

吉宗から事前に、策謀を相談されていた天英院は、側近の女中たちに、名乗り出ないよう通達しておいた。そのため、五十人のほとんどが、月光院派の女中だったのである。

「ついでに竹姫さまも追い出せれば上々でしたが……」

「もちろん、そのつもりだったが、当てが外れてしまったわ。五十人の中には入る器量だったが……。後日、上様が竹姫さまに『誰かに推挙されそうになっても、断るように』と助言したと知った。余計事をしたものと、訳合を質したら、上様は大汗をだらだら流して、青ざめておったが、『綱吉さまの養女である竹姫さまを、他の女中と同じように、放逐するわけにはいかない。竹姫さまが上位に入ってしまうと、大奥から追い払う月光院派の女中が一人減る』と、必死の形相で申し開きをした。理屈は合っている。難癖は付けにくいから、腹いせに『竹姫さまは醜女だから、選ばれなかった』という風聞を撒き散らしてやった。それでも腹の虫が収まらぬから、大奥を下がることになった女中への土産に、『上様と竹姫さまが情を通じている』という法螺《ほら》話をくれてやった。くれぐれも他聞を憚《はばか》ると申し添えてな」

「そのように仰せになられたら、風聞は広まらぬのでは……」

「とりわけてお喋りな女を選んである。それに、内緒と念を押されたら、なおさら『ここだけの話』と漏らしたくなるものよ。案の定、すでに市中の陰裏では、この真っ赤な嘘が、真しやかに囁かれているらしい」

天英院がにんまりとした。

「そうそう。そなたが似非《えせ》行者を、連れてきたこともあったな」

「似非ではございません。素晴らしき霊力を備えた女行者でした」

秀小路がめずらしく、主に抗弁した。

「そうかな。呪《のろ》い殺せなかったではないか。もっとも、いまでは効かずによかったと思っておる。追い出し方、抹殺の仕方にも、品《ひん》というものがあるからな」

絵島を生島新五郎の色仕掛けで排斥したことに、天英院は未だに後ろめたさを抱いていた。女の業に付け込むなど、人倫に悖《もと》る行為である。殊《こと》に同じ女である自分が、手を染めていい仕掛けではなかった。そう悔いていたのである。だから、実家の近衛家から飛び込んできた竹姫の縁談話は、天英院にとって大歓迎だった。

「女の幸せである縁談を整えることで、竹姫さまをすんなり、厄介払いできるとは、我ら上品《じょうぼん》の女にとって、実に相応《ふさわ》しい仕掛けである」

天英院がいつものように、権高に喜んだ。

近衛家から求められたのは、婚姻に二の足を踏むかもしれない竹姫を口説いて、応諾させることだったが、生憎と天英院も秀小路も、その役には不適任であった。二人に勧められれば、奸計を疑われ、竹姫はさらに尻込みするだろう。そこで天英院は、吉宗に丸投げすることにした。

「上様はほんに、使い勝手のよい御方よ」

こうして、現将軍を顎で使うことに慣れ始めた天英院のもとを訪れたのが、薩摩藩から派遣されてきた佐川という女である。天英院が京に暮らしていたころ、佐川は近衛邸に始終出入りしており、旧知の間柄だった。

佐川の要件は、竹姫を迎えるにあたり、屋敷で用意しておくべき品は何か、知っておきたいということだった。天英院派の女中が、気軽に聞きにいけることでもないので、秀小路が竹姫付きの萩谷を引き合わせた。

要件をすませて、再び顔を見せた佐川に、「京に行くことがあったら、近衛の家にも遊びに寄るとよい」と、天英院が愛想を言うと、佐川は「しばらく江戸に留まり、彦根藩士を見張ることになりました」と答えた。天英院は、父の基熙が佐川を紹介するときに「押川家の娘だ。山潜《くぐ》りと呼ばれる忍者を輩出する家よ。木の上や叢《くさむら》に潜んで、鉄砲で暗殺する役回りだ」と、苦い顔で耳打ちしたことを思い出した。もちろん、天英院に関わりのあることではない。だから、素っ気なくこう言った。

「彦根藩士の見張りか。何のことか分からぬし、知る義理もないが、忙しそうでめでたいことである」

高貴な女人にとって、女忍者の仕事など、知ったことではなかった。

十九

彦根藩下屋敷に影家老を訪問して数日後の夕七ツ、上水流倫三郎は行きつけの湯屋へ出向いた。銭《ぜに》瓶《がめ》橋のたもとにある湯屋で、彦根藩上屋敷からも遠くない。ここの伊勢風呂と呼ばれる蒸し風呂で汗を流しながら、西郷広円と他愛ない話をするのを楽しみにしていた。

大小は刀掛けの見張り番に預けたが、件の密書は盗まれては取り返しがつかないから、影家老の言いつけ通り、油紙に包んだままで、褌の中に隠してある。褌を締めて入るのが決まりの伊勢風呂は、いまの倫三郎に持ってこいだった。

倫三郎は傍に人がいないことを確かめてから、影家老との密談の一端を広円に明かした。

「実に羨《うらや》ましい。おれたち武家の若者はいま、悩み多き世を生きている。天下泰平が続き、誰もが志すべき道を見失っている。この難しい時代にあって、倫三郎は命を賭す定めに巡り合えた。将軍家と島津家の縁を取り持つために汗するとは、薩摩隼人として、これほどの誉れはないぞ」

広円が色めき立った。

「おれはふらふらと、楽に長らえていきたい。だから、定めなんぞは、軽いに越したことはないのだがなぁ」

対照的に、倫三郎は冷めていた。

「ふざけるでない。武士にとって、何よりも大切なのが定めだ。おれなどはふと気づくと、『定め、定め』と唱えていることとすらある」

「拝み屋か、呪《まじな》い師にでもなるつもりか」

倫三郎がからかうと、いつになく広円が仏頂面になった。それだけ「定め」は、広円にとって重い言葉なのだろう。倫三郎は広円の機嫌を直すために、影家老に会って以来、感じている不可解を持ち出すことにした。こういう謎が、広円は好物のはずである。

「幕府の重臣である井伊家で、なぜあのような人物が、のさばっているのだ。いったい何者なのだ。広円なら知っておるよな」

「むろんだ。影家老さまの存在は、井伊家の成り立ちに、深く関わっている。井伊家はいささか、ややこしい家臣団なのだ。『徳川四天王』などと、祭り上げられてはいるが、そもそもが徳川の家臣としては新参者だ」

「そうだったのか。てっきり古参の家柄だと、思い込んでいた」

広円が「ややこしい」と断ったからには、長い弁舌になるのが、決定したようなものである。倫三郎は軽い気持ちで、広円にものを尋ねたことを後悔した。

「井伊家は代々、遠江国井伊谷を根城《ねじろ》とする国人領主だった。大きな声では言えぬが、徳川家よりも歴史の古い名門家系だ。南朝方の忠臣であり、後醍醐天皇の皇子・宗良《むねなが》親王を、井伊家の居城である三岳《みたけ》城に迎え、北朝と戦ったが一敗地に塗《まみ》れた。戦国期は今川家にたびたび戦いを挑んだが、今川義元の代についに臣従した。桶狭間の戦いでは、当主の井伊直盛さまが、今川軍の先鋒を担い、討ち死にされている。次の井伊家当主には、直盛さまの従弟・直親さまが就かれたが、家康公と結んで反逆を企てていると、今川氏真に疑われ誅殺された。直親さまの嫡男・直政さまは、菩提寺の龍潭寺に匿われ、井伊家は直盛さまの一人娘・次郎法師さまが、女当主となられた。直政さまは、次郎法師改め直虎さまや、ご生母の再嫁先である松下家の庇護を、陰に陽に受けて成長され、十五歳のときに、鷹狩りの道中だった家康公の目に留まり、小姓に取り立てられた」

「おいおい。ややこしいのは、家臣団ではなかったのか。井伊家の成り立ちからして、十分にややこしいぞ」

倫三郎は早くも辟易していた。

「喜べ。ちょうどこれから家臣団の話だ。家康公には、いかなる腹案があられたのか、井伊家の人事に力を注がれた。それも、手当たり次第といっても過言ではない形で、新しい人材が投入されたのだ。その皮切りが武田軍団だ。甲斐武田家が滅びた後、信長公は武田残党の殲滅を厳命されていた。けれども、家康公は助命を熱願され、家中にせっせと抱え込まれた。そのうち最多の百十七名が、井伊直政さまの家臣となった」

「家康公が武田旧臣を救った意図は何だ」

「戦上手の家康公が、生涯で唯一苦杯を嘗《な》めたのが、武田信玄公と相対した『三方原の戦い』だ。それだけに家康公には、武田軍団への崇敬の念があったのかもしれないな。井伊家に召し抱えられた武田旧臣は広瀬景房《かげふさ》さま、三科形幸《みしなかたゆき》さま、早川幸豊《ゆきとよ》さま、小幡景憲《おばたかげのり》さまなど、高名な荒武者揃いだった。そんな猛将たちが主力を担い、武器や具足、旗指物などを朱塗りにする、武田軍団の赤備えを継承したことに伴って、井伊軍団にも箔が付き、敵に『赤鬼』と畏怖されるようになった。彦根藩上屋敷の門が、朱に塗られているのも、色への拘りであろうな。しかして影家老さまも、武田旧臣の末裔と噂されている」

「新参者の武田旧臣を束ねる役目を、影家老さまの一族に、負わせてきたのだな」

倫三郎が広円を遮り、話をまとめようとした。

「それほど単純ではない。込み入った家臣団の話は、まだ序の口だ。これからが佳境よ」

広円がうれしそうに、舌で唇を湿らせた。

「そのほか、家康公は側近だった木俣守勝《きまたもりかつ》さま、椋原政直《むくはらまさなお》さま、そして西郷正友《まさとも》の三人を、直政さまの付家老に任命された。おれは正友の子孫になる。正友の義妹は家康公の側室・西郷局さまで、二代将軍の秀忠さまのご生母だ。その縁もあり、西郷家は厚遇されてきた」

淡々と語っているが、つまり広円は、将軍家の遠縁ということになる。

「さらに家康公は、今川家、後北条家など、滅亡した名家の旧臣や、関ケ原合戦の敗将の旧臣も、井伊家で積極的に召し抱えさせた」

「他方で、井伊谷以来の古い家臣たちもいるわけだな」

「いや、その古株連中は、いまは皆無だ」

「はあっ」

倫三郎が間の抜けた声を発した。

「おまえだって、それほどの古参の家柄は、ひとつも知らぬだろう。直政さまがご逝去された後、長男・直継《なおつぐ》さまと、次男・直孝《なおたか》さまとの間で、跡目争いがあった。直継さまを推したのは井伊谷以来の家臣で、直孝さまを立てたのがその他の家臣だ。そのころ起こった大坂冬の陣で、病弱な直継さまは出陣できず、直孝さまが武功を立てられた。そのため、家康公は冬の陣後に、井伊家の跡目は直孝さまと定められた。その代わりに、直継さまには安中藩三万石が分知された。安中へは、井伊谷以来の旧臣たちが、こぞって同道した」

「こぞってと……、つまり井伊家には、生え抜きの家臣が、現存しないことになったわけか。異様としか言いようがないな」

「家康公はこうした人事の過程で、井伊家との縁戚関係も築かれた。養女の花さまを直政さまに嫁がせるとともに、家康公の四男・松平忠吉さまは、直政さまの娘の政子さまを正室に迎えておられる」

ようやく広円の講説が、結びを迎えたようだ。倫三郎はほっとした。

「掛け値なしに、ややこしい話だったな。家康公は井伊家をあえて、混成の集団にしたようにも聞こえた。だが、そうする狙いも利点も、おれにはさっぱり分からぬ。天下人の道楽のようなものだったのか」

「道楽なものか。天下人ならではの、深淵な思惑が働いたのよ。家康公にとっても、苦楽をともにしてきた子飼いの家臣たちは、可愛いに決まっている。だからといって、古株の譜代家臣を、幕閣筆頭に据えると危ういのだ。家中の結束が固いからな。仮に幕閣筆頭の家中が、忽《たちま》ち一致団結できる集団であったらどうなるか、想像してみよ。家康公のような求心力のある御方が、将軍の間は大丈夫だろう。しかし、亡き後の子孫たちまで御《ぎょ》せるとは限らない。将軍家を倒し、後釜に座ろうという野望で、一本化する恐れもある。だからこそ、井伊家をあえて、混成集団に育て上げられた。同床異夢の関係を作り、互いに見張り合う体制にしておけば安全なのだ。そんな家は、三河生え抜きの家では作れない。幾許か新たな人材を差し向けても、異端として排斥されてしまい、家中に重きを成すことはできないからな。家康公は比較的新参者の井伊家に目を付け、早い段階から、多様な出自の者を送り込んでいかれた。一方で、井伊谷以来の旧臣は安中へ追いやり、新たな家臣が異端児扱いされないようにされた。その井伊家を幕閣筆頭に据え、将軍家の盾にされた。しかして影家老さまは、混成集団ゆえにしばしば勃発する家中の揉め事を、裁く役割を負っているのだろう。いや、井伊家が一枚岩にならないよう、監視する役目と捉えるのが妥当か。おれは影家老さまの一族は、それを家康公直々に下命されたと踏んでいる。むろん藩主や重臣たちは、委細を承知しており、裏を仕切る奇怪な立場が、罷り通っているわけだ」

「なるほど。目から鱗が落ちたようだ」

井伊家が混成集団だったから、薩摩を出自とする上水流家も、目立った存在にはならなかったのかもしれない。そこまで家康が目論んでいたわけではなく、あくまで余得ではあるのだろうが……。

「家康公の凄味は、将軍自身にも、楔《くさび》を打っておられることだ。老中や大老の裁断は、将軍でも安々とは覆せない、との掟を遺言されている」

「どこが凄いのか、よく分からないのだが……」

「将軍が暗愚だった折の備えだ。将軍が暴走しようとしても、大老が異なる裁断を下せば、将軍の意のままにはならない。二重三重に、危機が回避できる仕組みになっている」

「家康公は周到綿密な御方だったのだな。薩摩との絆も、いみじくも百年先を展望したうえでの布石だったか」

上に立つ者の深謀には果てがないと、倫三郎は感嘆した。と、そのとき不意に、倫三郎に不審が芽生えた。

「変ではないか」

「どうした、倫三郎。頭を使っている顔つきだぞ」

「順序が乱れているのだ。影家老さまから聞かされたように、家康公は御公儀の権力が衰えた折に、薩摩の武力を恃みにしたいと考えられた。そのために、両家の連帯を証する、この密書を作られた。

そこまではいいとして、密書が作られた時期は、いつだったのか」

「関ケ原に勝利して、幕府を開かれ、大坂の陣で豊臣秀頼公を倒された直後ではないか。いや、もしかすると、大坂の陣の少し前だったかもしれないな。おまえは密書の中身を見ていないらしいが、盟約が成った日付も、記されているはずだぞ」

倫三郎は先祖が関ケ原から密書を持ち帰った経緯までは、広円に話していなかった。それを知らなければ、広円の推理に行き着く。しかし、密書が作られたのは、関ケ原合戦以前である。合戦前に徳川家と島津家の間に、盟約があったとすれば、あの水際立った島津の退き口は、いったい何だったのか。茶番だとでも言うのか。倫三郎は己の愚かさを呪った。この順序の齟齬《そご》には、もっと早く思い至るべきだった。

どうやら自分の使命は、密書の中身を知らぬまま負えるような、生易しいものではなさそうである。倫三郎は憂鬱になった。広円の明晰な頭脳に頼りたいが、軽々しく打ち明けられる疑いではないと、自重することにした。

風呂から上がって帰り道。広円は相変わらず、草履と木履を片方ずつ履いて、耳障りな音を響かせている。

「どうした、倫三郎。さっきから上の空だが……」

「すまん。ちと思案せねばならないことができた。愛想がなくて悪いが、ここで別れることにしよう」

「それは天晴れな心掛けだ。盆暗頭も、たまに使ってやらねば腐る。ちょうどおれも、野暮用があるから、帰りは別路にしよう」

広円は本当に用事があったようで、横道へと走っていった。

二十

倫三郎は広円と別れて、彦根藩上屋敷への近道である脇道に折れた。朝晩は人影が途絶える寂しい道である。裏の寺で、日没礼讃・無常偈の経を唱える声がする。秋の日は釣瓶落としで、間もなく暮れる。物思いに耽っているから、常より歩みは遅い。

そのとき、倫三郎の五感が、いくつかの気配を捉えた。ひとつは極めて強い殺気で、間近に迫っている。もうひとつはやや遠いが禍々《まがまが》しい。さらに離れた場所にも、複数の気配がある。もっとも、そちらは見物人の視線と見なしたほうがしっくりくる。倫三郎は足を止めて、迫ってきた強い殺気を待ち構えた。

現れたのは、編笠に黒い頭巾で顔を隠した武士だった。年のころは四十絡みだろうか。編笠から垣間見えた目は鋭いが、広円並みに細い。糸を引いたようである。馬面で頭巾越しにも顎がしゃくれているのが分かる。

倫三郎は一瞬で、この男がかなりの遣い手であると見抜いた。それだけのひりひりとした殺気を放っている。

「彦根藩の上水流倫三郎どのとお見受けする」

「いかにも。そちらも名乗ってもらおうか」

倫三郎が誰何《すいか》した。

「かように顔を隠しているのだ。名乗る由もなかろう」

編笠黒頭巾の曲者が、含み笑いをしながら言った。

「なるほど。道理だ」

倫三郎がそれきり口を噤《つぐ》み、微妙な間が生まれた。曲者が戸惑い顔になった。

「どうした。重ねて問いはしないのか」

「親しき友のせいで、おれは理屈の通った台詞に対しては、黙る癖が付いているのだ」

「どうやら、変わり者との評判は真らしいな。調子が狂うわ。それがしは、おまえが所持する密書を頂戴しに参った者だ。それだけは宣してやろう」

「なぜいま、ここに密書があると知っているのだ」

曲者の返事はなかった。倫三郎がふと閃《ひらめ》いた。

「そうか。彦根藩下屋敷に手下を潜ませて、おれたちの話を盗み聞きさせたのか」

それなら合点がいく。影家老からあの場で、今後は密書を肌身離さぬようにと、命じられたからである。けれども、倫三郎が影家老のもとを訪れる期日は、どうやって掴めたのか。知る手立てはなかったはずである。そうだとすれば、この曲者は、常に下屋敷に手の者を配していたことになる。凄まじい執念である。

「腕ずくで奪う了簡なのであろうな。ならば相手をしてやろう」

倫三郎は無造作に大刀を抜き、得意の型に構え、曲者に相対した。

ところが、泰然としていた曲者が、思いも寄らない動きを見せた。倫三郎の構えに怯み、後退ったのである。

「むぅ。かような剣の技を秘めておったか。薩摩示現流だな。しかも従容とした構えだ。いたずらに気を迸《ほとばし》らせれば、かえって太刀筋を鈍らせることを、体得しているようだ。彦根藩の道場で、そなたの稽古を盗み見たときは、それがし一人で、苦もなく仕留められると、高を括《くく》っておったが、驕《おご》りであったな。勝負は預ける」

曲者は素早く踵を返した。倫三郎は呆気にとられた。自分の構えを見ただけで、いきなり逃げるとは、思いもしなかったからである。追尾が一呼吸遅れてしまい、曲者の姿は見えなくなっている。他の気配にも目をやったが、もう消えていた。

「あっちのほうの気配は、敵か味方か、それともまた別の思惑が働いているのか。ともあれ痺れる日々が続きそうだな」

倫三郎が肩を落とした。

編笠黒頭巾の曲者が、倫三郎の構えにたじろいだのには、やや特殊な事情があった。彦根藩が藩の流儀に定めているのは、室町期の禅僧・念阿弥慈恩《ねんあみじおん》を始祖とする念流である。古流のひとつで、小野派などの一刀流全盛のいまは、あまり流行らない。だが、井伊家がかつて上野箕輪・高崎を所領していたころ、城下外れの馬庭《まにわ》村に、念流の樋口道場があり、藩士も通っていた。その縁から藩の道場では、いまでも念流の稽古が主体になっていた。

念流の極意は「後手必勝」である。足を八の字に肩幅の倍ほども大きく開き、上体を屈《かが》めて腰を低く落とし、守りを固めて敵の攻めを待つ。もっとも守り一辺倒の流派ではない。念流の神髄は、いざ敵が攻撃態勢に移れば、振り下ろされる剣を物ともせず、そのまま敵の懐に割って入り、眉間を突き砕くところにある。これを念流では「芯を取る」と呼ぶ。不格好な構えとは裏腹に、けっこう油断ならない剣法なのである。

曲者はそうした念流の特徴を踏まえたうえで、立ち合いの段取りを練っていたのだろう。ところが、倫三郎が見せたのは、薩摩示現流の構えだったのである。

薩摩示現流は、島津家剣術指南役の東郷重位《しげかた》が編み出した剣術である。その構えは八相に近い。右上に振り上げた「蜻蛉」、あるいは左上に振り上げた「逆蜻蛉」の構えから、一撃で敵を真っ二つに斬り割く豪剣である。薩摩に根づいた剣法らしく、敵の隙を突くことはしない。相手の剣に、存分に気が満ちるまで待ち、双方の剣気が交錯した刹那、一瞬早く懐に飛び込んで斬るのである。相手の攻めをいつまでも待つ念流とは、別物の剣法であり、曲者が混乱したのも当然であった。

薩摩示現流では、飛び込む速度と強烈な斬撃力を生み出すために、朝に三千、夕に八千、無垢のイスノキを乾燥させた丸棒で、栗の立木を打ち続ける。上水流三兄弟も、父からこの苦行を厳しく仕込まれたが、近隣に念流とは異なる流派の稽古を積んでいると、悟られてはいけない。薩摩示現流では打ち込む際に「きぇー」という奇声を発するが、父からそれを抑制するように厳命された。声を出さないと気合が乗らず、なかなか慣れなかったが、この稽古のおかげで、上水流三兄弟は「静なる薩摩示現流」とでも呼ぶべき独自の境地に達していった。

天稟の才があったのか、とりわけ倫三郎の上達には、目を見張るものがあった。薩摩示現流の奥義である「甲冑の一刀両断」の会得に、兄二人は三年を要した。一方の倫三郎は、十歳になったときの初めての試みで、鼻くそをほじりながら斬り割り、父と兄たちを唖然とさせた。しかも、兄二人は豪腕ではあるが、ひたすら押し込むだけで、次の動きを読みやすい。対して倫三郎は剣気が表に出ず、風に揺れ惑う柳のごとく捉えどころがない。それでいて、稲妻のような速さで間合いを詰め、斬撃の重さも並大抵ではない。父から「剣に生きる者にとって、悠揚迫らぬ立ち姿は理想だが、至り難い極みでもある。それを倫三郎は軽やかに体得した。生一本の兄二人より、はるかに上手《うわて》だ」と評されるほどになった。

むろん、藩の念流の道場では、薩摩示現流の技は封印するように、父から厳命されていた。他流派を修めていると見破られれば、礼を失することになるからである。

「稽古を盗み見た曲者が、おれをたいした手並みではないと、軽んじたのは、そのためであろうな。時間をかけて観察できれば、おれの腕前のほどは見破れたろうが、見知らぬ者が長々と、道場の近くに居座ったのでは、怪しまれるからな。それに立ち合ってみなければ、分からぬこともあるものだ」

倫三郎が曲者を庇《かば》うような独り言を呟いた。倫三郎は自分の力量を見誤った曲者のことを、侮るつもりはなかった。むしろ難敵だと、気を引き締めていた。なぜなら、凡庸な刺客であれば、あのまま相対して、決着をつけようとしたはずだからである。己の落ち度を認め、出直すのは、勇気が必要になる。使命の達成を優先し、虚勢を張らずに他日を期した。並々ならぬ自制心を持つ曲者との戦いは、さだめし熾烈なものになるであろうと、倫三郎は肝に銘じた。

二十一

倫三郎が編笠黒頭巾の曲者と遭遇していたころ、吉宗は、倫三郎宅でまったりと寛いでいた。

数刻前、地味な古着で変装して、「馬廻組の上役」を詐称し、「役目の件で参った」と、吉宗が伝えると、留守番の下僕は疑うことなく、「ちょっと出掛けておりますが、じきに戻りますんで、上がってお待ちくだせぇ」と、吉宗を招き入れた。そのまま湯を沸かそうとするので、「馳走してくれるのなら、酒がいい」と厚かましく所望したら、濁り酒と一緒に、囲炉裏で目刺しを三匹焼いて出してくれた。目刺しは吉宗の好物だが、小骨が多いため、将軍の膳には上らない。将軍の喉に骨が刺さると、台所頭が切腹を余儀なくされるから、吉宗としても無理強いはできなかった。久しぶりの目刺しを、ありがたく頂戴していたら、門のあたりで「馬廻組の上役さまが、お待ちかねですぜ」と、下僕の声がして、誰かが「はて、どなたであろう」と応じた。

「お待たせいたしました」

入ってきたのは、しなやかな身体つきの若者だった。顔立ちも整っている。この男が上水流倫三郎だろう。吉宗は目刺しを食べながら、気さくに声を掛けた。

「馳走になっておるぞ。やはり食い物は温かい物に限るな」

「何者だ。馬廻組の上役に、おまえのような奴はおらぬ。しかもその目刺しは、おれの晩飯だぞ。しれっと酒まで呑みおって、盗人猛々しいとは、おまえのことだな」

倫三郎が湯気を立てて、煮えくり返っている。

「悪いことをした。頂き立ちするつもりはない。代わりに後ほど、上等な鮭の塩漬けでも届けよう」

吉宗は屈託なく言った。

「鮭などいらん。おれは目刺しが食いたいのだ」

「そう怒るな。近ごろは鬼役が吟味した後の、冷たい食い物にしかありついておらぬから、温かい目刺しが、かたじけなかったのだ」

「鬼役だと。毒味役のことではないか。そんな身分なのか」

「そろそろ気づけ。鈍すぎるぞ。おれは江戸城の主だ」

「よりによって、上様の名を騙《かた》るとは、不届き者め」

ここまで疑われては、仕方がない。吉宗は脇差に施された金箔の家紋を見せつけた。三つ葉葵の御紋である。それを凝視した倫三郎が、吉宗の顔を見直し、慌てて三和土《たたき》に這いつくばった。

「まさか、上様が拙宅をお訪ねになるなど、思い至りませんでした。それで、いかような御用の向きにございましょうか」

この男なりに丁寧な言葉遣いを心がけているようだから、どうやら信じてくれたらしい。

「そこまで畏《かしこ》まらずともよい。今日は無礼講だ。ざっくばらんに話してくれ。おまえはもう、井伊家の影家老には会ったのだろうな」

「数日前に拝謁いたしました」

「だったら、島津家との縁談も聞いたな。影家老によると、縁談の拠り所となる密書を、おまえが所持しているとのこと。せっかくだから、一度拝んでおこうと思い立ち、やって来たのだ」

密書の中身を知るのは怖いが、知らぬままなのはもっと怖い。そう思って、倫三郎宅を訪れたのだが、はたして中身を見るべきなのか、吉宗にはまだ迷いがあった。

倫三郎は周囲を見回してから、褌の中から密書を引っ張り出した。

「おいおい。そんなところに隠してあるのか。汚ねぇな。直に触ると、穢れが付きそうだから、油紙を開いて蠟封も剥がしてくれ」

「えっ、百三十年も未開封だったものですが、ご覧になられますか」

倫三郎が躊躇《ためら》っている。

「そのために来たのだ。さっさと見せろ」

吉宗が自らの迷いを振っ切るように、そう促すと、倫三郎は油紙から密書を抜き出し、念入りに皺を伸ばして、吉宗に渡した。吉宗は密書を読み進め、そのまま固まった。やはり知らぬほうがよかったと、吉宗は悔いた。

「いかがなされましたか」

身動《みじろ》ぎしない吉宗に、倫三郎が怪訝そうに尋ねた。

「おまえも見ておけ。とんでもない代物だ」

一人で背負うには、重すぎる荷物である。吉宗は倫三郎にも、秘密を共有するように強いた。

密書には、中央に「信」の文字が、墨痕鮮やかに記され、その右に徳川家康、左に島津義弘の署名と花押、おまけに血判まで捺《お》されていた。

「これはいったい……」

倫三郎が目を丸くしている。

「一種の誓紙だ。誓い合った中身は、記されていないから、黙契だったことが窺い知れる」

「家康公と島津さまの連署のような気がしますが……」

「署名されたお二人の名も畏れ多いが、何よりも恐ろしいのが、添えられた日付よ。慶長五年四月二十七日とある」

「いかなる謂われがあるのでしょうか」

「鈍骨《どんこつ》な奴だな。関ケ原合戦よりも、はるか前の日付ではないか」

呑み込みの悪い倫三郎を、吉宗が叱り飛ばした。

「すると、やはり将軍家と島津家は、関ケ原合戦以前に、同盟関係にあったと……」

唸り声を上げげた倫三郎に、吉宗が重々しく頷いた。

「そうなると、順序が奇怪しい、のではないでしょうか。事前に密約が結ばれていたのならば、島津軍は端から、東軍に力を貸せばよかったはずです。弾みで西軍に属することになったとしても、退き口の際に、井伊軍や本多軍が、しつこく追い回す必要はなかったのでは……」

「ふむ。平仄《ひょうそく》が合わないか。どうやらこの密書には、もうひとつやふたつ、裏も奥もあるようだな」

吉宗はしばし、考えに沈んだが、安々と解明できそうな謎ではない。いったん棚上げして、倫三郎に発破を掛けることにした。

「倫三郎といったか。おまえ、その汚い褌を締め直して、密書を守り抜けよ。腕は立つらしいが、敵の手に渡ると、始末の悪いことになるからな」

「すでに先ほど、曲者に襲われました。他にもいくつかの不穏な気配が、纏《まつ》わり付いております。敵がどのような筋なのか、分別できておれば、対策も立てやすいのですが……」

倫三郎に問われてみて、意外にもぴったりの敵がいないことに、吉宗は戸惑った。

「敵になりそうな家か。そうだな。たとえば関ケ原合戦後に潰された家は、候補になるだろう。西軍に加担した家は、ほとんど改易処分になったが、島津家には何の懲罰もなかった。将軍家との間に、何らかの秘密があると、疑っている者は少なくはない」

「いまさらこの密書を奪って、将軍家と島津家が結託していたことを暴いても、改易になった家を、復活させることができましょうか」

言われてみれば、関ケ原合戦からもう百三十年も経った。あの際に改易になった家の者たちもすでに亡くなっている。秘密を暴いて得する者がいるとは、吉宗にも思えなかった。

「それでも、将軍家や島津家にとって、関ケ原合戦の前に内通していたなど、疚《やま》しい秘事を、白日の下に晒《さら》すわけにはいかぬ」

「曲者たちが密書の内容に、目星が付いているとは思えませぬ。わたしたち上水流家の者ですら、いままで開封したことがなかったのですから……」

「ここまで恐ろしい内容の密書だとは、知っていないにしても、障りのある内容が、書かれているとは推察できよう。手に入れて、幕府を揺さぶる身の代にしようとする者がいても奇怪しくない。あるいは、島津を脅す材料にも使えるかもしれないな。とにかく縁組が成立するまでは、誰の手にも渡らぬように、おまえに守り抜いてもらうしかないぞ」

叱咤する吉宗に、倫三郎が怖ず怖ずと切り出した。

「憚《はばか》りながら島津家は、この縁談を歓迎されているのですか」

「それが、不可思議なことに、島津家でも、密書の存在を承知しているはずなのに、初めのうちは、いろいろと難癖を付けて断ろうとしてきた。近衛家が間に入ってからは、手の平を返したように豹変したが……。だが、そういった仕儀を、おまえが知る由もなかろうに、なぜ乗り気かどうかを疑ったのだ」

「雲の上の方々の動きなど、与《あずか》り知らぬことですが……。竹姫さまは『不吉の女人』で、しかも『見目麗しからざる』御方との流言を仄聞しております。島津さまが敬遠されることもあるかと……」

「婚約者が二人亡くなっているのは事実だが、竹姫さまは醜女ではない。そんな蜚語が伝わっているのには、ちと子細があるのよ」

吉宗は倫三郎に、大奥の人員削減のために、容姿端麗な女を五十人推挙させて追放した顛末を話した。協力した天英院は、この機に竹姫も追い出すつもりだったこと、吉宗が竹姫に推挙されないように耳打ちしたため、天英院の目論見は外れたこと、その腹いせに天英院が、竹姫は醜女であるとの風聞を流したことなどを説いた。

「そこまでして、竹姫さまを大奥に残されたのは、やはり上様にとって、特別な御方なのでしょうなぁ」

倫三郎がしきりに頷いて、にやけ面になった。竹姫との仲を邪推しているらしい。確かに、竹姫を大奥に残したのは、邪《よこしま》な心がなかったと言えば、嘘になるかもしれない。日記に、竹姫への懸想を綴ったこともあった。いっそのこと、継室に迎えてしまおうと思い立ち、天英院に直談判してみたが、「血縁がなくても、大叔母に当たる竹姫さまを、継室にするなど、断じて応諾できませぬ」と鹿爪《しかつめ》らしく突き放され、諦めざるを得なかった。

「妙な勘繰りをしているようだが、わしと竹姫さまは、男と女の仲ではないし、竹姫さまはおそらく生娘であらせられる。まぁ、腹蔵なく申せば、あれほど麗しい女人だから、震い付きたくなったことはある。おまえにも似た覚えがあろう」

「覚えはありますが、わたしは震い付きたくなったら、そのまましっかり、震い付いて参りました」

倫三郎の惚けた告白に、吉宗は唖然とした。確かに無礼講とは言ったが、それを真に受ける奴は初めてだ。将軍たる自分に対して、最低限の節度すら弁《わきま》えていないらしい。

「ふん。阿婆擦ればかりを、相手にしてきたのだな。竹姫さまでは、そうはいかぬ。おまえ、女に震い付いてきたと言ったが、まさか、悪所通いしているのではあるまいな」

参勤交代で、地方から多くの武士が、単身でやって来ることもあって、江戸の人口は男が女の三倍に達していた。吉原だけでは、性欲の捌《は》け口を賄えないため、私娼も暗に認められていた。ところが先ごろ、江戸町奉行・大岡忠相から「娼婦は、吉原の公娼に限定し、私娼を取り締まりたい」と献策された。変装して岡場所通いしたこともある吉宗だったが、忠相に「江戸に大火が頻発し、復興に力を尽くすべき折に、女道楽に現《うつつ》を抜かしている暇はない」と唱えられては、反論の余地はなかった。

「堅物の忠相が、ぴりぴりしておるから、女が欲しかったら、吉原で遊べ」

「いえ、わたしは銭など捨てなくても、女が種切れになることはございません」

まさか重ねて、反駁してくるとは、予想もしていなかった吉宗は、さすがに鼻白んだ。同時に心許なさも感じた。こんな薄っぺらい男に、密書守秘を委ねて差し支えないのか。受け答えに賢さが微塵もないし、好色を隠そうともしない。

とはいえ、井伊家中で薩摩を出自とするのは、上水流家だけなのだろう。定八をはじめとして、御庭番に適任の者は幾人か思い当たる。けれども吉宗は、自分に直に繋がる者に任せるのは危険、という勘が働いていた。しかとした根拠はなく、虫の知らせとしか言いようのない勘だったが……。となると「剣の腕前は保証する」という影家老の墨付きを信じて、倫三郎に密書を託すしかない。いざとなれば切り捨てるだけである。

そう踏ん切りをつけて、「では、くれぐれも頼んだぞ」と帰ろうとした吉宗を、倫三郎が呼び止めた。

「上様が仰せになられた中に、ひとつ気になるものがございました」

「何だ。手短に申せ。わしも忙しい身だ」

吉宗は悪い予感がして、先を急いでいるふりをした。

「近衛家が間に入ったら、島津家は縁談を承諾したとお聞きしたような……。近衛家とは公家衆だったのではないかと……」

「その通りだ。天英院さまのご実家でもある」

「あっ、それも知りませんでした。それで、島津家はそのお公家さまと、どのような由縁があるのでしょうか」

「おまえの先祖は、島津家に仕えていたのだろう。だったら、父から聞いたことがあるはずだ。近衛家と島津家は、古くからの主従ではないか」

あまりにも物を知らぬ倫三郎に、吉宗は呆れた。

「父から聞いたことがあるのでしょうが、わたしは物覚えが悪く、さっぱり記憶しておりません。できれば、その主従の関係とやらを、くわしく教えていただきたいのですが……」

「断固断る。物覚えの悪い奴に教えても、聞いた傍《そば》から忘れるではないか。時間の無駄だ」

「意地の悪いことを……」

吉宗に頑として撥ねつけられ、倫三郎は戸惑い顔である。しかし、吉宗はこればかりは譲る気はなかった。近衛家について語れば、いくらか誹謗めいた話が混じることもあり得る。それが回り回って、たとえば倫三郎から影家老を通過して、井伊家出身の大奥女中といった順序で、「上様が近衛家のことを、このように仰せでした」といった話が漏れ伝わり、天英院の耳に入ったらどうなるか。想像しただけで背筋が凍ってしまう。

「とにかく近衛家のことを学ぶ必要はない。浅く知っても惑うだけ、深く知れば恐怖でしかない。おまえは無知蒙昧《もうまい》を通せ。剣の力のみで密書を守り抜け」

吉宗はそう言い捨てて、立ち去った。

二十二

江戸城中奥に戻った吉宗は、定八を召喚した。

「今宵、上水流倫三郎なる者が秘匿する密書を目にしたが、あれは闇の世界では、かねがね知られていたのか」

「聞いたことがございません。かようなものがあるのなら、これまでに幾度か、争奪戦が繰り広げられていたとしても、奇怪しくないのですが……」

定八がどうにも解せない、といった表情をした。

「とりあえず御庭番で、倫三郎を見張れ。あの胡乱な密書に、何者がどう関わろうとしているのか、しっかり探り当てよ」

吉宗が定八に命じた。

「ちょうどいま、適任の一族が仕事を終えて待機しております。あの者たちに任せることにいたしましょう」

「またも生島一族か。倫三郎の監視役が生島一族となると、女誑《たら》し同士の組み合わせになるぞ。まぁ、それも一興かもしれぬな」

吉宗の口前に、皮肉が混じった。

「そう言えば、生島一族は、歌舞伎の世界から、足を洗ったらしいな」

「手仕舞いたしました」

定八がさも当然のように言った。生島新五郎や初代生島大吉らの前に、生島姓の歌舞伎役者は記録されていない。忽然《こつぜん》と歌舞伎界に姿を現し、吉宗が将軍に就任してしばらくして、生島姓の役者も三浦屋の屋号も、ふっつりと消えた。

「任務を終えたのですから、次はまた、別の化け方をすることになります。それに、上様が以前、ご懸念されたように、尾張藩と大奥の仕事を、繋げて考える者が出てくるかもしれません。さらには我々との関わりを疑う者も……。その際には、一族もろとも抹殺することになりますから、歌舞伎のような目立つ世界に、置いておくわけには参りません。名のある奴らを皆殺しにすると、要らぬ詮索を生んでしまいますから……」

定八は能面のような無表情だった。

二十三

吉宗が去った後、倫三郎は自らの使命について、自問自答していた。はたして自分は、この役目を全うできるのかと……。彦根藩への愛着や、帰属心すら薄い倫三郎だが、薩摩藩はさらに、遠い存在でしかない。確かに、この密書が発覚すれば、天下を揺るがすかもしれない。少なくとも、薩摩藩にとっては、断じて秘す必要がある。「島津の退き口」の美名を、傷つけるわけにはいかないからである。しかし、これほどの大事を、薩摩藩への忠誠心が希薄な自分が受任するのは、荷が勝っていないか。

倫三郎は、途方に暮れるばかりであった。

それにしてもなぜ、このような密書が存在するのか。背景と流れを掴んでおかなければ、使命に邁進できない。倫三郎にはまだ、誰が敵で、誰が味方なのか、その分別すら付いていなかった。島津家とその背後に蠢く近衛家との関わり、それから関ケ原合戦の前にこの密書が作成された経緯は、必ず知っておく必要がある。そうなるともう頼れるのは、一人しかいない。翌朝、倫三郎は西郷家の屋敷を訪ねた。

「こんなに朝早く、どういう風の吹き回しだ」

広円が驚いた顔で迎え、上がり框《がまち》にちょこんと腰掛けていた、おりんの口元が綻《ほころ》んだ。

「先に打ち明けた役目に、付随したことなのだが、おれの頭では、どうにも辻褄が合わせられない謎ばかりだ。おまえに指南を請いに来た」

おりんが持ってきた座布団に、腰を下ろしながら、倫三郎が殊勝に頭を下げた。前振りで昨日の出来事を話してもいいが、編笠黒頭巾の曲者に襲われたことを告げると、広円もおりんも気を揉むに違いない。吉宗の来宅に至っては、駄法螺《だぼら》にしか聞こえないだろうから、黙っておくことにした。

「遅ればせながら、学ぶ意欲が生まれたのは結構だ。それで何を教わりたいのだ」

「竹姫さまと島津家ご当主の縁談については、すでに話したよな」

「おまえが守る密書が、縁談をまとめるための拠り所となるとも聞いた」

「島津家は初め、この縁談に及び腰だったが、大奥の天英院さまと、その実家の近衛家が裏から根回しをしたら、すんなりまとまったらしい。その理由が判然としない。そもそも島津家と近衛家は、どういう縁故があるのだ」

「先祖が薩摩隼人なのに、それを知らぬのか」

広円が唖然とした。吉宗にも同じ反応をされた。

「やはり呆れられることなのか。影家老さまに指南を請う手もあるが、愚か者扱いされるのも業腹だ。広円に貶《けな》されるほうが慣れっこで、たいして傷つかずにすむ」

「それで朝早くからやって来たわけか。島津家と近衛家の縁か……。おまえが苦手な、すこぶるややこしい話になるぞ」

「罪は頼んだおれにある。長話に耐えるぐらいの罰は、甘んじて被る」

「よし、では口授してやろう。おりん、おまえの手、いや、頭には余るから、奥に下がっておれ」

広円が兄の威厳を示して、おりんに指図した。

「嫌よ。女だからって爪弾きしないで。大奥の天英院さまのことなら、倫さまよりも、あたしのほうがくわしいわ」

おりんが膨れっ面で抗って、倫三郎のすぐ横に座った。

「偉そうに……。倫三郎を引き合いに出したら、誰でも勝てる。まぁ、おりんに適切な相槌を打ってもらったら、理解もしやすいか。おりんはおれの横に座れ。おまえが頷いたり、首を横に振ったりするのを、倫三郎に見えるようにするのだ」

おりんの座る位置を変えてから、広円の長講釈が幕を開けた。

「近衛家と島津家の繋がりは、平安期まで遡《さかのぼ》る。当時、近衛家は全国に百五十カ所の荘園を有していた。その中に、日本最大の荘園である薩摩の島津荘も含まれていた。源頼朝公が、その島津荘の下司《げし》に任じたのが惟宗忠久《これむねただひさ》さまだ。惟宗家は京の公家を警護する武士の家柄で、秦氏に連なる名家だ。平安後期からは代々、近衛家の家司《けいし》を勤めてきた。忠久さまは島津荘の下司から、惣地頭を経て、薩摩・大隅の守護に昇り、この地に骨を埋めようと決意し、島津姓を名乗るようになった。これが島津家の起源だ」

「島津家はもともと、近衛家の家来だったのか」

倫三郎は初めて知ることであった。

「歴史に疎《うと》い倫三郎には、さっぱりだろうが、平安期から、公家衆の最も大きな収入源は荘園だった。もっとも公家が、直に現地に赴くことはなく、武士を荘官に任命して、年貢の徴収などの管理を委ねていた。ところが、鎌倉後期から、武士の成長に伴って、荘官が荘園の年貢を横領するようになった。さらに戦国の世になると、戦国大名が武力に物を言わせて一円支配を進め、荘園制度は形骸化していった。けれども、島津家に限っては、従前の主である近衛家を軽んじず、一定の権益を譲渡してきた。信じられないことに、それが泰平の世のいまも守られている」

六百年、いやもっと前から、昵懇の間柄が続いていることになる。そうなるともう美談ではなく、人外の出来事のように、倫三郎には感じられた。

「この両家の結束を、巧妙に利用した天下人もいる。織田信長公が、九州の安定を目途《もくと》として、派遣されたのが近衛前久《さきひさ》さまだ。反目していた島津氏、伊東氏、大友氏、相良氏らの和睦を図るためだった。ところが前久さまは、三カ月も薩摩に居座って、動こうとしなかった。毎夜酒宴が開かれ、連歌会、花見、馬揃え、犬追物など、遊興三昧で日々を消された。そうやって遊び呆けて、他氏との交渉を怠っておられたので、和睦が成る由もない」

「不精なお公家さまだな。信長公の言いつけを、忘れておったのか」

「島津家に有利になるように、忘れたふりをされていたと考えるのが、自然であろうな。とまれ前久さまは、そのまま帰京されたため、島津軍と大友軍の間で『耳川《みみかわ》の戦い』が起こり、島津軍が大勝利を収めた。短気な信長公のことだから、調停のために派遣したのが武士だったら、切腹、いや斬首されていたろう」

「お公家さまに対しては、信長公も遠慮があったのか」

「遠慮とは少し違うな。信長公にとっては、九州で島津家が、突出するのは好ましくない。その島津家を抑えるには、近衛家の当主を動かすしかない。信長公には、そういう計算が働いたのだろう。信長公は再び、前久さまを薩摩に遣わされ、大友との和睦を調停させた。島津家は不本意ながらも屈従した」

いつのまにか、おりんは広円愛用の文机に突っ伏して、眠ってしまっている。あんなに強情を張っていたのに、他愛もないものである。

「前久さまの子・信尹《のぶただ》さまも、島津家に世話になっておられる」

「信尹さまか。聞き覚えがあるような、ないような……」

「寛永の三筆にも数えられるが、関白相論のほうが有名かな。信尹さまが左大臣だったとき、内大臣だった秀吉公が、左大臣への昇進を望まれた。左大臣を乗っ取られて、無冠になると焦った信尹さまは、二条昭実さまに関白の地位を譲るよう迫られたが、昭実さまが承服される由もない。お二人の仲裁役になったのが秀吉公だが、両人を痛み分けとしたうえで、ご自分が関白になってしまわれた」

「何だ、それは……。詐欺ではないか」

倫三郎が呆気にとられた。

「せめて権謀術数とか、偽計と言え」

「上等な言い回しなど、似合わぬわ」

倫三郎が吐き捨てた。

「ただし、関白は摂家の者しか就けない決まりがある。そこで、水面下で動いたのが前久さまだ。秀吉公を自分の猶子にするという裏技で、秀吉公の関白への道を開いた」

「前久さまは不精な御方かと思っていたら、頑張るときもあるのだな」

「分かりやすい謝礼があったからな。秀吉公から見返りに、近衛家に千石、他の四摂家に五百石ずつの永代知行が贈られた」

有体に言えば、金で官位が買われたわけだと、広円が苦々しそうに言った。

「摂家以外から関白を誕生させた張本人として、近衛家は公家衆から誹謗の的となり、信尹さまは躁鬱の病を患われた。文禄の役が始まったときに、たまたま躁の気だったのか、朝鮮で戦うと無茶を言い出し、勝手に京を離れて、肥前名護屋城に赴かれた。この所業が帝の不興を買い、薩摩坊津《ぼうのつ》へ三年間の配流が通達された。もっとも坊津へは、京から四十五人ものお供を引き連れ、広大な御仮屋で悠々自適に過ごされた。赦免されて京に戻ることになったときに、『もう数年、薩摩に留まりたい』と、駄々を捏ねられたほどだった」

「それほどに、島津家の饗応が手厚かったわけか。薩摩女も、選り取り見取りで、味見されたのであろうな」

「女人との記録はない」

羨ましそうな倫三郎を、広円が膠《にべ》もなく突き放す。

「もちろん、近衛家の方々は皆、薩摩に対して、感謝の念を抱いておられたようだ。関ケ原合戦の後、多くの島津兵が、京の近衛屋敷で庇護されているし、前久さま、信尹さまは、家康公と何度もお会いになって、義弘さまの免罪を哀願されておられる」

そのように親密な関係ならば、近衛家が島津家のためによかれと思って、将軍家との縁談を、後押しした理由も分かる。

「近衛家は島津家との縁戚も結んでいる。天英院さまの甥で、近衛家現当主の家久さまは、島津家二十代当主・綱貴さまの娘で、二十一代当主・吉貴さまの妹である亀姫さまを、正室に迎えられた。亀姫さまが亡くなられた後は、吉貴さまの娘の満姫さまを継室にされた。両家の結び付きは、だいたいこんなところだな」

「いくら古馴染とはいえ、平安京の後、鎌倉幕府に足利幕府、信長公、秀吉公、そして徳川幕府と、政権が移ろう中で、蜜月が続くのは常軌を逸している。腐れ縁というか、悪縁というか……」

ぴたりと嵌まる文言が、なかなか見つからない。

「宿縁という言葉もある」

「前世からの因縁か。そうとでも考えねば、説明がつかぬか」

「おれはそうは思わぬ。近衛家、島津家双方にとって、現世での利も得もあるから、結び付いているにすぎない。両家は持ちつ持たれつの間柄なのだ」

広円が身も蓋もない言い回しをした。

「つまらない絵解きをするなよ。興醒めではないか。では聞くが、島津家にとっての利得とは何だ」

「改めて説くまでもないだろう。島津家の当主はこれまで、近衛家の口利きで、望み通りの官位に就いてきた」

「その見返りに、島津家は荘園制度が瓦解してからも、近衛家に一定の権益を与え続けてきたと……。それが近衛家にとっての利得だな」

「権益自体は微々たるものだ。島津家は近衛家にとって、別にもっと大きな値打ちがある。おまえでも解ける謎だぞ。公家衆の弱みとは何か、考えてみよ」

広円にそう謎を掛けられたが、情けないことに、倫三郎は何も思い浮かばなかった。

「歯がゆい奴だな。閃《ひらめ》かぬか。公家衆の弱みは、武力を蔵していないことだ。しかし、近衛家は島津家の主だから、いざとなれば勇猛な島津軍を動かせる。そこに他の公家衆との決定的な差異がある」

「この泰平の世に、近衛家から頼まれたからといって、実際に島津軍が旗揚げすることはあるまい」

「島津軍を動かせるかもしれない。その見込みが皆無ではない。そう思わせるだけで、近衛家の力に厚みが増すのだ」

広円は自説に自信を見せた。

「他におれの頭の使いどころはあるか」

広円にそう尋ねられた倫三郎に、迷いが生じた。

できれば、関ケ原合戦の前に密書が作成された背景を、広円に推理してもらいたい。しかし、そのためには、密書の中身を教える必要が出てくる。莫逆《ばくぎやく》の友とはいえ、自分の独断で、秘密を握る者を増やしていいのか、躊躇《ためら》わざるを得なかったのである。

「いずれまた、相談に乗ってもらうこともあろうが、おりんもあんな調子で、疲れているようだから、引き上げることにする」

おりんはまだ、すやすやと寝息を立てていた。

広円宅を出た倫三郎は、そのまま彦根藩下屋敷まで走り、清正の井戸の左脇に、石を三角の形に置いた。影家老から、火急の繋ぎが必要な際は、このように石を置いて、翌日訪ねるように、申し渡されていたからである。

二十四

彦根藩下屋敷を再訪した倫三郎を、影家老は仏頂面で迎えた。

「何の用で参った。わしは暇な身ではないのだぞ」

影家老は膝の上で腹を出している狆《ちん》の蚤を、熱心に退治している。暇人のやることである。招かれざる客の扱いに、倫三郎はむかっ腹が立ったが、それを押し隠して切り出した。

「先日お会いした後、井伊家や島津家について、ひと通り学びました」

「はっ、いまさらか。武士の端くれなら、己が関わる家のことは、元服前に習い終えるべき事柄であろうに……」

「学び始めてはみたものの、学ぶほどに迷路に入り込んでしまいました。とりわけ関ケ原における井伊軍、島津軍の動静は、謎に包まれております」

影家老の皮肉には付き合わず。倫三郎はさっさと本題に入った。

「上様から、おまえと一緒に、密書の中身を読んだ、との便りをいただいた。それならもう、疑念は晴れたのではないか」

「いえ、日にち勘定が合わず、かえって混乱を来《きた》しております。密書の日付によると、家康公と義弘さまは、関ケ原合戦のはるか前から、密約を結んでおられたことになります。それなら島津軍は、東軍に付くのが自然ではないでしょうか」

倫三郎は謎の核心を突いたつもりだった。しかし、影家老は動じたふうではなかった。

「なるほど。そこに疑惑を抱いたか。何も知らぬままで、密書を守る歯車に徹してくれればよいと、思っておったが、密書の中身を見たからには、その疑惑に突き当たるな。そこまで間抜けではなかったか。おまえの指摘はもっともなようだが、そこが戦国の世の込み入ったところでもあるのだ。さてどうするか。話してやるのは吝《やぶさ》かではないが、知った秘密は、墓場まで持っていってもらうことになるぞ。その腹構えはあるのだな」

凄味を利かせる影家老に、倫三郎は意を決して首肯した。

「よし。それではまず、おまえに教えておきたいことがある。秀吉公や三成との因縁からして、島津軍が本気で西軍に加担するはずはない。それはもう断じてあり得ないのだ」

影家老がここまで断言するからには、それなりの曰くがありそうである。倫三郎は背筋を伸ばした。

「島津家が最も勢力を伸ばしたのは、十六代当主・義久どのの時代だ。弟の義弘どの、歳久どの、家久どのと一致団結して、薩摩、大隅、日向の三州を平定。大友氏、龍造寺氏らを撃破し、豊後、肥後を手中に収め、九州統一は目前であった。その前に立ちはだかったのが秀吉公だ。自ら二十万の大軍を率いて、薩摩を侵攻された。義久どのは徹底抗戦の構えだったが、四辺の城が落とされ、外堀を埋められていった。このままでは根絶やしにされてしまうと考えた義久どのは、剃髪して秀吉公の本陣に出頭し、帰順を申し出られた。秀吉公は、にこやかに出迎えられ、自らが佩《は》いていた刀を与え、薩摩の所領を安堵する朱印状も授けられた。このあたりの呼吸は、秀吉公ならではの人誑《たら》しの技だな。秀吉公自身は、義久どのの恭順に満足し、大坂への帰途についた。しかし、その後も城に立て籠もり、明け渡そうとしない城主もいた。それら抗う者たちの後片付けを任されたのが、秀吉公の弟・秀長さまと三成だ。その過程で、島津家にとって驚天動地の事件が起こる。秀長さまに鴆《ちん》毒《どく》を盛られて、島津四兄弟の末弟・家久どのが亡くなったのだ」

「何と。毒殺されたと……」

思いがけない展開に、倫三郎の声が上擦った。

「確たる証拠はないが、島津家の文書にそう記録されている。このときから豊臣家は、島津家の仇敵になったわけだ。それが一人目だ」

一人目ということは、二人目もいる。いったい島津家の誰が殺されたのか。倫三郎は耳を欹《そばだ》てた。

「朝鮮の役の際、島津家からは義弘どのが出陣された。不慣れな地で、苦戦を余儀なくされた義弘どのは、援軍を要請されたが、国許の動きは鈍かった」

「義弘さまから請われたのなら、何をさておき、応えそうなものですが……」

「島津家としては、朝鮮で戦っても得はないから、家中の反発が強かったのだろう。その苛立ちが高じたのが、梅北国兼《うめきたくにかね》の一揆だ。朝鮮出兵を命じられた国兼はとりあえず薩摩を発ったが、厭戦気分が止まず、あろうことか引き返して、加藤清正公の肥後佐敷城を、占拠してしまったのだ」

「それはまた考えなしというか、乱暴狼藉というか……」

「一揆そのものは、三日で制圧された。国兼の首は浜辺に晒され、妻も火炙りの刑に処された。次いで秀吉公は、この一揆に連座した罪で、島津歳久どのの首を刎《は》ねて、進上しろと迫った」

「つまり、国兼は歳久どのの直臣だったと……」

それなら当たり前の処罰であると、倫三郎は思った。ところが、影家老はふんと鼻を鳴らした。

「違う。直臣などではない。だから言いがかりでしかない。秀吉公は、歳久どのの家臣が、一揆に加わっていたのではないかと、嫌疑を掛けてきたが、そんな事実もなく、まるっきりの濡れ衣だ」

「秀吉公はなぜ、さような横紙破りをされたのでしょうか」

「秀吉公から島津家に送られた朱印状には、歳久どのには、秀吉公が薩摩に出陣した折に、慮外の働きが多々あり、曲事《くせごと》であると書かれていた」

「何があったのですか」

「秀吉公の薩摩からの帰路、歳久どのの居城への宿泊を断られたこと、代わりに歳久どのは道案内を申し出てきたが、ことさら険路《けんろ》へと誘《いざな》われて往生したこと、その道中に歳久どのの家臣が、秀吉公の輿に矢を射掛けてきたこと、などが列挙されていた。確かに歳久さまは、いろいろと、悪さされておる。だから、秀吉公は歳久どのを、剣呑な人物と見なしておられた。天下人の己に、そのように歯向かう者に、待っているのは死しかない。島津家の者たちに、そう思い知らせたかったのだろう」

影家老が秀吉の心のうちを説き明かした。

「ともあれ、秀吉公からの下命があれば、たとい濡れ衣であろうとも拒めはしない。義久どのに、秀吉公の朱印状を呈された歳久どのは、潔く観念した。居城の宮之城に帰って腹を切る覚悟で、船に乗り込んだ。義久どのは、歳久どのの万一の心変わりを懸念して、念のための追手を差し向けた。むろん、追手の者たちに、歳久どのへの害心はない。遠巻きに追うだけだ。けれども、歳久どの側の家臣は、主を守り抜こうと死に物狂いで、自ずと小競り合いが起こる。本来は同朋なのに、争わせるのは不本意と、歳久どのは船上での自裁を決断された。しかし、このとき歳久どのは風疾《ふうしつ》に罹り、手が不自由だった。そこで追手の者に首を取らせた。歳久どのが亡くなると、追手、守り手双方が泣き崩れた。歳久どのの首級は、肥前名護屋城に送られ、秀吉公の検分を経て、京の一条戻橋に晒された」

「徹底的に罪人扱いをされたと……」

「言いがかりは底まで貫き通して、初めて真《まこと》しやかになる。兎にも角にも、島津家が誇る四兄弟のうち、二人までが殺められ、穢《けが》されたとあっては、豊臣恩顧どころではない。いずれ豊臣に吠え面をかかせてくれようと、薩摩隼人は皆、胸の奥深くで、復讐の刃を研ぎ澄ませていたのだ」

「秀吉公とそんな曰くがあったのならば、島津軍が本気で、豊臣家のために戦うはずはありませんな」

倫三郎は得心がいった。

二十五

「片や三成との因縁とは、どのようなものだったのでしょうか」

影家老が先刻「三成とも因縁がある」と言ったことを思い出して、倫三郎が尋ねた。

「秀吉公が関白になられた後、島津領で行われた太閤検地を取り仕切ったのが、三成と細川幽斎《ゆうさい》さまだった。この検地によって、二十二万四千七百石だった島津家の石高は、五十六万九千五百石へと激増した」

「石高が増えたわけですから、三成は恩人なのでは……」

「石高とは、そう単純なものではない。知ったかぶりをする男も鼻につくが、あまりに物を知らぬのも恥なのだぞ」

素朴すぎる疑問を呈した倫三郎に、影家老が訓戒を垂れた。

「石高が増えれば、それに応じた軍役が求められる。島津家はそれまで、朝鮮出兵に二の足を踏んでいたが、石高増加に伴って多大な軍役が課され、その費用の捻り出しに苦しむことになった」

「そういうからくりがあるわけですか」

政には、いろいろと複雑な裏があるものだと、倫三郎は感心した。

「しかも、新たな石高は、あくまで表高だ。実高とは懸け離れていた」

「えっ、そうなると、実態よりも多い年貢を、分捕られることになって、領民から突き上げを食らうのではないですか」

「鋭いではないか。まぁ、おまえでも気づくほどの手荒な遣り口だな。もっとも秀吉公は、さらに一枚上手で、不満を封じ込める手を打たれた。それが大規模な所替えだ。太閤検地の後、多くの島津家家臣が、先祖伝来の地を離れることになった。馴染んだ地なら、表高ほどの実入りがないことは、立ちどころに見破られるから、所替えによって、目眩《くら》ましをされたわけだ」

「秀吉公は、頭の切れる御方だったのですなぁ」

倫三郎が唸った。

「このときの最大の所替えが、義久どのを薩摩から大隅に移し、逆に義弘どのを薩摩に配したことだ。当主を本拠地から追い出すというのだから、乱暴な話だろう。義久どのは怒りをぐっと堪えて、沙汰通りに、大隅の富隈《とみくま》に居を移されたが、義弘どのは兄君への気兼ねがあったのか、自らは大隅の帖佐《ちょうさ》に留まり、薩摩には三男の忠恒どのを入れた。忠恒どのは、義久どのの娘の婿になり、跡継ぎになることが決まっていたから、波風が立たないと考えられたのだろう。それでも、義久どのと義弘どのの間には、微妙な軋轢《あつれき》が生じてしまった。かように家中を混乱させたのは、秀吉公の手先となって、太閤検地を仕切った三成のせいだ。薩摩隼人はそう了簡し、三成を怨嗟の的にしていたのだ」

影家老はそこまで語ってから、声を落とした。憚りのある話題に移りそうである。

「太閤検地に眉を顰めていた者は、他にもいる。公家衆の憤懣も一入《ひとしお》だったろう」

「公家衆ですか。会ったことも、見たこともありませんから、何にお怒りになっておられたのか、見当もつきませせぬな」

昨日、広円から、近衛家と島津家の古い繋がりは教わったが、倫三郎にとって、公家衆は未だ疎遠な人々である。

「もそっと歴史を学べ。太閤検地は、荘園制度を完膚なきまでに、叩き壊したのよ」

影家老がじろりと睨んだ。

「秀吉公が天下人になったころには、公家衆の荘園支配は、もはや有名無実のものになっていたが、それに止めを刺したのが太閤検地なのよ。この検地以後、秀吉公が定めた領主しか、年貢を徴収できないことになった。公家領もごくわずかに残されたが、秀吉公が任じた領主の大半は武士だから、多くの公家衆が、収入の道を閉ざされたわけだ」

「島津家だけは近衛家を蔑ろにせず、荘園からの上がりを、差し出し続けているとか……」

広円の講釈を、役立てるときである。

「賢い友から習ったか」

どうやら、何もかもお見通しのようである。

「詳細は秘されておるが、かつて島津荘であった地の権益の一部は、未だ近衛家のものらしいな。全盛期と比べれば、微々たるものだろうが、島津家は近衛家を敬い、盛り立ててきた。そこに目を付けたわしの発案で、此度の縁組でも、近衛家を動かすことにした。すると忽《たちま》ち整ったわ」

影家老は自慢げに胸を反らしたが、すぐさま険しい顔に戻った。

「ただ、近衛家の方々は、一筋縄ではいかない。竹姫さまを島津家に降嫁いただく段取りを依頼するに当たって、密書の存在を匂わせておいたから、手の者にその中身を検《あらた》めさせようとするかもしれぬ」

「返り討ちにして見せますが……」

「それですむのなら、おまえの腕なら、楽々できるだろう。だが、近衛家は敵というわけでもない。葬ったのでは、後々が煩わしい。だから峰打ちで対処せよ」

「近衛家が敵に回ることは、ないのでしょうか」

「いまのところは大丈夫だが、先々までの保証はない。まぁ、案ずるな。わしに慢心はない。近衛家には目を光らせてある。きな臭い動きがあったら、報せてやる」

影家老が厳めしい顔で約した。

二十六

「島津家にとって、豊臣家と三成が敵で、逆に家康公が味方であることが分かる格好の事例をもうひとつ教えておこう。その前に、いささか喉が乾いたな」

影家老はそう言って、茶を点て、いつものように一人で喫してから話し始めた。

「慶長四年（一五九九年）三月九日、島津忠恒どのが、伏見屋敷の茶室に、筆頭老中の伊集院幸侃《こうかん》どのを招き、盛膳と茶で饗応した後、刃傷沙汰に及ばれた。忠恒どのは備前長光《ながみつ》の大刀で斬り掛かり、昏倒した幸侃どのに、小姓の別所小吉が止めを刺した」

「幸侃さまがお手討ちになった原因は、何なのですか」

「わしは秀吉公の罠に掛かってしまったと捉えておる。幸侃どのは、太閤検地の際に、三成の手先となって辣腕を振るった。その功によって、秀吉公から大隅の肝付《きもつき》に八万石を拝領した。島津家の老中でありながら、大名並みの知行を与えられたわけだ。しかも秀吉公は、小田原征伐の評定の場で、義弘どの忠恒どの父子と、幸侃どのを同格に扱った。義弘どの父子は、全国からやって来た武将たちの前で、恥を掻かされたと感じたろう。さらに幸侃どのが秀吉公から拝領した伏見の屋敷は、敷地が高く、隣の島津屋敷を見下ろすように建てられていた」

「島津家で内紛が起こるように、秀吉公が確執の種を蒔かれたわけですな」

ここまでいろいろと画策したと聞けば、倫三郎にも秀吉の狙いが解せた。

「策略はぴたりと嵌まった。忠恒どのは、幸侃どのが秀吉公の威光を笠に着て、自分に臣下の礼を尽くさない傲慢な男になったと邪推した」

「だからといって、お手討ちはやりすぎでは……」

一国の当主の所業にしては、あまりに荒っぽすぎると、倫三郎は訝った。

「自分に楯突く者は、後先考えずに怒りに任せて成敗する。島津の殿さまは皆、そのような蛮勇を振るわれるから、ことさら恐ろしいのよ」

「幸侃さまの遺族は、そのまま泣き寝入りされたのですか」

それはあり得ない。当主が荒々しいのなら、臣下もまた同じであろう。

「伊集院家の嫡男・忠真《ただざね》どのが、父の仇を討つと猛り狂った」

やはり思った通りである。

「忠恒どのは、幸侃どのを殺害した後、高雄の神護寺に蟄居されていた。秀吉公がご息災ならば、即刻断罪されただろうが、すでに秀吉公は薨去されていた。三成は忠恒どのを厳罰に処するつもりだったようだが、そこに仲裁役が現れた。他ならぬ家康公だ。家康公は忠恒どのの謹慎を解き、伏見屋敷に戻らせるとともに、伊集院家からの襲撃に備えて、警護の家臣を派遣した。この折の警護役の一人が、奇しくも井伊直政さまだ」

「忠恒さまは、罪に問われなかったのですか」

「家康公が不問に付された。それどころか、忠真どのが都城で反旗を翻し、庄内の乱が勃発すると、家康公は忠恒どのの薩摩への帰国と、乱の鎮圧まで許可された」

「片手落ちといいますか、忠恒さまへの贔屓が過ぎるような……」

倫三郎には家康の意図が、皆目見えてこない。

「このころの家康公は、島津家との結び付きを深めるために、さまざまに腐心されている。借財が嵩《かさ》んだ島津家に、金二百枚を用立て、返済に充てさせたこともある。その際、これからも自分が融通を利かすので、他家からは借りぬよう助言された」

「金二百枚と……。それほどの大枚を叩《はた》いてでも、島津家を手懐《てなず》けておく甲斐があったのですか」

「島津家の武力には、それだけの値打ちがあったのよ」

倫三郎は、近衛家と島津家の繋がりを聞いたときに、広円に同じ台詞を言われたことを思い起こした。島津の武力は、乱世を生きる家康にとっては、なおさら手に入れたい「宝刀」だったろう。

「その庄内の乱は、あっさり鎮圧されたのですか」

「並大抵ではなかった。忠真どのの正室は義弘どのの末娘で、忠恒どのの妹でもある。伊集院家の家臣には、これまでの戦で、苦楽をともにした仲間が多いという情もあり、島津軍の攻めにも躊躇があった。そのため、なかなか乱を鎮めることができず、泥沼の様相を呈していった。この島津家の窮地を救ったのも、家康公だ」

まさに至れり尽くせりである。

「家康公はまず、近習の山口直友《なおとも》どのを派遣し、調停に当たらせられた。飫肥《おび》の伊東氏、人吉の相良氏には、島津家からの要請があれば、支援するように命じる書状を送られた。次いで、唐津の寺沢広高どのを薩摩に派遣するとともに、先の伊東氏、相良氏に加えて、柳川の立花氏、宇土の小西氏、臼杵の大田氏、延岡の秋月氏、三池の高橋氏らにも、援軍を下知された」

「島津家のために、そこまで磐石の包囲網を、敷かれたわけですか」

自身の戦でもないのに、肩入れしすぎている。倫三郎には奇異にしか映らなかった。

「自らの下命で、諸侯がどう動くのか、試されているかのようでもある。家康公にとっては、関ケ原合戦の予行の意味合いがあったのかもしれぬ」

そんな見方もあるのかと、倫三郎は感嘆した。

「忠真どのは、こうした情勢を鑑みて、このままでは孤立してしまうと悟り、調停を受け入れた。忠恒どのは忠真どのに、頴娃《えい》二万石を宛《あ》てがって、庄内の乱に終止符が打たれた。関ケ原合戦に、島津家が千余りの兵しか送り出してこなかったのは、この庄内の乱の後処理に忙殺されていたことも原因だ。義弘どのが大軍勢を擁して、西軍に参陣していたら、関ケ原の勝敗はまた、別のものになっていた可能性もある」

影家老が庄内の乱の余波を語った。

「どうだ。そろそろおまえも、腹落ちしたであろう。島津家にとって、秀吉公と三成は、意趣を晴らすべき仇でしかない。逆に家康公は、大恩人であられたのだ」

大恩人というよりも、家康はなりふり構わず、島津の歓心を買おうとした、と考えてよさそうである。すべては島津の武力を、引き込むためだったのだろう。そう納得していると、影家老がめずらしく、戯れ言めいたことを言った。

「義弘どのは、家康公と三成のいずれが、天下を統べるに相応しいか、見切っておられただろう。利発を鼻に掛けるような男は、天下人の器ではない。明智光秀しかり、三成しかり、またわしもしかりよ」

追従笑《ついしょう》いすべきか否か、倫三郎は判断が付かず、知らぬ顔の半兵衛を通すことにした。不意にキィと、甲高い鳥の鳴き声がした。その声に釣られたように、倫三郎はさりげなく庭に目を逸《そ》らした。ついでに話も逸らすつもりである。

「百舌《もず》の高鳴きよ。わしはあの鳥を忌み嫌っておる。目白、鶯、小綬鶏《こじゅけい》ら、百もの声色を使い分けるというのが、文字の由来だ。人であれば、定めて表裏者になるであろう」

影家老が庭に嫌厭の目を向けた。首尾よく間が外れて助かった。

倫三郎はこの機に、他の謎についても尋ねることにした。

「島津家に豊臣家への恨みがあり、しかも家康公との密約まで成っていたとすれば、なおのこと、関ケ原合戦における島津軍の有りようは、謎の一語に尽きます」

「そうかな。わしには、至極自然な振る舞いを、通したように思えるが……。もしやおまえは、前夜の評定で、島津家側から、夜襲を具申したことを、不自然と言っているのか。裏で家康公と通じていたのなら、わざわざ我先に戦略を講じはしないと……」

「そこは謎ではありません。訛《なまり》が酷く、話が通じず、意趣を含んだことにすれば、関ケ原で、出撃の要請に応じなかった言い訳も通ります」

広円から、いろいろと学んでおいた甲斐があった。倫三郎が得意げに、訛が通じなかった説を披瀝した。すると影家老は、腹を抱えて笑った。懐紙で涙目を拭い、ついでにぶぶんと洟《はな》を噛んだ。

「それは巷の戯作者の作り話よ。鵜呑みにする奴があるか。義弘どのは、京で長らく他家との折衝を担われてきた。言葉が通じないわけがなかろう」

「評定には、豊久さまが代理で、出席されたとか……」

「だから何だ。関ケ原でどんな動きがあったか、思い出してみよ。評定で言葉が通じなかったのなら、三成が豊久陣に、出撃の要請にいくはずがない。無駄足になるからな」

「あっ、なるほど」

言われてみれば、その通りである。

「そもそも、戦の気位が高い島津軍が、戦友を見捨てることはない。豊久どのが、三成の出撃要請に応じなかったのならば、三成は戦友ではなかったことを意味する。いや、三成だけではない」

「どういうことですか」

「退却を余儀なくされた宇喜多軍、小西軍らが、島津軍の陣地内を横切ろうとすると、鉄砲や弓矢で悉《ことごと》く追い払った。『お味方でござる』と叫ぶ西軍の兵士たちに、『それがどうした。我が陣を乱す者は、誰であろうと、容赦はせぬぞ』と、島津軍が吼《ほ》えた」

「つまり、宇喜多軍、小西軍らも、戦友ではなかったと……。というより、まるで東軍、西軍に関わらず、すべての軍勢を、敵と見なしているようではありませんか」

「そうかもしれぬ。総勢十五万の軍勢が、入り乱れる天下分け目の決戦で、島津軍のみ別次元の戦いに臨んでいたのだ」

倫三郎は戦慄した。そんな戦い方に、どんな大義名分があったというのか。疑問は他にもある。

「島津の退き口も、家康公と義弘さまの、気脈を通じた策戦だったのでしょうか」

「そうではあるまい。あの事態まで予測する術《すべ》はないからな。義弘どのの咄嗟の判断であろう。本陣まで迫られて、さすがの家康公も肝を冷やされたろうが、件の密書がある限り、義弘どのは方向転換を図ると、確信しておられただろう」

影家老が家康の心情を推し量った。

「家康公は井伊軍、本多軍に追撃を指令されていますが……」

影家老の言う通りなら、不可思議な指令である。

「あれは井伊直政さま、本多忠勝さまが勝手にやられたことだ。家康公は慌てて、引き返しの合図である法螺貝を吹かせておられる」

「ひとつやり損なえば、義弘さまも、命を落とすかもしれなかったわけですか」

そのような綱渡りの同盟が、あり得るのか。倫三郎には信じられなかった。

「家康公が義弘どのに、信を置いておられたからこその盟約だ。ただし、興味深いことに、家康公は関ケ原合戦以降、もう義弘どのに会おうとはされなかった。召し出されたのは、義久どのと忠恒どのだ。結局、義久どのは上洛せず、忠恒どのとの面会のみで、家康公は島津家を許している。奇怪しいだろう。関ケ原に参陣したのは義弘どのだ。その義弘どのを上洛させ、罰しなければ、正当な仕置きにはならない」

「なぜ義弘さまは、薩摩に留め置かれたのですか」

「家康公なら狸を通せる。しかし、義弘どのは、方便を用いようとすると、目が泳ぐ御方だった。カマを掛けられたら、うかうかと引っ掛かり、二人が通じていることを暴かれるかもしれぬ。家康公はそう、危惧されたのだろう。義久どのや忠恒どののほうが、まだ腹芸ができたらしいからな」

影家老が菓子箱を開き、餡菓子をつまみ、口に放り込んだ。やはり倫三郎に勧めることはない。

「どうだ。これでおまえの疑念も、すっきり晴れたであろう」

影家老が餡菓子を咀嚼しながら、満悦の笑みを浮かべた。

「いえ。まったくしっくりきておりません。盟約があったのなら、鳥居元忠どのに伏見城入りを拒まれても、何とかして、東軍への参陣を、画すればよかったはずです。それに戦う意欲がなく、訛のせいという申し開きも通らないとすれば、前夜の評定で、夜襲を具申するのも、やはり不自然にすぎます。東軍の本陣に向かって退却するのも、義弘どのの即興だったとして、無謀を通り越しております」

「おまえごときに、戦国武将の腹の内が、解せるはずもないから、話を掘り下げ、踏み込む必要はないと、思っていたのだが……。是非もない。説き明かしてやろう。家康公と義弘どのが密約を結ばれた日、こんな会話が交わされたと、わしは洞察しておる」

影家老が瞑目し、家康と義弘の膝詰め談判の模様を再現した。

二十七

慶長五年（一六〇〇年）四月二十七日、島津義弘は、庄内の乱平定に尽力してくれた徳川家康に、謝意を表すために、そのころ家康が居住していた大坂城二の丸御殿を表敬した。一年半ほど前、義弘が朝鮮から帰国した際、家康に招かれ、盛大な宴が催され、義弘は大いに感激した。それ以後、二人は互いの屋敷を、繁く訪い合う間柄になっている。

義弘を迎えた家康は、挨拶もそぞろに、戦局の話を切り出した。

「上杉景勝どのに、上洛を催促しているが、応じようとしない。数日前に、家老の直江兼続どのから、無礼な返書も届いた。示しを付けるために、わしが陣頭指揮を執《と》って、会津征伐の狼煙《のろし》を上げるつもりだ」

「三成どのの思う壺でござろう。家康さまが上方を留守にされたことを、勿怪《もっけ》の幸いと、挙兵するのではありますまいか」

意気軒昂な家康を、義弘はやんわりと窘《たしな》めた。

「それこそが狙いよ。三成どのとその一派を、一網打尽にできる」

冷静沈着が持ち前の家康にはめずらしく、顔が紅潮している。義弘はその顔色に、並々ならぬ決意を見て取った。

「承《うけたまわ》りました。及ばずながら、島津も助力を惜しみません。しかして、それがしはいかなる役目を果たせばよろしいので……」

「互いに、いかなる立ち位置になろうとも、同志であり続ける。そういう内約をいま、この場で了承してほしい」

義弘は困惑した。家康が何を言っているのか、よく分からない。

「この内約は三成どの、いや豊臣家との覇権争奪戦が決着するまで、我ら二人の他には隠し通す。だから、他の者の動静までは制御できない。そなたの命すら保証できない。しかも、内約の書状は取り交わすが、そこに、はっきりとした文言は残さぬ。いわば黙契だ」

ますますもって、意味が不明である。義弘は家康の狸顔をちらと見て、もっと胸襟を開いてほしいものだと嘆いた。

「三成どのが挙兵すれば、まず照準にするのは、伏見城であろうから、義弘どのには伏見城の守護をお頼みしたい」

「承知いたしました」

ようやく通じる話になった。義弘は威儀を正し、家康の次なる言葉を待った。

「さりながら、鳥居元忠には、他家の助勢は拒めと、厳命してある」

義弘は目を剥《む》いた。

「どういうことでござるか。元忠どのには、我らを入城させるようにと、言い含めておいていただかなければ、混乱は避けられませぬ」

「元忠には過酷な命令を授けた。伏見城が落ちれば、わしが三成どのを討つ大義名分を、手中にできる。わしのために、伏見城とともに、命を捧げてくれと頼んだ」

「三成どのを釣るための餌が伏見城と……。いやはや何とも、大きな餌をぶら下げたものでござる」

「会津には精鋭部隊を連れていく。伏見城に残る二千足らずは、元忠の他は松平近正、内藤家長、松平家忠ら、老臣と雑兵だ。強兵を温存するために、それで持ち堪えるよう申し渡した」

約二千もの家臣を、置き捨てにするという意味である。

「元忠は、わしが今川家に質に送られた際、三河から小姓として同道した一人だ。わしが天下人に昇るためなら、喜んで捨て石になると、張り切っておった。そんな落城の運命にある城に、島津軍を巻き込み、側杖《そばづえ》を食わすわけにはいかぬ」

幼少のころから、股肱《ここう》として働いてきた家臣の死を、前提としているにもかかわらず、家康は涼しい顔である。天下を目指す者は、こうも冷たい目をしているのかと、義弘は慄然とした。

「それぐらいの犠牲を払わなければ、天下獲りなど泡沫《うたかた》の夢よ」

家康が冷然と言い切った。

「さりとて、家康さまもご存知のように、我が家来衆は、筋金入りの朴念仁揃《ぼくねんじん》いでござる。伏見城で元忠どのに、膠《にべ》もなく助勢を断られれば、腹立ち紛れに、三成どのに加担すると猛《たけ》り立ちかねません。

それを説き落とすのは、至難の技になりますなぁ」

義弘は、家来衆から突き上げられる、己の姿が頭を過《よぎ》り、げんなりとした。

「忘れておった。三成方に加担してもらって、一向に構わないのだ」

家康がまたも、突飛なことを言い出した。

「そなたに伏して哀願したいのは、天下分け目の戦の火蓋が切られたとき、たとい三成方に与していたとしても、動かないでいただくことだ。それだけで十分だ」

いったんは、敵方に属しても構わない。けれども、戦には真剣には加わらない。どうやら、そういう盟約を結ぶということのようである。義弘はようやく、そう解した。だが、家康のこの依頼を請ければ、これから先、難しい心理戦に晒され、水面下での工作も求められることは明らかである。戦術の駆け引きなら厭わないが、平場で腹の探り合い、化かし合いを演じるのは、義弘が最も不得手とするところだった。何よりもの頭痛の種が、戦の最中に、血気盛んな島津軍に「戦うな」と命じることである。

「戦いの場で尻込みするなど、島津軍の面目は、丸潰れになります」

義弘は断固として、拒否しようとした。

「眼下に迫った敵さえ、しっかり撃退すれば、それで島津軍の体面は保たれる。もっとも、鬼より怖い島津軍に、あえて突っ掛かろうとする武将は、いなかろうが……」

家康には、一切妥協する気がないようだった。

「家康さまから、これまで、ひとかたならぬお心遣いを賜わってきたことを、島津家は忘れてはおりません。家中の者は誰しも、初手から家康さまに、味方したいと思うはずです。なぜ敵か味方か、定かでない中途半端な立ち位置に、島津軍が追いやられなければならないのですか」

不平を漏らす義弘に、家康が痛いところを突いてきた。

「そう楽に助けてもらえそうにないから、こんな迂遠な筋立てを考えたわけだ。伏見の島津屋敷にはいま、義弘どのの奥方の宰相さまと、亀寿さまが住んでおられる。目端の利く三成どのなら、天下分け目の戦いの前に、お二人を質に取ろうと、画策するに相違ない。わしが三成どのでもそうする。そうなっても、反三成で家中をまとめられますかな」

義弘が顔を歪《ゆが》めた。義弘は宰相夫人に、戦場からもまめに手紙を送るほどの愛妻家、もしくは恐妻家だった。一方の亀寿は義久の三女である。男児がなかった義久は、亀寿に婿を迎え、家督を継がせることにした。最初に選ばれたのは、義弘の次男・久保だったが、朝鮮の陣で病没する。そこで、再婚相手として白羽の矢が立ったのが、義弘の三男・忠恒だった。忠恒は亀寿が五歳も年上で、しかも兄の中古とあって、この婚姻を拒んだ。亀寿は「陰裏の豆も弾け時」の年ごろになっても、冴えない器量の女人でもあった。義弘はごねる忠恒を「島津家の次期当主になるためには、亀寿を娶ることが必須」と説き伏せ、ようやく成婚に持ち込んだ。亀寿を失えば、その苦労も水泡に帰する。

「宰相さまと亀寿さまを、質にされたら、島津軍はいったん、三成方に付くしかない。それでもなお、いざ戦端が開かれたら、静観に徹していただきたいのだ。よう考えてみよ。三成どのが天下を獲れば、元の木阿弥だ。必ずや乱世に立ち戻ろう」

「三成どのは、秀頼君を盛り立てて、豊臣政権を維持していくのでは……」

それならば、乱世に回帰するとは限らない。

「そうならないことは、歴史が教えているであろう。秀吉公が山崎の戦いで、光秀どのを倒した後、信長公の遺児をどう扱ったか。三成どのもいまは、秀頼君を戴く腹積もりでおるかもしれぬ。あ奴は秀吉公の前では『敵《かな》いませぬ』が口癖だった。言い慣れておるうちに、秀吉公を超える心など、失せておったろう。しかしな。人とは欲深きものよ。秀吉公が亡くなられたいま、三成どのもいずれ、頂に立ちたいとの野心に取り憑かれる」

「三成どのもまた、人の子と……」

「秀でた男ではあるが、三成どのが腕を揮えるのは、奉行の立ち位置が関の山だ。小才覚を利かせるのみで、頂を夢見てよい器ではない。人の情が分からず、小賢しい理屈を振り翳《かざ》して、敵ばかり作っている男に、日の本を委ねるわけにはいかぬ」

家康の口吻が、心なしか荒ぶった。

「家康さまが天下人となられるより他に、天下安寧の道はないと、それがしも確信しております」

多少の世辞はあったが、それは義弘の本心でもあった。家康は幼少時に、織田家や今川家に人質として送られ、三河領主となってからも、信長や秀吉に首根っこを押さえつけられてきた。信長には長男・信康を自刃に追い込まれ、秀吉には関東に転封された。それでも家康は、艱難辛苦の中に一縷《る》の光を見出し、不死鳥のごとく蘇ってくる。義弘はそんな家康に、天下人の度量を感じていたのである。

「わしは天下を獲ると決めた。それが日の本の弥栄《いやさか》のためなどと、綺麗事を申すつもりはない。一重に徳川家のためだ。そう踏ん切りを付けたからには、この戦では権謀術数の限りを尽くす」

ここまで感情を昂らせる家康を、義弘は初めて見た。

「正直なところ、わしは秀吉公の戦術を嫌悪しておった。敵の裏を掻き、人の心を逆撫でするような奇策を弄されてきたからな。武士としての正道の戦を、貫き通してきたわしとは真逆だ。しかしいまなら、秀吉公の心底《しんてい》が手に取るように分かる。秀吉公は必勝のためなら見栄は捨てるべきと、考えておられたのだ。天下獲りの戦ならなおさら、見栄など張っている場合ではない。なりふり構わず、勝ちを希求する心構えで臨むべきなのだ。だから今回のわしは、すでに多くの者と内通している。戦が始まってから、間断《かんだん》なく裏切り者が出現して、慌てふためく三成どのの姿が目に浮かぶわ」

義弘は家康の吐く言葉に当惑していた。秀吉と己を、比べてばかりいるからである。もしや家康は、秀吉に嫉妬しているところがあるのか。

「秀吉公をそこまで買い被《かぶ》り、見習う必要はありますまい。家康さまは己の道を貫かれればよろしいのです」

「わしは己の道などに拘りはない。真似るべきは衒《てら》いなく真似てみせる」

「それもひとつの識見かもしれませぬな。しかして、秀吉公の真似るべきところとは……」

「人を誑《たぶら》かすことができなければ、真の天下人にはなれぬ。秀吉公は人を驚かせ、楽しませることに長けておられた。他の者なら下品になることでも、秀吉公ならなぜか、民心を鷲掴《わしづか》みにする。見習うべきところは多い」

「確かに妙に憎めない御仁でしたなぁ。天性の人誑しとでも言いましょうか」

義弘には豊臣家への恨みはあっても、秀吉個人への嫌悪感は薄かった。

「別《わ》けても、黄金の使い途には、度肝を抜かれたわ。黄金の茶室など、仕損なえば下衆の極みだ。もしか脳裏に閃《ひらめ》いても、誰も拵えようとはせぬだろう」

「それがしのような凡夫が、真似るのは無茶だが、手を出せる地平ではありませんな」

「わしもあそこまで、真似るのは無茶だが、次に造る城では、金の鯱《しゃち》でも飾ろうかの」

家康は莞爾《かんじ》した。後に築かれた名古屋城の天守には、金の鯱が載せられた。

「わしは恵まれている。秀吉公の優れたところは手本とし、しくじったところは真似ないように、自らを戒めることができるからな」

家康がしみじみとした語り口になった。

「秀吉公も信長公を、鏡とされておられたのでは……」

「信長公は奇抜すぎて、秀吉公といえども、ついていけまい。岩清水八幡宮には、信長公が寄進された黄金の雨樋がある。黄金の茶室と、どちらが型破りかと問われれば、わしなら雨樋に軍配を上げるな。わしは信長公のことを、菩薩か物の怪か、いずれにしても現《うつつ》の者ではなかったかもしれぬ、と思っておる。長い日の本の歴史の中で、誰にも似ておらぬ」

家康は真顔だった。

「何ら手本のない道を、歩まねばならなかったところに、秀吉公の不運があったと……」

「ただし、わしは秀吉公の顰《ひそみ》に倣うだけではないぞ。秀吉公は官位の高さのみに、心を惹かれておられた。わしは官位など、どうでもよい。武士の頭領を目指すつもりよ」

「それは畢竟《ひっきょう》……」

義弘は家康の存念を確かめた。

「そうよ。関白ではなく、征夷大将軍になる。それこそが、武士であるわしが、向かうべき高みだ」

関白のほうが、征夷大将軍よりも、上の官位が授与されるのが通例である。官位の高さに目もくれず、あえて武士の頭領である征夷大将軍を目指すと、明言した家康に、義弘は武士としての矜持を感じ取った。

「家康さまのお心意気は、それがしの心に染み入りました。及ばずながら、島津も力添えを厭わぬ所存です。ただし、太閤検地で、秀吉公から所替えを下知されて以来、兄・義久との折り合いが拗《こじ》れ、援軍もままならないありさまです。それがしを慕う者が、自力で駆けつけるのを待つしかなく、せいぜい千の兵を揃えられれば、御の字なのです。せっかくのお声掛かりながら、たいした戦力になりそうにもなく、恥じ入るばかりでございます」

「わしの前で、謙遜することはない。『衆寡敵《しゅうかてき》せず』の格言は、島津軍には通用しない。寡兵で大軍を蹴散らしてきた閲歴を、皆が熟知しておる。就中《なかんづく》わしが警戒するのは、島津軍が三成方の先陣を切り、鬼神のごとく暴れ回ることだ。それがいかに厄介な事態を出来《しゅったい》させるか。義弘どのならお分かりであろう。三成方の士気は、弥《いや》が上にも高まるし、こちらに内通していたはずの軍までが豹変して、何食わぬ顔で、三成方として戦闘に加わるかもしれぬ。強兵の尻馬に乗ろうとしている者ばかりだからな」

家康はそこまで言って、義弘の近くに膝行し、手を握り締めた。

「そんな誰も当てにならぬ戦場で、義弘どの、そなたなら信が置ける。契りを交わしたからには、どのような立ち位置にあっても、神掛けて裏切ることはないと……。戦場で静観するなど、薩摩隼人としては、忸怩たるものがござろう。艱難を強いることになるが、甘受してくだされ」

家康が深々と頭《こうべ》を垂れた。

「それに、天下分け目の戦が、一度で片が付けば重畳だが、おそらく秀頼君は、出陣してこないであろう。豊臣家の滅亡は、次の潮合いを待たねばならぬ。となると、今般の戦で、島津軍が千余りの兵というのは、義弘どのは恥じておられたが、向後を見通すと大きな脅威になる。主力は薩摩に温存されたままなわけだからな。豊臣との再戦で、薩摩から大兵力が送られ、わしの前に立ち塞がられたのでは、始末に負えない。だから、義久どのには、この内約を早めに打ち明けて、次なる戦でも、再び傍観に徹するように、手配りしてくだされ。もとより島津家には、代償を約束する。三成どのに加勢した者たちは、果断に処分するが、島津家の領地はけっして侵さぬ」

「それでは、諸侯から異存の声が噴出します」

信賞必罰が、戦国の世の倣いである。片手落ちの仕置きをしたのでは、徳川家と島津家の黙約を疑われるに違いないと、義弘は危惧した。

「奇異の念を抱かれようとも、わしの裁量で押し通す。三成どのが滅すればもう、わしのやることに苦言を呈する者など、残っておらぬ。しかして、征夷大将軍になった暁には、忠恒どのにわしの諱《いみな》を授ける。それを未来永劫、歴代の将軍が継承するように申し送る。徳川家と島津家の同盟の証になり、薩摩は不可侵の地として扱われることになる」

諱とは、いわゆる実名、本名のことである。忌み名とも表記され、高貴な人に対しては生前、目の前で口にするのは厳禁であった。名には霊が宿ると、信じられていたからである。諱を授けるとは、自分の本名の一字を、送る相手の名前の上の一字とすることであり、一族、あるいは主従の裏付けとなる。

「望外の栄誉にございます。しかしながら、三成どのに与した我らに、あからさまな贔屓をされたのでは、いろいろと勘繰られるのは必定にて……」

「案ずるな。他の大名にも時々は諱を授け、あからさまにならないようにする。ただし、すべての当主に将軍の諱を授けるのは、島津家のみとする」

この約定は守られた。慶長十一年（一六〇六年）、忠恒が家康から「家」の諱を授かり、家久と改名。その後も光久（←家光）、綱貴（←綱吉）、吉貴（←綱吉）、継豊（←家継）、宗信（←吉宗）、重年（←家重）、重豪（←家重）、斉宣（←家斉）、斉興（←家斉）、斉彬（←家斉）、茂久（←家茂）と、一人の例外もなく、当代将軍からの偏諱が続いたのである。

義弘は、大切な諱を授けるという、家康の約言に感悦しつつ、戦場で命を張ってきた武将ならではの問いを発した。

「戦では不測の事態が、付き物にございます。それがしはむろんのこと、畏れながら家康さまとて、命を落とさない保証はありません。今し方仰せになられたように、我らの他に内約の成立を秘してしまえば、いざというときに、約定が反故になってしまいます」

義弘の指摘に、家康ははっと面《おもて》を上げ、頷きを繰り返した。

「道理だ。迂闊であった。これまで、あまたの戦火を、潜り抜けてこられたのは、ただ僥倖に恵まれただけ、ということを忘れておったわ。憚《はばか》りながら、天下人に相応しいのは、わしを置いて他にない。ならば天は、わしを生かしておくはずと、驕り高ぶっておった。慢心した途端、瞬く間に地に堕ちていった者を、散々見てきたのに、危ないところであった。相分かった。いざというときのために、わしの代わりに差配できる者を、用意しておこう」

家康が力強く請け負った。

「しかるべき当てがございますか」

義弘は慎重な姿勢を崩さない。

「わしが将軍になったら、徳川家の屋台骨を支える役目を、井伊家に任せる心算でおる。そのために、井伊家を無欠の集団に仕立て上げてある。裏の仕事を受け持つ一族も配してあるから、その頭領に、島津家との同盟の話を通しておく。井伊家当主の直政は、大戦の前で昂っておろうから、天下分け目の戦が集結した後にわしから、わしに万一の事態があった場合には、その裏の頭領を通じて、島津家との内約を通知する。そういう手筈を整えておく。義弘どのも念のために、義久どのに加えて、豊久どのにも伝えておいてくだされ」

徳川四天王の井伊家が、諒解していれば申し分ない。

「そこまで心配りを賜れば、恐悦にございます。かくなるうえは、島津軍らしい戦を、ご覧いただくことにいたしましょう」

「楽しみにしておりますぞ、と言いたいところだが、いささか怖くもありますな」

義弘の「島津軍らしい戦」という言い方に、家康は心掛かりを覚えたようだったが、そのうえ問うことはなかった。たとい問われたとしても、このときの義弘に「島津軍らしさ」の腹案があるわけでもなかった。

かくして義弘は、家康に促されるまま、密書に血判を押し、大坂城を後にした。

二十八

伏見の薩摩屋敷に戻った義弘は、家康との密談であのような話にはなったが、できれば端《はな》から、徳川方の軍に入れないものかと、その機を窺《うかが》っていた。島津軍は命知らずの荒くれ者ばかりである。これまでの戦果を合算すれば、一人で四百、五百の首を討ち取ってきた者はぞろぞろいる。そのくらいでは自慢にもならず、加増もされない。家禄を増やすには、侍大将以上の首を含めて、計八百を越す必要があるというのが、島津軍の常識だった。此度も一人でも多くの首を上げようと逸《はや》っている。そんな剽悍者たちに、戦場で戦うな、腕を拱《こまぬ》けと命じても、楯突かれるに決まっている。

そこで義弘はまず、三成が手を回す前に、宰相夫人と亀寿を、薩摩に帰す算段をした。けれども、この二人が、伏見の薩摩屋敷に住んでいるのは、もともと豊臣家に人質に取られたに等しい境涯だからである。応分の謂われがなければ、帰郷が叶うはずもなかった。

義弘がもどかしい思いをしているうちに、三成の人質策が開始されてしまった。もっともそれは、三成の皮算用通りには進まなかった。上方から逃れる徳川方武将の夫人が、続出したのである。細川忠興のガラシャ夫人に至っては、大坂城の間近に屋敷があったことから、脱出は断念したものの、人質になることは敢然と拒絶した。切支丹は自害が禁じられているため、家老の小笠原秀清《ひできよ》に介錯させた後、屋敷に火が放たれ、凄絶な死を遂げた。その波紋は大きかった。

また、大坂城には、家康が会津征伐に出向いた後、阿茶局《あちゃのつぼね》、お万の方、お梶の方の三人の側室が残っており、佐野綱正《つなまさ》を留守居役として、三百人の兵が守っていた。側室たちを拘束されるぐらいなら、西の丸に立て籠もり、火を放って討ち死にすると、綱正は触れ回った。この脅しは効いた。秀頼が住む本丸に、類焼する恐れもあったからである。そのため、側室たちは人質に取られるどころか、毛利輝元が入城したのを機に、立ち退きが認められた。

こうして三成の人質策は腰が引け、手詰まりになっていった。だが、宰相夫人と亀寿は、三成の指図で、早々に伏見の薩摩屋敷から、大坂城内に移されていた。いかに島津家を取り込むことが、喫緊の命題であったかが分かる。家康の側室たちが立ち退く際に、同行する秘策も講じられたが、見張りの目が厳しく、不首尾に終わった。万策尽きて、初めから家康方に与する術《すべ》は失われたと、観念した義弘のもとを訪れたのが、三成であった。

「豊臣恩顧の総力を結集して、家康どのを倒す好機でござる。たかだか大老の一人でありながら、政を専横している家康どのを許せば、秀頼君の治世に、必ずや障《さわ》りとなりましょう」

義弘は、豊臣に恩を受けた覚えはなかったが、そう放言するのは、喧嘩を吹っ掛けるようなものだから自制した。

「家康どのを倒した後、いかような天下を築く心積もりでござるか」

「義弘どのには家康どのの代わりに、五大老になっていただく所存でござる。我ら五奉行と力を合わせて、秀頼君を盛り立てていけば、天下は安泰でござろう」

義弘に大老への色気はない。しかし、三成に用意できる褒美はそれしかない。

「三成どのが、天下を獲る気はないと……」

義弘の問いに、三成が即答した。

「それがしが、その器にないことは、義弘どのも存じておられよう。交々《こもごも》のつけが回って、天下の鼻摘み者に堕した男でござれば……。それがしはこれまで、奉行の役目として、いくつもの掟を作り、策を講じて参った。中には冷酷で峻烈な掟や策も、あったやもしれぬが、それもこれも、豊臣家を磐石なものとし、天下の安寧を成し遂げるために、あえて断行した方策ばかりでござる。しかしながら――。かくかくしかじかと理詰めで説いても、苦々しい顔をされるだけで、誰にも汲み取ってもらえませぬ。さりとて、いかに煙たがられようと、誰かがやらねばならぬこと。向後も嫌われ仕事に徹するのが、それがしの宿命と、割り切るしかござらぬな」

義弘は三成の陳述の端に、切れ者ゆえの孤独を感じた。家康はいずれ、三成に欲が出て、天下を望むようになると断じたが、この男は己の分を弁えている。天下人の野心を抱くことはないかもしれない。そんな気がした。

宰相と亀寿を、人質に取られたからには、家康と示し合わせたように、ここらであっさり合力すると、空言を弄しても構わなかったのだが、義弘は一言文句を付けることにした。そうしなければ、どうにも我慢ならなかったのである。

「それがしに言わせれば、三成どのが講じるのは、上乗の策ばかりではありませぬな。島津を同朋に引き入れたいのなら、それこそ理で説くべきでござろう。我が妻と嫁を、質に取るなど、卑怯千万というものよ」

このように難詰すれば、三成は平謝りするしかないと、義弘は思っていた。ところが、三成は太々《ふてぶて》しく居直った。

「そのように誹《そし》られるとは、心外の一言にて……。質にしたつもりなど、毛頭ござらぬからな。天下分け目の決戦の舞台がどこになるか、定かではないものの、お二人が伏見に住まったままでは、火の粉が降り掛かる恐れが拭えませぬ。安全のために、大坂城にお移し申し上げたまでのことでござる」

三成はこう強弁して、涼しい顔をしている。「この男に屁理屈の捏《こ》ね回しで、勝てるはずもないが、こんな為《した》り顔をされると、何とも小面《こづら》憎《にく》いものよ」と、義弘は三成の舌の根を引っこ抜きたい衝動に駆られた。

とはいえ、現に人質に取られたからには、もはや否も応もない。家康と打ち合わせた通り、とりあえず三成方に加担した形を、作らざるを得ない。

「しかるべく。秀頼君のために、身命を賭す覚悟にござる」

義弘は三成に、そう宣言した。このうえ話を長引かせると、勘の鋭い三成に、胸中を見破られるかもしれない。ここらが潮時である。ただし「三成方に入る」とは言わず、「秀頼のために戦う」という口先を用いた。三成は義弘を、直情径行の男と見下しているから、かような老獪な計を案じるとは、考えもしなかったようで、意気揚々と引き上げていった。「きわどく言質を取られずにすんだ」と、義弘は溜飲を下げた心地がした。

＊

三成との会談の後、義弘がどのような決断を下すのか、固唾を呑んで見守っていた家臣たちには、義弘は単に「三成方に与する」とだけ告げた。家康との密談の内容を、明かすわけにはいかないからである。会談で三成と角突き合わせたと、思い込んでいた家臣たちは、意外そうな顔を見合わせた。島津豊久に至っては、烈火のごとく怒った。豊久には、父・家久を、豊臣秀長に毒殺された怨念がある。

「豊臣家は怨敵以外の何物でもない。天下を分ける戦なら、徳川家に加勢すべきだ」

豊久はそう強情を張った。

「宰相と亀寿が、人質になっているのだぞ。背に腹は代えられぬではないか」

義弘は豊久にそう説きながら、内心で「案じていたよりも、物事が首尾よく進みそうだ」と、安堵していた。家康との密談で、豊久とは密書の内容を共有することで、話が付いていた。しかし義弘は、できれば秘密にしておきたかった。若く一本気な豊久が、内約を知れば「さような謀計、詭計の片棒は担《かつ》げぬ」と、臍《へそ》を曲げるかもしれないからである。

だからといって内約を伏せれば、それはそれで問題が生じる。豊久は父譲りの武辺者として鳴らしている。豊久が気力満々で戦に臨めば、家康方の勝利の足枷になる。

やはり打ち明けるべきか否か、思案投首だったところに、三成方への参陣に、嫌悪感を露わにする豊久を見て、「この具合なら、戦場で大暴れすることはあるまい」と、胸を撫で下ろしたのである。

これが大きな勘違いであった。義弘は豊久の戦人《いくさびと》としての沽券と、熱き血潮を見誤っていた。旗幟《きし》が決したら、もう己の存念に固執はしない。勝利のために力の限り戦う。豊久はたちまち頭を切り換え、目前の戦に集中していたのである。

義弘は関ケ原合戦前夜、評定には列しなかった。六十六歳の高齢であり、明日の戦のために備えたいというのが、表向きの事由である。本音は、家康との黙約に従って、静観を決め込むつもりであるのに、諸将から我が意を打診されたときに、澄まし顔で誤魔化せるか、不安だったのである。

ところが、代理で評定に出た豊久が、息巻いて帰陣し、口汚く罵る様を見て、肝を潰した。あろうことか、率先して奇襲を具申し、丁々発止やり合ったというではないか。三成らが聞く耳を持たなかったから、大事には至らなかったものの、このまま豊久を野放しにしておけば、明日の戦に烈々たる闘志で挑むのは、火を見るより明らかである。

そこでついに義弘は、豊久に家康との密約を告白した。密書を手にした豊久は、怒りに青ざめた。

口を真一文字に結び、黙然としている。

「おまえはもともと、徳川方に合力したいと、言っておったではないか。その望みが叶ったわけだぞ」

「それとこれとは別です。表では三成方の顔をし、裏では家康どのと通じていたと……つまりは、二股を掛けたことになります」

「島津の名折れになると、おまえの懸念はもっともだが……」

「こんな密書がなければ、それがしが先陣を切って敵陣に突入し、大暴れして、勝利に導けます。逆に島津軍が静観すれば、三成方が勝つ賽《さい》の目は、皆無になりましょう」

「おう。千二百の兵しか率いていないのが無念だが、せめて五千の兵があれば、徳川方全軍とでも互角に戦えるだろう。だが、ここは辛抱してくれ」

五千の兵で徳川方全軍と伍せるとは、大言壮語にしか聞こえない。しかし、島津軍の戦闘力は、人数だけでは計れない。他軍と違い、すべての兵が鉄砲で武装しているからである。一人ひとりが凄まじい戦闘力を有しているとの自信が、義弘にはあった。

「なぜ端《はな》から、徳川方に加わらなかったのですか。そうしておけば後々、二股膏薬と後ろ指を差される恐れはなかったものを……」

「幾度も申したではないか。宰相と亀寿のためよ。二人が質に取られたからには、三成方に加担した体《てい》を取るしかない。しかし、天下を慮《おもんぱか》れば家康どのしかいないのだ」

義弘は豊久の説得に努めた。

「それほどまでに、家康どのを、高く買っておられるのですか」

「家康どのには、世が我が意のままになるという驕りがない。起こったことは是非もないと諦め、次にどうするか対策を練られる。うまくいかないときは、どこまでも耐え忍ぶこともできる。なかなか真似のできる芸当ではない。三成どのは真逆だ。己の意に染まない出来事が起こると、その因果を吟味して、因になった者を断罪して手仕舞になる。新しい地平が開かれることはない。後に残るのは意趣と遺恨だ。どちらが天下を統べるに相応しいか、自明ではないか」

義弘の切言に耳を傾け、しばし黙考した豊久は、吹っ切った顔になった。

「かしこまりました。ただし、それがしは、この戦は天下のためには戦いません。ただ島津家のため、薩摩隼人の本懐を遂げるために、戦う所存にございます」

「どうするのだ」

「島津軍が静観すれば、負け戦になるは必定です。しかして、負けが決しても、それがしは後方には引きませぬ。真っ直ぐに前方へ走り、家康どのが鎮座する本陣に殺到し、そのまま駆け抜けて、退いてみせましょう。そんな退き口を見せつけて、家康どのに一泡吹かせなければ、どうにも我慢がなりませぬ」

奇想天外な策である。普通なら一笑に付すだろうが、薩摩隼人はこんな突拍子もない筋立てが好物である。義弘は手を叩いて喜び、他愛もなく乗っかった。

「小気味よい。薩摩隼人らしい退き口だ。よし、それでいこう。この密書は、そなたに預ける。島津軍伝統の『穿《うが》ち抜け』や『捨て奸《がまり》』を駆使して、わしがそなたを死守する。そなたは必ず生き延びて、密書を島津家繁栄のために生かしてくれ」

首肯する豊久を見て、義弘の胸の支《つか》えは下りた。

二十九

豊久に次いで、義弘を悩ませたのが、家臣たちである。

「今日は、攻め掛かってくる敵の撃退に専念する。自ら敵勢に突っ込むことは禁ずる」

関ケ原に陣を布いて、義弘がそう命じると、家臣団が騒めいた。

「それではまるで籠城戦。今日は平地の野戦でござるぞ」

至極真っ当な反論である。豊久が「それ見たことか」という顔で失笑している。弄舌《ろうぜつ》が苦手な義弘は弱り果て、しばし空咳を繰り返した。

「ずんなか」

そこに胴間声が響いた。「うるさい」という意味の薩摩弁である。声の主は桂忠詮《かつらただのり》だった。秀吉の九州侵攻の際には、平佐《ひらさ》城に三百人余りの兵で立て籠もり、小西行長、脇坂安治、九鬼嘉隆《よしたか》ら七千の軍勢に、一歩も引かなかった剛の者である。

「おれは多くの戦を経験してきたが、敵が誰か知らぬことすらあった。それで困ったことなどない。主君が死ねと命じれば死ねばよいし、この陣を守れと仰せなら守れば事足りる。薩摩隼人なら議を言うな」

甲羅を経た古強兵《ふるつわもの》の忠詮に「議を言うな」と叱られれば、もう誰も逆らえない。「議を言うな」とは、これも薩摩弁で「理屈を語るな」という意味である。薩摩隼人はこの箴言《しんげん》が出ると、口を噤《つぐ》むしかない。生半可な理屈を振り翳している暇があったら、何も考えずに突っ込めと、幼いころから吹き込まれて育っている。

「そうだ。議を言うな。義弘さまの仰せの通りにすればすむ」

家臣たちは瞬く間に一致団結し、島津軍は粛々と静観の陣に徹した。

しかし、義弘にとっての大誤算が、退き口の最後に待っていた。豊久が奇策を胸に秘めていたのである。家康本陣正面からの急旋回が功を奏して、退き口に曙光が射した刹那、豊久が口走った言葉に、義弘は泡を食った。

「皆の衆、後は伯父上を守って、突っ走ればよい。敵方の鬨《とき》の声が聞こえるが、屁でもない。この豊久がしんがりを務め、薙《な》ぎ払ってくれようぞ」

　あろうことか豊久はそう叫び、馬に跨がり、追手に向かって、逆走していったのである。ここを先途と心得た十数人の馬廻衆が後に続く。このままでは、豊久に託した密書が、関ケ原の風塵と化してしまう。もしかすると、それこそが豊久の狙いなのかもしれない。自らの命もろとも、密約の証を葬り去るつもりなのではないか。義弘は慌てた。

「守るのはわしではない。豊久を引き返させよ」

　義弘の声は、豊久の檄《げき》に呼応し、気焔を上げる島津兵たちには届かなかった。それどころか、豊久の心意気を無にしてはいけないと、傍にいた家臣たちは必死になって、義弘の両脇を抱え上げて、伊勢路へと導いたのである。

＊

　家康は本陣で、茶縮緬の頭巾を被り、床几に腰を掛け、刻々と寄せられる戦況の報せに耳を傾けていた。家康が注視していたのは、松尾山の小早川秀秋軍と、南宮山の毛利秀元・吉川広家軍、そして何よりも島津軍である。その三軍の動静は、逐一報せるよう厳命していたが、その他の軍は歯牙にも掛けていなかった。

「島津軍はどうしておるか」

「島津軍の近くまで、物見を遣わしましたが、静寂に包まれており、気味が悪いとのことです。皆が島津陣を避けて戦っているため、周辺の戦いが滞っております」

　義弘はしっかり黙約を守っている。家康は勝利を確信した。

「松尾山に向けて大砲を放ち、脅しつけよ。小早川の若僧に日和見《ひよりみ》を許すな」

この日、家康が出した初めての指令に、本陣軍師の本多正純が異を唱えた。

「黒田長政どのからの注進によりますと、小早川軍がどちらにつくか、五分五分とのことです。大砲を放てば、我が軍に襲い掛かるかもしれませぬ。ご自制を願い奉ります」

「構わぬ。吉川が南宮山の毛利軍を抑え切り、島津軍が静観に徹したいま、小早川軍は無用の長物よ。ここらが手切れ時だ。楯突いてきても、本陣から半数の軍勢でも繰り出せば、軽くあしらえる」

もはや家康にとって、小早川軍は眼中になかった。大砲を放つのは威嚇ではなく、攻撃に着手するとの宣言のつもりであった。ここまで東西両軍を天秤に掛けて、旗幟を鮮明にしなかった小早川に、おもねる必要はない。もっとも、東軍本陣からの大砲に、腰を抜かした秀秋は、大軍を引き連れて松尾山を駆け下り、大谷軍に攻め掛かったのである。

戦が決着し、遁走を重ねる敵勢を見やりながら、家康はここに至ってもなお、島津軍が動こうとしないことを訝った。

「義弘どの、どうされるつもりだ」

密約があるとはいえ、露骨に島津軍を救うわけにはいかない。初めから命は保証できないと伝えてもある。気を揉む家康の目に飛び込んできたのが、敵陣中央へと進軍を始めた島津軍の姿であった。

「その手があったか。危険な賭けだが、いかにも島津軍らしい。いや、お見逸《そ》れいたした」

家康は発止《はっし》と膝を打ち、快哉を叫んだ。これでもう、島津家との内通を疑う者はいなくなる。後の軍学者が、島津軍の静観に不審を覚えても、内通していたのなら、家康のいる本陣に向けて、進撃するわけがないと、吟味し直すだろう。この進軍は、最後に敵の本隊と相見えて、華々しく散るためのもの、としか映らないからである。

蛮勇を競わせたら日本一の島津軍が、これまで心ならずも守りに徹していた。その鬱憤や閉塞感、欲求不満から解き放たれた島津軍は、野獣のごとき勢いである。他方で東軍本陣の兵士たちは、勝利の歓喜に酔い痴れており、油断があった。向かってくるはずのない島津軍が目前に迫り、備えを整え直そうと、慌てふためいている。

島津軍の怒濤の迫力に、家康もいささかひやりとしたが、義弘が瀬戸際で方向を転換すると信じていた。はたして島津軍は、伊勢路へと舵を切り、家康はほっと息を吐いた。

だが、それも束の間、一難去ってまた一難である。井伊直政、本多忠勝らの軍が、島津軍の後を追って走り出している。家康は再び、本陣軍師の本多正純を呼んだ。

「直政、忠勝らに、島津軍追撃を止めるよう指示せよ」

「承知しかねます。逃げる兵に追手を出すのは、戦の鉄則です」

「雌雄はすでに決しておる。深追いは禁ずる。窮鼠《きゅうそ》の島津軍を追って、いたずらに兵を損ねることはない」

けれども、名うての頑迷《がんめい》固陋《ころう》の正純は、恬然と座したままだった。己のほうが正しいと思えば、梃子《てこ》でも動かないのが、三河武士の美徳であり、度し難いところでもある。このままでは、義弘の命は風前の灯火になる。焦った家康は正純を下がらせ、代わりに井伊家に潜伏させておいた旧武田武士を呼んだ。影家老の先祖である。義弘と約した通り、この男には、島津家との密約を通知してあった。

「急ぎ子飼いの忍者を放ち、直政と忠勝の追撃を止めさせよ。その指示を出したうえで再度、わしのもとへ来い。密命がある」

遅きに失したか。家康は臍《ほぞ》を噛んだ。忍者の手配を終えて、再び音もなく現れた旧武田武士に、家康は新たな命を下した。

「義弘どの、豊久どの、あるいはその周辺から、蠟封された書状が見つかるかもしれぬ。かねて話しておいた密書だ。おまえの配下の者に、その密書を虱潰《しらみつぶ》しに探索させろ。味方の武士が手にしていたら、そのまま焼き捨てるように命じよ。もしその武士が中身を見てしまっていたら、一団丸ごと葬れ。逆に島津軍の者が携えていたら、その者を密書とともに井伊家に連れ帰り、召し抱えよ」

旧武田武士は一礼して、引き下がった。後刻、豊久の家来が携行する密書が、無事に発見されたとの注進があり、家康はようやく、人心地がついたのである。

三十

「ひやっこい、ひやっこい」

白玉入りの冷水を商う棒手振《ぼてふ》りの、売り詞《ことば》が聞こえた。

「冷水か。憂さ晴らしにもってこいだ」

ここ数日を、鬱々と過ごした倫三郎は、さっそく繁吉に買いに行かせた。

影家老と会ったことによって、家康と義弘が関ケ原合戦の前に密約を結んでいながら、島津軍が三成方に入った経緯はすっきりとした。退き口で井伊軍、本多軍が追撃した理由も分明になった。むろん、倫三郎が聞いたのは、あくまで影家老の妄想、あるいはつらつらと紡いだ物語の類でしかない。しかし、倫三郎には、あの話が虚構とは思えなかった。影家老の語りには、それだけの迫真の力が宿っていたのである。

「おれには重すぎる話でもあった」

倫三郎が呟いた。戦国武将たちの虚々実々の駆け引きに辟易し、毒気に当てられたような気分なのである。

それでも、繁吉が買ってきた冷水を平らげると、再びいぎたなく眠りこけてしまうのが、倫三郎の真骨頂である。そこに訪ねてきたのが、西郷広円の妹・おりんだった。

「お兄さまに聞いてはいたけれど、こんな刻《とき》まで寝ているのね。お兄さまは毎朝、彼《か》は誰時《たれどき》に起きて、木刀の素振りを欠かさず、乾布摩擦までして、身体を鍛えているのよ。倫さまとは、武士としての心構えが大違いだわ」

倫三郎も夜明け前に起き出して、立木に三千打ち込む修練を、秘かに行っているが、その後でまた、布団に潜り込むのが倣いだった。

「広円が朝稽古だと……。大小を差しただけで、腰がふらつく奴と見立てていたが、あいつはいったい、何処《いずこ》を目指しているのやら……」

独り言《ご》ちながら起き上がって、布団の上に胡座を掻いた。倫三郎の傍に、おりんは躊躇いなく腰を下ろした。広円の妹でなければ、このまま押し倒してしまうところである。いや、抱くにはまだ早い年ごろかと、倫三郎は自省した。こんな邪《よこしま》を抱くのは、三日ほど女の肌に触れていないからだ。後でおえんとしっぽり楽しもうと、倫三郎はにんまりした。

「お兄さまは何事にも、一所懸命なんだから……。やることが多すぎて、朝寝坊なんかしていられないのよ」

「おれなりに、頭を悩ませることがあって、寝付くのが明け方近くになってしまった。だから朝寝坊しているが、いつもはもっと早く起きている」

倫三郎の下手な言い訳を、おりんは真に受けて、無邪気に倫三郎の顔を覗き込んだ。

「ふーん。倫さまでも悩むことがあるのね。人はいつでも、悩ましい選択に迫られているってことかしら。いまのあたしもそうだけど……。奥女中の更科さまから、縁談話がきたの。倫さまはどう思う」

こんな年端もいかない子どもに、もう縁談があるのか。倫三郎は一抹の寂しさを覚えた自分に、少しく狼狽した。

「めでたいではないか。おりんの奉公姿が、優れている証であろう」

「でも……。会ったこともない人よ。なぜそんな人と、連れ添わないといけないの」

おりんの頬が、ぷっと膨らんだ。

「ご家族はどう考えておられるのだ。お父上が気に入られたのなら、文句の言いようのない縁談ということだろう」

「お父さまは乗り気よ。だから、きっと言われた通りに、従えばいいのだろうけど……。でも、あたしは自分のことなのに、自分で決められないのが、もどかしいというか……。あのね。もっと知りたいのは、倫さまがどう思うかってことなのよ」

おりんが真剣な眼差しで問い掛け、二人の距離がさらに近くなった。そのことに倫三郎は、柄にもなくどぎまぎして、そっと尻をずらした。

「おれが口を出す話ではなかろう」

「まったくもう。自分の考えも決められない男なんて、大嫌い」

おりんが地団駄を踏んだ。

「駄々を捏ねるでない。おれはおりんが幸せになってくれさえすればいい。おれにとっても、妹みたいなものだからな」

おりんの淡い娘心に、倫三郎は気づかぬふりをした。そこに独特の足音がして、広円がやって来た。

「何てことを仕出かしてくれた。良縁が舞い込んだばかりなのに、こんな下郎に誑《たぶら》かされるなんて……。おりん、おまえはもう穢《けが》れてしまった。父上に勘当してもらうしかない」

布団の上に倫三郎、その真横におりんがいると知った広円は、そう喚《わめ》いてへたり込んだ。

「早合点するな。寝起きにおりんが訪ねてきただけだ。手も触れておらぬ。繁吉に聞いてもらえば分かる」

「そうか、間に合ったか」

「間に合っただと……。おまえが来なくても、手は出さぬわ」

「それでこそ莫逆の友だ。ありがたや。あらゆる如来さま、菩薩さまに祈りを捧げます。殊《こと》に念仏を唱えさえすれば、情に絆《ほだ》されて何もかも許し、誰でも救ってしまう阿弥陀さまを、そんな節操のないことでどうするのか、衆生《しゅじょう》を甘やかしているだけではないかと、これまで軽んじておりました。心を入れ替えます」

広円が律儀に「南無阿弥陀仏」を唱えた。

「そこまで大仰な話ではなかろうが、広円は阿弥陀さまに、そんな異心を秘めていたのか。先達の教えには、粛々と頭《こうべ》を垂れるのが、学問の徒ではないのか」

「阿弥陀さまを先達と混同するな。だいぶ異なる範疇だぞ。おまえに理解させるのは至難か。まぁ、よい。おれは神仏に縋《すが》ったことはない。己の道は己で切り拓いてきた」

広円がきっぱりと言い切った。

「さぁ、おりん、帰れ。もうここに来てはならぬ。あらぬ噂が立っては困るからな」

厳《いか》めしい顔で言いつける広円に、おりんは両手を振り上げ、「合点承知の助」と、金看板の二代目海老蔵に似せて見得を切った。こんなところはまだ少女である。せっかく剽《ひょう》げたのに、乗ってくれない二人に、おりんは拗《す》ねて帰っていった。

「気を付けてくれよ。またとない縁談が台無しになる」

広円が倫三郎に釘を刺した。

「おれがおりんを、手籠めにすることはない」

そこまで見損なわれているのかと、倫三郎は心外だった。

「二人合意のうえでも駄目だ。おりんは口では『ふしだらな男は嫌い』と詰っているが、実のところは、おまえに惹かれている。事あるごとに、おまえを引き合いに出して貶《けな》すのは、惚れていることの裏返しだろう」

「広円に女心をのたまわれると、部屋が寒々としてくるのはなぜだろう」

広円から、おりんの自分への恋心を聞くのは、どうにもこそばゆくて、倫三郎は逃げを打った。

「混ぜっ返すな。おまえの本性は分かっているから、添わせてやりたい心持ちもあるが、如何《いかん》せん女癖が悪すぎる。近ごろでは、水茶屋の茶汲み女に、入れ揚げているそうではないか」

「早耳だな。その女とはもう懇《ねんご》ろになった」

「ちっ、手の早い奴だ。天地神明に誓って、おりんは嫁がせぬ」

広円が舌打ちした。

「それに、おまえには重い定めがある。先々危ない目に遭遇するかもしれぬ。おりんは、そんな物騒なことから遠ざけておきたいのだ」

「重い定めか……。そういえば、おれの使命に関連して、また影家老さまと会ったのだが、関ケ原合戦には、さらなる裏があったぞ」

「おれはそういう話に目がないのだ。ぜひ教示してくれ」

舌なめずりする広円に、倫三郎は影家老に聞いた話を語り始めたが、密書の存在を秘したままでは、埒が明かない。

「賢ければ、辻褄を合わせられようが、おれの頭でやろうとすると壊れる。ええい。おまえなら構わぬだろう。耳を貸せ」

倫三郎がついに、密書の内容を広円に告白した。広円の細い目が、精一杯見開かれる。

「徳川家と島津家が同盟を結んだのは、関ケ原合戦の前だったのか」

「そんな内通があったなど、誰も考えつきもしなかったろう。影家老さまから、裏の生臭い話ばかり聞かされて、正直うんざりしておるわ」

「うんざりなんて、もったいない。孫子には『兵は詭道なり』とある。戦では人を欺いても許されるということだ。同じく孫子の用間篇では『内間』と呼ばれる内通者にも言及されている。戦国の世において、内通は恥ではない。おまえは影家老さまから、そうした孫子の教えの実戦例を聞けたわけだ。実に貴重な話だぞ」

広円が例によって、七面倒臭い講釈を垂れ出した。話が込み入るのは御免である。倫三郎は影家老との密談の内容に話を転じた。広円には興味深い内容のようで、やけに畏まって耳を欹《そばだ》てている。

「秀吉公や三成と、そんないきさつがあったとすれば、義弘さまが家康公と内通したのもしかるべきだな。とくに三成は狭量で、いけ好かない奴だったわけだから……」

倫三郎の何の気なしの誹謗に、広円が色を作《な》して噛みついた。

「狭量で、いけ好かない奴だと……。人の性根を、そんな安直な一言で、片づけるものではない。確かに三成は、他人が嫌がることを、歯に衣着せずに言い放つ男だった。それが鼻摘み者になった原因でもある。けれども、たとい嫌われようとも、政《まつりごと》のためなら、相手の感情など忖度せずに、正すことが肝要になる。そういう信念の男だったのだ」

「三成を擁護するのか」

徳川譜代の井伊家の家臣でありながら、逆賊を庇ってどうするのだと、倫三郎は呆れた。

「物事を好悪ではなく、是々非々で見極めるのが、真っ当な武士というものだ」

広円は昂然と肩をそびやかして言った。

「もしや、広円は三成と同じ質《たち》なのか」

「戯れ言にしても質が悪いぞ。おれは下々の者には、限界があると憂えているのよ。民は生業《なりわい》、信心、縁組、いずれも親や主が決めた通りに従っている。己の意思など微塵もない。だからこそ、上に立つ者が口酸っぱく指図して、正しく導く必要がある」

「やはり三成と同じ質だ」

ここまで傲慢な思想の持ち主であったかと、倫三郎の目が点になった。

「うるさい。違うと言っておろう。おれは三成どのは、己の限界を悟っていたと、考えている。周りが皆、愚昧に見えるようでは、政を司る者としては致命傷だ。人を活かせないからな。頂を志向できるほどの人望がないことも、思い知っていたろう。下々はやや愚かな者に親しみを覚える。秀吉公は平気で道化を装えた。鈍物《どんぶつ》のふりができない三成どのでは、人受けはよくならない。それにな。おれは三成どのが、関ケ原で家康公と対峙したのは、私利私欲のためではなかったと思っている」

「それはそうだろう。秀頼君のためだろう」

三成の拠り所はそこしかない。建前のようでもあるが、影家老の語りの中でも、義弘が「三成が天下人の野望を抱くことはない」と、感じた場面があったことが、倫三郎の脳裏に蘇った。

「秀頼君のためだけでもない気がする。三成どのは、寂しがり屋だったのではなかろうか」

広円が突拍子もないことを口にした。

「寂しいから戦をしたと……」

どう欲目に見ても、信じられる説ではない。

「秀頼君のためと口説き、仲間が増えるのが、嬉しかったのではないか。それまで除《の》け者にされてばかりであったろうからな。家康公という敵すらも、己と真正面から相対してくれる。そこに縁が生まれる」

「ところが、いざ合戦の火蓋が切られてみたら、さほど時を置かずに、梯子《はしご》がはずされたわけか」

西軍の敗戦が決した関ケ原で、ぽつねんとして、一人驟雨に佇《たたず》む三成が、倫三郎の瞼《まぶた》に浮かんだ。寂しい後ろ姿だった。そんな三成を擁護する広円にも、賢者の孤独が宿っているのか。倫三郎には、三成の姿が広円と重なった。

「ところで広円、いつの間にか、三成に『どの』を付けておるぞ」

「おっと、おれとしたことが、下手を打った」

広円が自分の頭を小突いた。

「つい三成の身の上や心持ちの話に、興が乗ってしまったが、肝要なのは、家康公と義弘さまが、関ケ原合戦の前に密約を結んでいた件だ。あらかたの内通は、戦の後で自ずと露顕する。現に家康公が、小早川どのや吉川どのと通じていたことは、いまや誰でも知っている。片や島津家との内通は、いっこうに表沙汰になっていない。だから、倫三郎が所持しているのは、正真正銘の密書であり、それだけ効力を発揮する代物でもある。その密書を手に入れれば、将軍家でも島津家でも、揺さぶりを掛けられそうだからな」

「気鬱が高じるようなことを、言ってくれるな」

　倫三郎が渋面を作ったが、広円の顔はなぜか綻《ほころ》んでいた。

「何を破顔しておる。こんな密書の守役を押しつけられた、おれの身にもなってみろ」

「他人事扱いして、笑みを漏らしたわけではない。関ケ原合戦後の西軍への仕置きは、おれの頭でも解けない謎が多々あった。それがいま一息に氷解して、愉快なのだ」

　広円の目が、生き生きとしている。

「そういう笑いか。影家老さまとの話でも、島津家贔屓の仕置きの一端が語られたな。たぶんまた、蘊蓄をひけらかしたいのだろうが、なるたけ端折《はしょ》って頼む」

　倫三郎が手を合わせた。広円は無視して滔々と説く。

「関ケ原合戦の後、家康公は西軍諸侯に厳罰を下され、約九十家、計四百万石の領地が没収された。石田三成、安国寺恵瓊、小西行長は、京の三条河原で斬首されたうえに所領没収。自刃した長束正家は、三条橋に首が晒された。関ケ原で戦死した大谷吉継、八丈島に流罪になった宇喜多秀家、および長宗我部盛親、丹羽《にわ》長正《ながまさ》、増田《ました》長盛《ながもり》らの所領も、遍《あまね》く没収された。上杉景勝どのは会津百二十万石から米沢三十万石へ転封となった。悲惨だったのが毛利家だ。吉川広家どのが家康公に内通することによって、所領安堵を約されていたはずだったが、毛利輝元どのは安芸百二十一万石から長門萩三十七万石へ、吉川家も出雲富田十四万石から周防岩国三万石へ減封された」

「家康公に合力したのに、それでは道化のようなものではないか」

「約定を反故にされ、広家どのは『謀《はか》られた』と喚《わめ》いたそうだが、後の祭りだ。そのように徹底的に仕置きが断行された中で、西軍で旧所領をそのまま安堵されたのが、島津家と杉原長房《すぎはらながふさ》さまだ」

「島津家だけではなかったのか。長房さまとは、どのような御方だったかな」

「長房さまは北政所さまの従弟だ。細川幽斎さまの丹後田辺城を攻めておられたため、関ケ原合戦には間に合わなかったから、罪を減免された。それに家康公には、北政所さまへの気兼ねもあったのかもしれない」

「すると、関ケ原で現に戦った西軍の武将の中で、処罰を免れたのは島津家だけか。よくそこまでの無理筋が通せたものだな」

　内通していた広家も含めて、西軍の諸将には、押し並べて鉄槌を下しているのに、島津家を別格扱いすれば、不満が噴出したに決まっていると、倫三郎は訝った。

「結構な紆余曲折があった。密書の存在を知ったいまなら、家康公が自然な和睦を偽装されたことが分かる。偽装は言い過ぎかもしれぬが、まぁ、いろいろと手を尽くされたことは確かだ」

「手を尽くされたのは、義弘さまも同じであろう」

「いや、義弘さまをはじめ、島津家側の動きは、不自然極まりなかった。義弘さまが帰郷された後、家康公は当主の義久さまと跡継ぎの忠恒さまに、上洛して謝罪するように求められた」

「それは、影家老さまの語りにも出てきたな。腹芸が不得手な義弘さまでは、カマを掛けられたら、内通が暴かれるかもしれぬ。だから家康公は、義久さまと忠恒さまを召し出すことにしたと……」

「そういうことなら、お二人はさっさと、上洛されればよかったのだ。けれども、お二人とも腰を上げようとされなかった」

「なぜだ。上洛して陳謝の体裁さえ整えれば、赦免されると分かっていたのでは……」

倫三郎には、義久と忠恒の腰の重さが、どうにも解せない。

「さっきの影家老さまの語りに出てきた『義弘さまと豊久さまのくだり』を知れば、謎は氷解するではないか。義弘さまの帰郷後、家康公との間で、直に意思疎通が図れないことによる齟齬が生じていたのだ。義弘さまはおそらく、義久さまと忠恒さまに、密書の存在を告げておられなかったと、おれは推理する。それを告げれば、お二人は豊久さまと同様に反発し、徳川家と一戦交えると叫び出しかねない。そう憂慮されたのだ。一方で家康公は、いつまでも上洛しないお二人に苛立っていた。家康公と義弘さまが文を交わせばすむ話、と思うかもしれないが、内通の証拠になるから、それも簡単にはいかない」

「将棋に譬《たと》えれば、千日手模様に陥ったわけだな。そして、もどかしく時が過ぎていった」

どうすれば、局面が打開できるのか、倫三郎には思いつきそうになかった。

「そこで、家康公が動かしたのが、我が井伊直政さまだったわけだ。いまなら、そう推することができる。直政さまは『退き口における島津軍の戦いぶりが、天晴れであったことは、刃を交えた自分が知悉している。この直政に免じて、島津家への仕置きは平にご容赦を』と、声高に叫ばれた。なぜそんな発言をされたのか、おれには不可思議で仕方がなかったが、あれが家康公の命であったとすれば合点がいく。直政さまは関ケ原合戦の直後、影家老さまの先祖から、密書の存在を知らされたはずだが、憤懣やるかたない心持ちであられたであろう。それを知っていれば、島津軍を追い回しはしなかったし、引いては自分が被弾することもなかったわけだからな。もっとも、家康公に怨言など以ての外だ。直政さまは即座に、家康公の用命に従って、与えられた台詞を触れ回られた。さらに、島津家へ五十通を超える文を送られるとともに、側近の勝五兵衛どのを薩摩に遣わされ、『井伊家が助力する。早急に家康公のもとに、出仕するように』と伝えられた」

「家康公の命とはいえ、重傷を負わされた島津に、ずいぶんな恩情を掛けられたものだな」

「直政さまは関ケ原で、島津軍と数度に渡って、干戈《かんか》を交える中で、その武力に畏敬の念を抱くとともに、親しみの情も生まれていたのだろう。強兵《つわもの》同士が相見えたからこそ、相手の凄味も、素直に認めることができたのかもしれぬ。我が彦根藩の藩祖の器量の大きさも、感じられるところだ」

広円が誇らしそうに胸を張った。

「直政さまのこの切言を受けて、家康公は『島津との戦いで傷つき、不自由な身体になったにもかかわらず、赦免を嘆願する直政の侠気《おとこぎ》に、心を打たれた』との体裁を取り繕い、義久さまに宛てた起請文を認《したた》められた。『薩摩、大隅、日向の所領を安堵し、いずれ忠恒さまが相続することに異論を挟まない』『義弘さまの処分は見送る』と書かれていた。この起請文を踏まえて、ようやく忠恒さまが上洛され、伏見城で家康公に謁見された。家康公は終始、上機嫌であった」

「ずいぶん大甘な内容の起請文だな。他将がよく納得したものだ」

「納得するわけがないだろう。西軍の諸将はむろんのこと、徳川家の陪臣までもが、なぜここまで島津に配慮するのかと、狐に摘《つ》まれたような顔をしていた。とはいえ、裏に何かあると勘繰ったにしても、家康公が決められたことは金科玉条だ。誰も家康公に根掘り葉掘り問い糺《ただ》したりはしない」

君主となった家康に、異議を唱える者など、いるはずもない。

「そう言えばおれは、歴代の薩摩藩主が、将軍の諱の一字を賜っていることが、前々から不可解だったのだ。外様藩主に進ぜられた前例がないわけではないが、一人の例外なく偏諱が維持されるのは、どんな訳合なのかと……。その謎も、影家老さまの語りによって、愁眉が開かれたわ。倫三郎、教えてくれて、礼を言うぞ」

謎がどんどん解明できたことが、広円は素直に嬉しそうである。

「その他にも、密書に基づけば、いろんな謎の答えが炙り出せそうだぞ」

広円が生き字引ぶりを、さらに披瀝しようとした。

「いや、もうたくさんだ。顳顬《こめかみ》がじんじん痺《しび》れておる」

倫三郎がげんなりした顔をした。

「おまえのぐうたらな頭に、詰め込みすぎたか。よし、気分を変えるために、飛鳥山にでも出掛けるか」

「飛鳥山は桜の名所だぞ。秋湿りのこんな時期、水茶屋も閉まっているのではないか」

そうであれば、看板娘も不在である。必然、倫三郎は気が乗らない。

「だから風流なのであろう。花笑みのころは、人で溢れておる。花のない木々を静かに眺めていると、心が鎮まる。粋人《すいじん》の間では、枯野見が流行っていると聞く」

「侘《わ》び寂《さ》びも度が過ぎると、ただの間抜けになるぞ」

倫三郎はからからと笑ったが、広円に名所を勧められるのも、稀有なことだから、誘いに乗ることにした。

三十一

広円とともに、飛鳥山まで足を延ばしたが、案の定、こんな時期に訪れる酔狂者はいなかった。「人っ子一人いないではないか」と、広円に文句を付けたところに、うっそりと姿を現したのが、件の編笠黒頭巾の曲者である。六人の手下を従えていた。

「広円、逃げろ」

ちらと振り向くと、広円はとっくに、尻に帆掛けて遁走中だった。

「あんなに逃げ足の早い奴だったか。いつだったか、『助太刀してやろう』と、啖呵を切ったことがあったが、よう臆面もなく言えたものだ」

失笑しながら、倫三郎は正面を向いた。徐《おもむ》ろに大刀を抜き出し、逆蜻蛉に構えるや否や、そのまますっと右端の手下に近寄って振り下ろし、再びするりと元の位置に戻った。いくらか遅れて、猛烈な血飛沫が舞い上がり、手下の身体がふたつに割れた。肩口から腰骨まで泣き別れに切り裂かれていた。

「吹き矢の筒を、手にするのが見えた。毒を塗られていれば、掠《かす》っただけで死んでしまうからな。先手で片づけさせてもらった」

あまりの早業に、倫三郎の大刀は刃毀《こぼ》れもなく、血糊すら付いていていない。

「何の殺気もなかった。それであんな凄まじい剣を遣うとは……」

曲者が呻《うめ》いた。手下たちは臆病風に吹かれて、顔は鉛色に変わり、金縛りになったかのように立ち竦んでいる。これではとても、戦力になりそうもない。

「退《ひ》け」

曲者が冷静な声を放った。救われたように、手下たちが駆け出す。

「雑魚の雁首をいくら揃えても、刀の錆になるだけだぞ。せっかく出張ってきたのに、おまえもまた逃げるのか。剣客としての誇りはないのか」

「虚仮《こけ》にしおって、口を慎め」

曲者が色を作《な》して、鯉口《こいぐち》を切った。

「ようやくやる気になったか」

倫三郎も蜻蛉に構えた。ところが、曲者はまたしても、恐るべき意思の力で、抜刀を堪《こら》えた。

「腕試しに参じたわけではない。それがしにとって、おまえと相対するのは、必勝を定められた戦いなのだ」

曲者は自らの憤怒を恥じるように、構えを解いた。

そのとき倫三郎は、曲者の刀の鍔に、配《あしら》われている象嵌《ぞうがん》を認めた。三羽の鳥が互いに尻を合わせた奇妙な形をしている。小さく目立たないように彫られているが、何らかの含意があるはずである。もしかすると家紋かもしれない。曲者は倫三郎の凝視を感じたのか、慌てて象嵌を手で隠し、足早に去っていった。

曲者を見送って、倫三郎は桜の木陰に隠れていた広円に歩み寄った。腰が砕けて、ぺったりと座り込んでいる。一町半ほど先に、いつものもうひとつの殺気がある。その奥にもいくつかの気配が窺える。今日も高みの見物らしい。

「倫三郎は、烈々たる剣技を、修めているのだな」

「生まれたときから、父や兄に鍛えられてきた。別段おまえに隠すつもりはなかったが、披露する折がなかった」

「薩摩示現流か。噂を超えた豪剣だ。剣の唸りは聞こえたが、目を凝らしていたのに、剣がどのような軌道を描いたのか、おれには見極められなかった」

広円は妙に悔しそうである。

「生身の人間を斬ったのは初めてだが、我ながら恐ろしい剣だと実感したわ。おれ自身がどう動いてどう斬ったのか、よく把握できておらぬ。剣気の流れに身を任せただけだ。おまえに剣の軌道が見えなかったのも、無理はない」

倫三郎の手にはまだ、斬撃の余韻が残っていた。

「それだけの手並みなら、剣の道に生きることもできように……」

ようやく立ち上がり、裾《すそ》の土を払いながら、広円が言った。

「剣も道が付くと、学問めくからな。遠慮しておこう」

「倫三郎らしいわ」

広円がふっと笑いを漏らした。

「ところで、あの曲者の正体を、焙り出す手がかりを得た。刀の鍔に、三羽の鳥が尻合わせになった象嵌が見えた。家紋ではないかな」

倫三郎は、敵の正体を見破る好機と、逸る気持ちを抑えきれない。

「三羽の鳥……。いや、おれは大名、旗本の家紋は諳《そらん》じられるが、覚えがないな」

「広円の記憶にないのなら、家紋ではないか」

期待を裏切られ、倫三郎は落胆した。

「それよりも、あんな剣呑な曲者に狙われているのなら、剣の稽古に励むのが先決だ。象嵌の作意など、無用な詮索をすることはない」

「無用な詮索だと……。確かに、おれには象嵌を調べる根気もなければ、手立てもない。そういうのはおまえの役目だろう。広円らしくないな。未知のものが、滅法好物のはずなのに、あまり興味を惹かれていないようだぞ」

「そんなことはない。いまは、倫三郎の豪剣にばかり気が行って、つい素っ気ない応対になってしまっただけだ。むろん、象嵌は興味深い話だから、帰ったら即刻書物で調べる」

広円はなぜか、言い訳がましい口前だった。倫三郎と目を合わせようともしない。

「今日の広円は、どこか変だぞ」

倫三郎はなぜか、不吉な胸の騒めきを覚えていた。

三十二

倫三郎は、曲者の刀に彫られた象嵌が、頭を離れず、寝付きの悪い日々を過ごしていた。気晴らしに、おえんの水茶屋を訪ねてみたが、「便利使いされるような女じゃないわ」と、つれなくあしらわれ、すごすごと引き返してきた。

気を取り直して、倫三郎は「藤屋」からの帰り、彦根藩下屋敷に向かい、清正の井戸に石を置いた。広円の博覧強記ぶりは信頼しているから、象嵌は家紋ではないのだろうが、曲者の正体を暴く手がかりではある。影家老の知恵を借りるのも一策、と考えたのである。

「おまえが斬った男の骸《むくろ》は、片づけさせておいた。こんな斬撃の痕跡は初めてだと、後始末をした者が震えていたわ。わしが見込んだ通りの働き、見事であったぞ」

翌日、現れた影家老は満悦の表情だった。

「恐縮にございます。実はあの際、曲者の刀の象嵌を目にしました。このような形なのですが、見覚えはございませんか」

影家老は、倫三郎が描いてきた下手な絵を、矯《た》めつ眇《すが》めつ眺めながら、小首を捻った。

「家紋のような形だが、将軍家や島津家に、意趣遺恨を含みそうな家の紋ではないな」

石田三成は「九曜紋」か「下がり藤」、小西行長は「糸車」、大谷吉継は「対蝶《むかいちょう》」か「鷹の羽」、長宗我部盛親は「七つ酢漿草《かたばみ》」、安国寺恵瓊は「四つ割菱」、宇喜多秀家は「剣片喰《かたばみ》」か「五七桐」と、影家老が数え上げた。

「待てよ。宇喜多秀家ならば……。そうか、この鳥は雁だな。宇喜多家の旧臣に、花房正成《はなぶさまさなり》どのがおられる。その家紋が『尻合わせ三つ雁金《かりがね》』だ。わしとしたことが、見落としておった」

影家老が自らの頭を叩いた。

「見落としは、止むを得ぬことでもあるのだ。花房家は関ケ原合戦の前に、宇喜多家を離れ、東軍に加わった。いまでは五千石を賜る旗本だ」

「さほどの大身旗本が、密書奪取を企図するはずもありませぬな」

「いや、花房正成どのと宇喜多秀家には、込み入った曰くがある」

「やはり、込み入ってしまいますか」

倫三郎が半ば諦めた口ぶりになった。密書に関わって以来、単純明快な話などない。ひたすら、ややこしい話である。

「五大老の一角だった宇喜多秀家は、関ケ原合戦に一万七千の大兵力で参陣した。西軍で最も多い軍勢だが、これでも家康公が、さまざまな手口を用いられて、減らしたほうなのだ。そのひとつが、いわゆる御家騒動だ。宇喜多家の領地は備前岡山だが、秀家はほとんど大坂で暮らしていた。あまり政に熱心ではなく、大坂に住む側近たちと、備前岡山にいる国家老たちに、下駄を預けていた。その両者に軋轢が生じて、一触即発の事態に陥った。秀家が仲裁を託したのは、大谷吉継だったが、家康公が横槍を入れ、ご自身で裁断に乗り出された。その結果、宇喜多家からは、百人近くの家臣が離散した。歴戦の錚々《そうそう》ばかりで、痛手は大きかった。しかも、離散した家臣の多くが、関ケ原合戦で東軍に属し、かつての主君である秀家と、相見えることになった。花房正成どのもその一人だ」

「家康公の謀略で、宇喜多家の家臣を、離散させたかのようにも聞こえますが……」

「だからそれは、口に出すことではなく、腹に収めるものであろう。いいかげんに慣れよ」

影家老が顰《しか》めっ面《つら》で叱った。

「さりながら、中途から味方になった輩を、家康公が厚遇されることはない。小早川秀秋しかり、毛利や吉川しかり……。宇喜多家を離れた武将の中でも、坂崎出羽守などは悲惨だ。大坂城落城の際に、お救いした千姫さまとの婚姻を、約されていたのに、それを反故にされ、御家断絶に追い込まれた」

「家康公も、ちと冷たすぎるのでは……」

「天下人だからの。温かい人柄だったら、とっくに食われて、表舞台から退いておられたろう」

影家老が何食わぬ顔で、言い捨てた。

「そんな中で、花房正成どのは例外的に、丁重に遇されておる。御家騒動の後、大和郡山で蟄居していたが、時を置かずして、家康公に罪を免じられた。さらに関ケ原で東軍に加わった功で、備中猿掛《さるかけ》五千石を賜わった。江戸開府後は、旗本に召し抱えられている」

「あのぅ、島津家との関わりが、一向に出てきませんが……」

倫三郎がおそるおそる話の転換を促した。歴史通でもない自分が、宇喜多家の内情に精通しても仕様がないし、退屈である。

「関わりなら知っておろう。関ケ原から逃走した秀家どのを匿《かくま》ったのが島津家だ。さすがにこれは、言わずもがなであったな」

「いえ、初耳でございました」

「初耳が口癖のようだな。そこまでいくと、物を知らぬのも強みかもしれぬ」

倫三郎でも、これが皮肉とは分かるので、神妙に低頭していた。

「秀家は、正室・豪姫さまの実家である前田家の仲立ちで、船で薩摩に渡った。大隅の牛根《うしね》に屋敷が供され、二年あまり穏やかな暮らしを送った。しかし、将軍家と島津家の和睦が成立したあたりから、雲行きが怪しくなった。島津家の家老たちから、助命を約したうえで、徳川家に引き渡すことに決したと、引導を渡されたのだ」

「酷《ひど》い仕打ちですな」

まさに掌返《てのひらがえ》しだと、倫三郎は他人事ながら、憤《いきどお》りを覚えた。

「島津家の内部でも、いったん匿ったからには、守り通さなければ面子が立たないと、異論の声が上がった。だが、近隣の神社への参拝を、日課にしていた秀家は、その帰り道に、数人の武士に待ち伏せされ、そのまま伏見まで船で連行された。処分は八丈島への遠島だった。息子二人と家臣、侍医、中間、小者、下女合わせて十二人が同行した。嫡男の八郎秀高は孫九郎、次男の万丸秀継は小平次と、士分ではない名に改めさせられた」

「心淋《うらさび》しい人生ですな」

五大老の座から、流人にまで落ちた、秀家の人生の有為転変に、倫三郎が思いを馳せた。

「そうとも限らぬのが、人の世の不思議だ。二人の息子は島の女を娶り、いまも子孫が息災だ。とりわけ孫九郎は、代官の娘と結ばれており、いわば島の名士扱いだ。秀家も八十三年の長寿を得た。関ケ原で戦った武将の中で最高齢だ。秀家が亡くなったとき、徳川家はすでに、四代将軍・家綱さまの治世になっておった」

「とてつもない長生きですな。武士としては不遇でも、人としては清福であったやもしれませぬなぁ。むろん、いくらか恵まれた島の暮らしであったとしても、いつかは故郷に帰りたいと、その望みはずっと、持ち続けておられたのでしょうが……」

「いや、そこもそうでもないのだ。前田家の尽力によって、秀家を赦免し、十万石で召し抱えるとの話もあった。ところが、秀家が固辞した。徳川の陪臣になることを嫌ったとか、十万石ごときの軽輩ではないとの誇りが邪魔をしたとか、その由《よし》は交々《こもごも》取り沙汰されているが、存外に八丈島の暮らしが、好ましかったのかもしれぬ」

「住めば都になったと……」

家族で悠々自適に過ごす島の日々を手放して、束縛と柵に満ちた武士の世界になど、立ち戻りたくない。秀家はそう希求したのかもしれない。

「ただし、島では赤貧洗うがごとき暮らしだったらしい。八丈島は芋が主食ということもあって『米の飯を食ってから死にたい』と、秀家がぼやいているとの噂が江戸に伝わり、二年に一度の御用船で、数俵の米が届けられた。それを送ったのが、花房正成どのだ。正成どのは、己の順風満帆の境涯を顧みるにつけ、秀家への後ろめたい気持ちが募ったのだろう。宇喜多家再興に献身され、前田家とともに再三、秀家の赦免を哀訴されておられる。秀家が十万石召し抱えを蹴ったときには、数カ月も寝込んだ。臨終に際しては、子々孫々宇喜多家のために尽くせと、遺言を残された」

「宇喜多家を見捨てたままでは、後生に障るということでしょうな。とはいえ、宇喜多家の者たちが八丈島に根づき、大名に返り咲く欲など、さらさらない今となっては、密書を強奪しても、使う方途がありますまい。かの曲者が花房家の手の者だとしたら、宇喜多家の者たちにとっては、度が過ぎた世話焼きのような……」

「たとい余計事であろうと、主君の遺言には、いつまでも従うのが、武士の道だ」

影家老は当然のように言ったが、現実には宇喜多家の役に立たないのに、花房家が武士道を振りかざして、密書を狙っていることになる。倫三郎には、益体もない自己満足のように感じられた。

「曲者が花房家の手の者だとすれば、円心流の遣い手であろう。手強いぞ」

影家老が警告を発した。

「居合据物剣法ですな。出会い頭の一撃さえ外せば、必勝の型に持ち込めます」

「単なる居合の剣と嘗《な》めてかかると、墓穴を掘る。円心流の極意は、むしろ二の太刀の突き技にある。あえてずっしりと重い業物《わざもの》を用いて、真一文字に突いてくる。それに円心流では、余技として槍も修める。左右両方向から、槍の突き技を繰り出されて、名にし負う剣客が、葬り去られてきた。楽観は禁物だ」

影家老が倫三郎を戒めた。倫三郎は、他にも自分に付き纏《まと》う者たちがいることを伝えた。

「直に遭遇したのは、編笠黒頭巾の男ですが、遠巻きにいくつもの不穏な気配が、漂っております。花房家を除いて、他に心当たりがございましょうか」

「それは数え上げれば切りがない。関ケ原合戦後に、家康公が行われた島津贔屓の仕置きには、誰もが何らかの裏があると疑った。家康公ご息災のころなら、その明証を握っても、総掛かりで潰されるだけだから、誰も手に入れようとはしない。しかし、いまなら、その密書を入手すれば、それを身の代として、将軍家と交渉できる。西軍に合力したばかりに、生計を絶たれ、浪々の身となった一族の中には、起死回生の好機と、捉えている者もいるだろう」

「関ケ原合戦から、どれほどのときが経ったと、お思いですか。百余年も前の主家への忠義など、苔《こけ》むしておりましょう」

「西軍の残党だけではない。幕府が開かれて以降、改易、減封の憂き目に合った家は数知れず、この江戸の街には、食い詰め浪人が溢れ返っておる。口入れ屋から、旗本への一期奉公ならいざ知らず、日傭《ひよう》取りの鳶口や、商人《あきんど》の用心棒など、半ちく仕事ばかり斡旋され、意に染まずとも、身過ぎ世過ぎのためには、揉み手で引き受けざるを得ない。そんな営みに身を窶《やつ》しておれば、武士としての自尊心が、蝕《むしば》まれそうになろう。その境遇に盲従せず、このまま朽ちてなるものかと、脱け出す緒《いとぐち》を欲する者もいよう。武士らしく生きた証が欲しいと足掻く者も……。さような焦りも、分からぬではない」

倫三郎も日ごろから街で、暗い影を引きずった浪人者たちの姿に接していた。

「なるほど。必ずしも主家の復権を目指している、とは限らないわけですか。浪人者が己の身を立てるために、密書強奪を企てると……。それなら、まだ分かる気がします。むしろ先ほどの、大身旗本の花房家中から、刺客が放たれたという話のほうが、ありえぬように感じられますが……」

「おまえのような半端者に、武士の生き様を説いても、詮ないことではあるが……。大身旗本の家中にも、温々《ぬくぬく》と生きることを潔《いさぎよ》しとせぬ武士もおろう。またそんな武士もおらねば、武士の世は滅びる。ともあれ、おのおの事情は違えども、密書を付け狙おうとする輩は多いと、心構えしておくに越したことはない」

影家老は徐《おもむ》ろに、白木の小箱を取り出した。

「当座の金子と、道中手形が入っておる。幕命により一切の詮索無用で、どの関所も通過できる手形だ。密書を死守するために、江戸を離れる必要が生じるやもしれぬ。念のために用意してやった」

物見遊山に出掛けるのなら、ありがたい品々だが、どうやら江戸を離れるときは、漏れなく敵も付いてきそうである。倫三郎はがっくりとうなだれて、力なく辞去の挨拶をした。

＊

ややあって、影家老が天井を見上げた。

「残波《ざんぱ》、顔を見せよ」

すると、天井の隅の板が音もなく開き、忍者がすっと舞い降りた。

「あいつは、のほほんとしているようで、勘の鋭い奴です。天井に潜んでいることを、気取られると拙《まず》いので、下屋敷を出るのを見届けてから参りました」

残波と呼ばれた忍者は、両頬に無残な刀傷があり、蚯蚓《みみず》腫《ば》れになっている。

「気配りが遅かったようだ。倫三郎はおまえの存在を、嗅《か》ぎ付けておるぞ。ちっ、下手を打ったものよのう」

影家老が野卑に舌を打った。

「面目次第もございません。鶉《うずら》隠れ、木の葉隠れなど、隠形術《おんぎようじゆつ》を駆使しても、漠たる気配を察知する力が、図抜けておりまして……」

「ほう。『鶉の残波』の通り名も形無しか。まぁ、それぐらいの奴でないと困るが……」

「それから……。あ奴はいつでも、気合が抜けておりますが、刀を振るう際すら、力みがないといいますか、殺気がまるで感じられないのです。件の曲者の手下も、いつ、どのように斬られたのか、分からぬまま冥土に向かったでしょう」

「ほう。いかにもあの男らしいが……。相手にとっては、厄介このうえないな」

「それがしも、あのような剣の遣い手には、初めて出会いました。むろん、いざというときのために、葬る手立ては練っておきます」

残波が不敵な笑みを零した。

「もうひとつ、ご注進申し上げたいことがございます。あ奴を監視している忍者は、それがしだけではありません。と申すより、いくつもの忍者集団が取り囲んでおり、渋滞しているのです。あ奴を見張るのに、適した場所を確保しようと、睨み合い、意地の張り合いも起こっております。そうなると、気配を気にするどころではありませぬ」

「倫三郎もすでに感知しておったが、何者であろうか」

影家老が腕を組んだ。

「それがしの他は、日によって別の者が配されており、相応の規模の忍者集団と推察されます。最も隙《すき》だらけの忍者を尾《つ》けましたら、夜陰に紛れて、石垣伝いに江戸城に入っていくのを目にしました。この者は敵ではないと分別し、追尾はそこで打ち切りました」

「なるほど、江戸城か。名は割り出せているのか」

「遠耳のため、定かではありませんが、一人は姓に島が付くようです」

「そういうことか。形《なり》の麗しい忍者だったろう」

影家老の口元が緩んだ。

「いえ、のっぺりとした平凡な顔立ちでした」

「それが、ひとたび化粧を施せば、苦み走った男に変貌し、年増女を手玉に取る。そういう血筋の者よ」

影家老の笑みの端に、侮蔑が垣間見えた。

「ご存知寄りの者でしたか」

「もともとは紀州藩の忍者で、尾張藩の四辺に放たれて、災いの種を蒔く役目を負っていたようだ。歌舞伎役者に化けることもあった。落飾した床《ゆか》しい女人ですら、見境をなくすほどの淫薬の遣い手と聞いている。そうか、おまえが尾けた者を含めて、紀州藩の忍者たちは、新たに設けられた御庭番に組み込まれている。そうか、やはり御庭番も、倫三郎を見張っておったか。上様も用心深い御方だ」

「御庭番以外の忍者も、身元を探りましょうか」

「深追いは禁物だ。見当は付いている。島津家の山潜りと、近衛家の八瀬童子あたりだな。それにしても、いくつもの忍者集団が集う中で、最も隙があったのが御庭番だったとは、嘆かわしい。先が思いやられる」

影家老が憂い顔で大息した。

「いずれの忍者集団も、我らの敵ではないが、互いに素性を明かして協力する仲でもない。うまく折り合いを付けて、慎重に張り込みを続けるのだ。場所取りごときで、小競り合いは厳禁だ。おまえには、他の忍者たちとは異なる責務が、課されていることを忘れるな。倫三郎の腕前であれば、まず大事ないだろうが、万が一ということもある。密書が敵の手に落ちたら、命を賭して奪い返せ。しかして、倫三郎が井伊家にとって、差し障りのある動きを見せたら、毒でも飛び道具でも、他のどんな卑怯な手段を用いてもいいから葬れ。二番備えとしての、おまえの責任は重いぞ」

影家老は厳しい目つきで命じた。残波は静かに首肯しつつ、声をいっそう潜めた。

「ひとつ確かめておきたいことがございます。それがしに、あのような噂を流布せよとのご用命があったのは、いかなる筋目にございましょうか。しかも、噂を流した場所は、かの曲者の……」

「控えよ。それは秘中の秘だ」

影家老が一喝した。

「忍者の分際で、わしの深淵な胸中を計るなど、僭越であろう。おまえは唯々諾々と、用命に屈従しておればいいのだ」

影家老に叱責され、残波は小鼻を膨らませながら、静かに天井へと舞い上がった。

三十三

彦根藩下屋敷を出た倫三郎は、広円宅へと急ぎ足で向かっていた。

「件《くだん》の象嵌が、花房家の家紋だったことを教えてやろう。きっと喜ぶだろうな」

浮々とした気分の倫三郎の脳裏に、不意に閃光が走った。

「広円が知らない家紋なんてあるのか」

広円の学識の深さに、絶対的な信があるからこそ、芽生えた疑いである。

「あるはずがない。ではなぜ、おれを騙《だま》すような真似をしたのか」

倫三郎は立ち止まり、回想に耽った。まず蘇ったのが、編笠黒頭巾の曲者に、初めて襲われたときの違和感である。あの曲者はなぜ、倫三郎が密書を持参していると、確信できたのか。あのときは、影家老との密談を、敵の手下に盗み聞きされたと考えた。だが、はたしてその想像は当たっていたのだろうか。実際には広円が下屋敷に潜み、立ち聞きしたのではないか。広円はたまたま、倫三郎が下屋敷を訪ねることを知っていた。誰かに見咎められても、「友の倫三郎を気遣って尾《つ》けてきた」と、言い逃れができる。いや、そんな危ない橋を渡る必要もなかった。広円には湯屋で、影家老との密談の一端を告げた。自分が常に密書を持参しているとも打ち明けた。曲者に襲われたのはその直後だった。湯屋の帰り道で別れた広円からの急報を受けて、曲者が倫三郎を追ってきたのかもしれない。思い起こせば、季節外れの飛鳥山に誘われたことも怪しい。飛鳥山にも曲者が待ち構えていた。

「広円は、花房家に縁《ゆかり》のある者、ということか」

それはあり得ない。広円の名字は西郷である。西郷家は、家康が井伊家に預けた西郷正友以来の名門である。倫三郎も面識がある広円の父も、井伊家に仕えている。

倫三郎は混乱し、その場に立ち尽くした。もろもろの破片がぴたりと収まらず、もどかしい。そこに——。

「倫さま、家《うち》に遊びに来たの」

そう声を掛けてきたのは、おりんである。縁談話がとんとん拍子に進み、奥奉公の暇をもらい、実家の屋敷に帰っている。間もなく結納が整うらしい。そのためか随分と大人しやかに見え、仄《ほの》かに色香が花開いたようである。

「お兄さまは出掛けているけど、直《じき》に帰ってくるわ。でも、どうしたの。眉間に皺が寄っているわよ。倫さまには似合わないご面相だわ」

倫三郎はおりんに、それとなく質すことにした。

「似合わぬか。面相といえば、広円とおりんは兄妹なのに、至って異なる面相だな。おりんにとっては、不細工が似ずに、幸いではあったが……」

「失礼ね。あたしはお兄さまの顔、ちっとも嫌いじゃないけど……。でも、別に内緒にしてはいないのだけど、お兄さまから聞いていないかしら。西郷の家は子宝に恵まれなかったので、お兄さまは三つのときに、養子に入ったのよ。ちょっと大きくなって、妹が欲しいと強請《ねだ》って、あたしがもらわれてきたの。まだ襁褓《むつき》も取れないころだったから、ちっとも覚えていないけど……」

おりんの言葉には、何の屈託もない。

「おまえたちに、血縁はなかったのか」

倫三郎の声は嗄《か》れていた。

「そうだけど、あたしにとっては、本当のお兄さまと、何の変わりもないわ」

おりんはそうだろう。しかし、広円はどうだったか。広円はおりんの成長を、間近で見守ってきた。愛くるしいだけだった幼子が、目映いばかりに美しく変貌していくさまを、兄として接しながら、どのような心持ちで眺めていたのか。広円が石部金吉《いしべきんきち》のごとく、女に靡こうとしなかったのは、おりんへの執着の裏返しではなかったのか。

「詮索するのは、野暮というものか」

倫三郎は、広円の心に巣食う純愛を推し量り、胸が詰まった。

「広円だけでなく、おりんも養子だったのか。どちらの家中から養子に入ったか、知っているのか」

「もちろんよ。あたしはもともと、彦根城下の木綿問屋の娘。お兄さまは、お旗本の花房さまの分家で生まれたそうよ」

倫三郎は目眩を覚え、身体がぐらりと揺れた。

「ねぇ、中で待っていたら……」

おりんが心安く誘う。

「そうもいかぬ。広円が留守のときに、二人で一緒にいたら、またぞろ気に病むに決まっておる」

「それもそうね。仕様もないお兄さま」

おりんがくすりと笑った。

「だから、おれが来たことは、伏せておいてくれ」

倫三郎はおりんに軽く手を上げると、ふらふらとした足取りで、住まいに向かった。

「花房家中の者として、宇喜多家の復権に尽くすというのか。学問に邁進した果ての境地が、旧弊に縛られることだったとは、これまでいったい何を学んできたのだ、広円。しかも、おまえがその覚悟を固めたのなら、いずれおれと対決するつもりなのか」

そうなると、最悪の場合、自分は広円を斬らざるを得なくなる。倫三郎は暗い奈落へと落ちていくような思いがしていた。

三十四

享保十四年（一七二九年）十二月十一日、島津継豊と竹姫の婚礼が、盛大に執り行われた。場所は芝の薩摩藩上屋敷に新築された御守殿である。御守殿とは、将軍の娘が大名家に嫁いだ後の住まいを指す。江戸城から御守殿に送り込まれる調度品の列は、三日間に及んだ。吉宗が諸藩に献上を促し、豪奢な品々が潤沢に集まったからである。

「倹約令を発して、我々に質素な暮らしを強要しているのに、なぜこれほど華美な婚礼にする必要があるのか」

余分な出費が嵩《かさ》んだ大名たちは、陰で吉宗を難じた。

輿入れ当日は、竹姫に付き従う女中が二百人を超え、その後ろに老中、若年寄らの重臣が列を作った。おまけに師走の書き入れ時にもかかわらず、野次馬が鈴なりになって、芝界隈は大変な人集《ひとだか》りだった。倫三郎もその中に紛れていた。

「竹姫さまが輿入れしてしまえば、もう密書を奪おうとする者もいなくなる。無事に守り抜くことができた」

倫三郎は、すっきりとした晴れやかな心持ちで、竹姫の輿を見送った。

＊

御守殿へ向かう輿の中で、竹姫は自らの行く末を憂慮していた。この婚姻が避けられない宿命との諦念はある。家康の意向を、徳川家の者が徒や疎かにできるはずもなかった。しかし、島津家側はどうなのか。快く迎え入れてくれるのか。竹姫の心の強張りは、輿を降りて、島津継豊に対面したとき、極限に達した。

継豊は日に焼けた顔に団栗眼の男だった。眉は太く、唇は厚い。いかにも田舎者らしい顔つきのその男が、胴間声を上げた。

「見目麗しからざる姫との噂でしたが、どうしてどうして、わしの見立てでは三国一の名花でござる」

無骨で無遠慮な賛辞に、竹姫は笑いを堪《こら》えるのに苦労した。不思議と嫌悪感はなく、それどころかふっと肩の力が抜けて、心が平らになった。

その夜、竹姫は湯浴みをすませ、衣紋を繕い、寝所で待っていた。さっそく継豊の御成りが告げられたからである。

継豊は寝所に入るなり、一言も発せず、竹姫を引き寄せた。そのまま荒々しく薄絹を開《はだ》けられ、羞じらいに顔を覆う間もなく、拙速に分け入られた。竹姫は破瓜の痛みに身を捩った。翌朝、継豊は夜具に、処女の赤き証が刻印されていることを、見て取った。

「初めてでござったか。これは重畳」

継豊は無邪気にはしゃいだ。

「わたくしは仮初《かりそ》めにも将軍の娘です。嫁入り前に、身持ちを悪くするはずもありませぬ」

竹姫はやんわりと窘《たしな》めつつ、喜びを露わにしている継豊を可愛らしく感じた。自分は少なくともこの藩主にとっては、歓迎されない嫁ではないらしい。憂いが払拭されていった。

それから毎夜、継豊と竹姫は閨をともにした。他の男を知らない竹姫の身体が、継豊に順応するのに、ときはかからなかった。肌合いがよければ情も生まれる。

「継豊さまのため、薩摩のために生きよう」

竹姫は心に刻んだ。そうなると女心は複雑である。継豊の愛を独り占めしたくなる。輿入れ直後、芝の上屋敷には、数人の側室が同居していた。竹姫も諒解しており、とりたてて意を用いてはいなかったのだが、継豊が偶《たま》さか側室と同衾すると、悋気の虫が騒ぐようになった。そこで竹姫は、側室を一人残さず薩摩に送るように、継豊にせがんだ。嫉妬を露わにするのは恥ずかしい、との自覚はあったが、どうにも我慢できなくなったのである。継豊は朗笑して、竹姫の申し出を受け入れた。

三十五

竹姫の輿入れが滞りなく完了し、曲者に襲われる懸念がなくなったことにより、倫三郎はゆるゆるとした日々を送っていた。

久々に「藤屋」を訪ねてみると、先日つれなくしたことが、気咎めになっていたのか、おえんのほうから誘いを掛けてきた。影家老のおかげで懐は暖かいから、出合茶屋でゆっくり過ごすことができ、おえんと別れた帰りは、夜道になった。忽然と風が強まり、近くに竹林があるのか、笹の葉がざわざわと鳴っている。空を見上げると俄かに掻き曇り、禍々しい黒雲が流れている。

「降られてしまうか」

小走りになった倫三郎の前に、裏路地から現れたのは、件の編笠黒頭巾の曲者であった。此度の曲者は、すぐさま編笠を脱いだ。暗い夜道で視野を広くするためだろう。

「おいおい。もうおれに用はなかろう。竹姫さまと島津家の婚礼は、整った後だぞ」

「何の関わりがある」

倫三郎の喝破に、曲者が戸惑い顔になっている。

「ん。言われてみれば、密書が婚姻の拠り所となるのは、こちらの事と次第か。おまえたちにとっては、密書を奪えば、それが身の代になることに変わりはないな。いやはや迂闊であった」

倫三郎が首を横に振った。

「密書を守る役目は続行か。いきなり湿り気分になってしまったわ」

「何を一人で、くだくだと愚痴っておる。こんな剣呑な構えで対峙しておるのに、上の空で応じるとは、それがしでは役不足と、愚弄しておるのか」

曲者が青筋を浮き立たせている。

「失敬した。己の愚かさに呆れていたのだ。おまえを軽んじたりはせぬ。身命を賭して、密書を奪いにやって来たのだろうからな。おまえの素性にも、見当が付いている。宇喜多秀家どのの旧臣・花房家に縁《ゆかり》の者であろう」

倫三郎がどうだとばかりに、声を張り上げた。

「やはり象嵌を目にしていたか」

曲者はさほど驚いたふうでもなかった。

「花房正成さまの遺言を、後生大事に抱えて、宇喜多家の復権を目指しているのだろうが、肝心の宇喜多家の末裔は八丈島に安住し、大名に返り咲こうという野望は、とうに捨て去っているそうだぞ。無意味な使命のために、人生を棒に振ることはなかろう。この密書を手に入れても、できるのはせいぜい、島津家を貶《おとし》めることぐらいだ。待てよ。それが狙いか。いったん匿った秀家どのを、徳川家に差し出された。その恨み骨髄に徹したということか。しかし、百年余りのときを経て、晴らすような怨嗟でもなかろうに……」

曲者の狙いは何なのか、倫三郎の思考が、袋小路に迷い込んだ。

「くだくだと、他人の使命を、勝手に推し量ろうとするでない。おまえの粗末な頭で解けるような、単純な話ではないのだ」

「いや、秀家どのが島流しになったのは、薩摩のせいだ。恨むのは仕方ない。薩摩にとって、不都合な密書を手に入れて、脅《おど》しを掛けたいのだろう」

「だから、そういう分かりやすい背景や仕儀ではないのだ。半年ほど前だったろうか。唐突に摩訶不思議な噂が立った。将軍家と島津家が隠蔽している密書があると……。この噂が不気味だったのは、市中に遍《あまね》く流れたわけではなく、当家の四辺に限定されていたことだった。しばらくして我が主君の耳に入り、それがしが呼ばれ、密書を奪えとの命が下された。それがしは耳を疑った。いまや花房家は、歴《れっき》とした直参旗本だ。胡乱な密書を手に入れても、将軍家に反旗を翻す立場にはないから、使い途がない。むしろ災いの種になると、主君を諫《いさ》めようとした。ところが主君から、噂の流れ方に作為が疑われると指摘され、はっとした。花房正成さまが『宇喜多家の復権のために尽くせ』と遺言されたことは、美談として広く知られておる。その好機を得たかもしれぬのに、まったく動かなかったことが露見したら、武家としての面子が保てない。噂を流したのは、そうやって当家を陥《おとしい》れようとしている者ではないか。かような主君の深謀遠慮に接して、それがしも密書奪取に動く必要があると、心を改めた。それに、この命令に服したのには、それがしなりの事情もあった」

「それは何だ」

倫三郎に問われ、曲者は口籠もった。

「律儀におまえに、腹を割って話すことでもないのだが……」

「勝負に備えて、腹の中は空にしておいたほうがよいぞ」

「そういうものかもしれぬな。それがしは何かひとつ、武士らしい定めが欲しかった。武士として生きた証になるからだ。かつての主家の復権のために密書を奪う。それなら武士が命を賭けるに相応しい定めになる。奪った結果、役に立たない密書であったとしても、そこはもう、それがしの与り知らぬところだ。考えようによっては、無意味な定めに命を捧げたとなれば、そのほうが武士として、様《さま》になるかもしれぬ」

倫三郎には、曲者が己の述懐に酔っているように見えた。広円の台詞を聞いているようでもあった。広円が念仏のごとく「定め、定め」と唱えているのと同様に、この曲者もまた、定めのためならすべてを擲《なげう》つのが、武士の本懐と信じ切っている。広円と同じ性分の男なのである。本来、世が移ろえば、人も変わらなければならない。だが、それを甘受できない者もいる。泰平の世に武士であろうとしたことが、この男の不幸かもしれなかった。

倫三郎は曲者と剣を交える覚悟を決め、蜻蛉の型に構えた。円心流の居合を警戒して、手元を注視していると、曲者の左手が刀の鍔へと伸び、鯉口《こいぐち》を切った。その一瞬を捉えて、倫三郎はぐいと飛び込んで、曲者をふたつに斬り割こうとした。ところが、曲者は抜刀せず、あろうことか、そのまま倫三郎の大刀に向かって、我が身を投げ出したのである。

何らかの罠と勘づいたが、もはや神速の斬撃を止めることはできなかった。構わずに斬り落とす。強《したた》かな手応えがあった。倫三郎はその刹那、名刀・波平行安が、曲者の身体に絡め捕られ、抜けなくなったことを悟った。曲者の身体には、鎖帷子《くさりかたびら》が縦横に仕込まれていたのである。斬れ味の鋭さが災いして、大刀は鎖に雁字《がんじ》搦《がら》めに食い込んでいる。曲者の、まさに命を賭けた陥穽《かんせい》だった。

身動きが取れなくなった倫三郎の左右から、伏兵二人の槍が、同時に繰り出された。万事休すと思われたその瞬間、倫三郎は大刀から手を離し、すっと後退した。既《すんで》のところで槍から逃れ、再び身体を前に傾け、交差した槍越しに、崩れ掛かっている曲者の大刀を抜き取った。振り向き様に、左側の男の槍を叩き落とし、喉笛を突く。血飛沫を上げて倒れ込むのを見届けて、身体を反転させて、右側の男に向き直った。

薩摩示現流の奥義に「蛙の目」がある。百八十度の目線の会得である。日ごろから、その鍛練を積んできた倫三郎だからこそ、横から繰り出される槍を察知できたのである。そして、伏兵の存在を感知できた理由が、もうひとつあった。

「おれに勝てると思ったのか、広円」

倫三郎が右側の男に呼び掛けた。

「どうして見破った」

広円は編笠黒頭巾で顔を隠していた。

「草履と木履を片方ずつ履く変わり者は、他におらぬ。その異様な足音に、耳慣れておったから、槍にいち早く勘づくことができた。助かったわ」

「何と、不用心であった」

広円が唇を強く噛んだ。

「それとな。少し前から、広円は花房家に所縁のある者ではないかと、疑っていた」

「いつからだ」

「家紋について尋ねたときからだ。あの後、影家老さまから、件の象嵌は花房家の家紋だと教えられた。広円がそれを知らぬはずがない。何らかの隠し事があったことになる。花房家との縁故を疑ったが、広円の名字は、井伊家に古くから仕えている西郷だ。それで、おりんにそれとなく質し、養子に入ったと判明した」

「そうか。おりんに聞いたか」

「おまえの生来の名字は、何というのだ」

「花房だ。殿様の直系ではなく分家筋だが……。おれは幼いころ、西郷家に養子に入ったのだが、先に実家の父から声が掛かり、百三十年のときを経て、将軍家の脅威となる密書の存在が、明らかになったと聞かされた。驚いたことに、我が彦根藩の上水流家が、秘匿しているというではないか。その密書を奪取して、宇喜多家の復権に尽くすのが、我々の定め、と宣言されたとき、ようよう武士らしい定め、いや天命と言ったほうがよいか。そういうものに巡り合えたと、おれの心は踊った。おれは武士として、命よりも名を大切にしたい。しかしながら、戦のない世で、何を以て名を残せばよいのか、好機が到来することはまずない。命の使いどころが見つかった我々は果報者だ」

広円の目が、爛々と輝いている。

「おまえや、この曲者にとっては、密書奪取の役目が課されたこと自体が、幸せだったのか。それが武士というものなのか。おれには分からぬし、分からぬままでよいが……。ところで広円、もしやいま、我々の定めと言ったか」

倫三郎が、広円の言葉尻を捕まえた。

「あぁ、この男はおれの実父だ」

広円は、総身の鎖帷子に、刀をめり込ませたまま倒れている男に、目をやった。

「そうであったか。言われてみれば、面立ちにおまえを彷彿させるところがあった」

「倫三郎、すなわちおまえは、父の仇にもなったわけだ」

広円は編笠を放り、頭巾を脱ぎ捨てると、槍を構え直し、裂帛の気合で突き出した。倫三郎はその槍を軽くいなした。

「ここらで引いてもらえないか。おまえを斬りたくはない」

「せめて斬り合いと言え」

広円が二度、三度と槍を繰り出す。倫三郎はしなやかな体捌《たいさば》きで槍を躱《かわ》し、広円の首筋に大刀を振り下ろした。斬る寸前に刀身を返したが、それでも倫三郎の斬撃は鋭く、広円は横倒しになり、気を失った。倫三郎が駆け寄り、鳩尾《みぞおち》に掌をぐいと押し込み、活を入れる。広円の目に生気が戻った。

「峰打ちなど姑息な真似をしおって、友だち甲斐のない奴め」

「腕が違いすぎるのだから、つべこべ言うな。己の未熟を恥じよ」

「一言もない。鎖帷子の罠ごときで、おれがおまえを倒せるとは、楽観にもほどがあった」

広円が自嘲を漏らした。

「倫三郎、おまえにひとつ、懺悔しておくことがある。兄上の勘太郎どのに、毒を盛ったのはおれだ。密書奪取のためには、優れ者の長男を排除するのが先決と、おれが進言した」

広円が恐ろしい秘密を暴露した。

「あの日、広円も我が家で夕餉をともにしていたな。けれども、おまえに疑いの目を向ける者は皆無だった。日ごろから行いは正しておくものだな。しかし、それならば、槍刀で勝負せずに、毒を使ったほうが、おれを他愛もなく始末できたろうに……」

「毒を飼うのは女の常套手段だ。弱ったことに、勘太郎どのが亡くなったころから、おりんがおまえの家に、しきりに出入りするようになった。おまえを慕い、懐いているおりんに、嫌疑が掛かることを憂えた」

おりんは花房家とは無縁の女である。広円としては、おりんを巻き込むことは避けたかっただろう。

「なるほど。慎次郎兄者も、毒殺ではなかったようだが、どのようにして葬ったのだ」

「そこが妙なのだ。慎次郎どのには、手出ししていない」

「慎次郎兄者は、己の意思で消えたのか。謹厳居士の兄者のことだ。自分なりの深い思案があったか、何らかの使命に服したか、いずれかであろうな。そうであれば、いつかどこかで会えるだろう」

「疑心暗鬼かもしれぬが、敵として現れることも、覚悟しておけ」

「頭の片隅に入れておこう。おまえですら敵になった。何者が敵になろうとも驚きはせぬ」

「おれが忠告することではないが、くれぐれも用心を怠るな」

そう言って、広円はいきなり、丸薬を口に放り込んだ。倫三郎が慌てて駆け寄ったが、もう遅かった。広円は虫の息だった。

「おれは倫三郎のことが、妬《ねた》ましかった」

広円が声を絞り出す。

「広円も、女に不自由しない男に、なりたかったのか」

「無二の友に掛ける最期の台詞が軽口か」

「こんなときに、気の利いた訓言ひとつ捻り出せぬ。己の学のなさを悔いてはおる。それで、おれの何が羨ましかったのだ」

「誰にでも定めがある。その定めが重いほど、生きた手応えが得られる。おれはそう信じてきた。ところがおまえは、重い定めを背負いながら、飄々と生きている。口惜しいことに、そんなおまえが嫌いではなかった。おまえはそのままでよい」

広円は微かに笑みを浮かべて、静かに息絶えた。

「父子ともども、武士としての定めに殉じて、本望だったか、広円」

倫三郎が瞼を閉じた広円に語り掛けた。五臓六腑を競り上がってきたような輝割《ひびわ》れた声になっていた。倫三郎の目から、滂沱《ぼうだ》の涙が溢れ出た。それに誘われるかのように、沛然《はいぜん》と雨が降り注いだ。その雨に打たれながら、武士の命とは何と軽いものかと、倫三郎は嘆じた。

「広円は、戦に兵の犠牲は付き物と、断じたことがあったな。だが、人は将棋の駒ではない。捨て駒にされてよいはずはない。おれはそう思うのだ」

広円や影家老から教わったように、徳川家康も島津義弘も天下のため、あるいは家の存亡をかけて、計略の限りを尽くした。それが武士としての本懐だったのだろう。しかし、その裏側で、どれだけの家臣が犠牲になったか。

かの島津の退き口とて、あまたの家来が捨て駒になることが前提になっていた。倫三郎の祖先も、犠牲者の一人である。島津豊久に密書を託されたばかりに、生まれ故郷を捨てた。愛妻と離れ、捕虜同然で井伊家に勤仕し、密書を守ることを定めとする境涯を強いられた。天下や藩のためなら、武士が犠牲になるのは当たり前なのか。それが武士の本分なのか。しかも、こんな密書のせいで、かけがえのない友まで失う羽目になった。

「広円よ。おまえたち父子もまた、捨て駒のひとつだったのではないか」

ひっそりと横たわる広円に、そう語り掛けた刹那、倫三郎に怒りがふつふつと沸き上がってきた。

「武士の定めなど、知ったことか。おれが因縁を断ち切ってやる」

倫三郎は広円の父のもとに歩み寄り、鞘を抜き取った。その鞘に先ほどの大刀を収めて腰に差すと、股立《ももだち》を取り、激しい雨を劈《つんざ》いて、彦根藩下屋敷へと走った。怒髪、天を衝く勢いである。

三十六

倫三郎が濡れそぼったまま、部屋へ闖入《ちんにゅう》すると、影家老は咎め顔で迎えた。

「不躾であろう。昨日、清正の井戸に石が置かれていたとは、聞いておらぬぞ。わしはおまえが、軽々しく目通りできるような軽輩ではないのだ。まぁ、別《わ》けて許すことにしよう。お手柄だったようだからな」

影家老の膝の上には、いつものように狆が鎮座している。

「さすがに地獄耳ですな」

「どうした。剣でも、生き様でも、柳に風がおまえの持ち味だったはずだが、猛然と殺気立っておるではないか。この子が脅えておるわ」

狆が歯を剥き出し、唸り声を上げ出した。だが、倫三郎が正面から射竦《いすく》めると、すごすご部屋の隅に逃げ、小さく丸まった。

「その殺気は曲者を葬り去った名残か、それともまさか、わしを害するつもりか。主殺しは鋸挽《のこぎりびき》の大罪であるぞ。残波、不届き者の到来だ。出会え、出会え」

天井から残波が舞い降り、影家老の前に出て、楯となった。

「かねての殺気の奴だな。なるほど、遠目の張り込みの一人は、身内の手先だったたか。用心深いことだ。だが、案ずるには及ばない。叩き斬りに来たわけではない。そんなことをしても、何も変わらないからな。おれの狙いはこれだ」

倫三郎は褌から、密書を引きずり出した。

「密書をどうするつもりだ」

「ここで燃やしてやる。そうすれば、こんなもののために、命を捨てる者はいなくなる」

倫三郎の叫びに、影家老は平静な佇《たたず》まいを崩さなかった。

「それで溜飲三斗のつもりか。おまえの友は密書奪取をしくじって、自ら命を絶ったと聞いた。おまえはその友の前で、密書のために、多くの武士が捨て駒になったことが、勘弁ならぬと、吼《ほ》えたそうだな。しかし、そのことに関して、わしに何の咎《とが》があったのだ。八つ当たりもいいところだ。あえて言えば、わしとて捨て駒の一人よ。さりとて影家老一族の家に生まれ、表舞台に立てないとなれば、捨て駒に徹して、裏を仕切る定めに生きるしかなかろう。勘違いするなよ。わしは我が人生に負い目もなければ、渺《びょう》たる宿世《すくせ》と哀《かな》しんでもおらぬ。己の定めを全うしておるからな」

「影家老まで定めを持ち出すか。定めとはいったい何なんだ」

倫三郎が怒りに任せて、影家老を呼び捨てにした。

「定めとは許しだ。わしはそう信じておる。定めを成し遂げて初めて、己の生き様が許されるのだ。では聞こう。おまえは死んだ友の定めを、尊んではいないのか。ただの捨て駒と詰《なじ》って仕舞いか。友だけではない。おまえは密書を焼き捨て、御破算にする腹かもしれんが、そんな蛮行に走って、密書を守秘してきた先祖に、顔向けできるのか。おまえの先祖もまた、定めに殉じてきたのではないのか」

倫三郎に反言はなかった。血の滾《たぎ》りが急速に鎮まっていった。

「密書を焼き捨てて、因縁を断ち切ろうと思っていたが……。誰一人、間違ってはいなかったということなのか」

「己にのみ正義があるとでも、増長しておったか。役どころが異なっただけであろう。家康公も義弘どのも、この世のためを思い、己の信じる筋目に命を賭けられた。私利私欲で動かれたわけではない。もっと言えば、三成すらもそうであったろう。皆が、時代が導いた定めに殉じたのだ」

「もうよい」

倫三郎が影家老を遮《さえぎ》った。しかし影家老は追撃する。

「おまえが斬った男たちにも、何の咎があったのだ。おまえは曲者の手下たちを、雑魚呼ばわりしたそうだが、その者を駒と軽んじていたから、そういう呼び方をしたのではないか。それでも斬られた男は、本懐の至りであったろう。己の定めのためには命を惜しまぬのが、一廉《ひとかど》の武士というものだからな」

「もうよいのだ」

倫三郎の制止の声は弱々しかった。影家老が指弾した通り、自分は曲者の手下を、捨て駒扱いした。その自覚があった。

「死は一定。人は等しく、必ず死を迎える。だからこそ、と言うべきか。人は己が生きた世に、何らかの爪痕《つめあと》を刻もうとするのだ。己に課された定めを全うすれば、それもまた立派な爪痕になる。そんな生き様を愚弄するものではない」

「もうよいと言っておるではないか」

ついに倫三郎は、叫喚に似た怒声を上げた。このままでは倫三郎の「退き口」は失われる。倫三郎は立ち上がった。ただし下屋敷を退く前に、影家老に一太刀だけ浴びせ掛けた。

「影家老の言っていることは、武士の理《ことわり》にすぎない」

「だから何だ。忘れたのか。わしもおまえも、武士なのだぞ」

影家老が当惑している。

「悲しいことにその通りだ。すべては武士に生まれたがゆえの不憫《ふびん》だ。いや、おれは武士の定めとやらに、ある種の狂気すら感じてしまう」

倫三郎が苦く笑った。

「武士として、おれはこれから、どう生きていけばいいのか」

「これまでと変わらず、密書の守秘を、定めとするしかなかろう」

影家老が冷徹に突き放す。

「他の武士とは、真逆の生き方をしたいが、おれもなお、定めから逃れられぬか。ならば、おれは江戸を離れる。もう無益な殺生は懲り懲りだ。どこか田舎に棲家を借りて、ひっそりと暮らす。できれば鄙《ひな》の地で、定めを軽くする術を身に付けたいものだが……」

倫三郎はよろよろとした足取りで、下屋敷の門へと歩いた。

＊

「ふう。久々に身の毛がよだつ思いをしたわ」

影家老が両腕を摩《さす》った。

「残波も骨折りであったな。下がってよいぞ」

だが、残波は去ろうとしない。

「何か報せたいことでもあるのか」

「何卒、密書を守る役目を、倫三郎に成り代わり、それがしにお与えくだされ。すべてを擲《なげう》って果たす所存にて……」

残波は影家老の前に、折り目正しく平伏して請願した。

「なぜにその役目を欲しがる」

影家老は叱責気味である。

「その下命がいただければ、倫三郎をこの手に掛けても、よいことになりますので……」

「奴と勝負がしたいのか。まさか真正面から、斬り合うつもりではあるまいな」

残波は叩頭したままである。

「図星か。奴の腕前は知り尽くしておろう。おまえごときでは歯が立たぬ。そもそも敵の隙を盗んで仕留めるのが、忍者の定法であろう。まさか己のために戦いたいのか。忍者がさような人染みた望みを持つなど、厚かましすぎる。世迷い言を申すものではない」

残波が顔を上げて、縋るような目を、影家老に向けた。

「そうか。おまえは倫三郎と、正々堂々と戦い、倒した後、密書を守ることを、己の定めとするわけだな」

「忍者にも定めが許されるのならば……」

影家老は首を振り、天を仰いだ。

「倫三郎に、武士の定めを説いたことが、おまえに伝播し、身のほど知らずの願欲を、抱かせてしまったか。致し方あるまい。行け」

喜色を浮かべた残波は、煙のように消えた。

「同じ説法に接しても、定めを重く捉える者と、軽くしたがる者の両極に分かれるとは、不思議なものよ。強兵を屠《ほふ》ることで、己の価値を高める……見上げた心掛けではあるが、残波では手に負えまい。返り討ちに合う。その後、倫三郎が江戸を離れるのは構わぬが、行方は握っておかねばなるまい。いざというときに、密書が使えぬようでは困るからな。さて、残波を失った後、いかなる追尾の手立てを整えようか。そこは悩ましいところだが、まぁ、あらましは片がついたな。これからは、おまえが怖がるようなことは起こるまい」

影家老は、膝の上に戻ってきた狆に、慰撫するような言葉を掛けたが、狆は未だに怯え、凍えていた。

二十七

倫三郎は彦根藩上屋敷の自宅に戻り、脚絆に草鞋を履き、両掛を担い、出で立ちを整えた。長らく世話を焼いてくれた繁吉に、幾許かの金子を渡して労い、使えそうな家財は自分のものにして、残りは処分するように頼み、払暁を待った。

「京か大坂か、それとも薩摩か。いずれにしても西へ向かおう。もう二度と、江戸に足を踏み入れることはあるまい」

そう決めていた。夜が明けて、戸口で振り返ると、二十年余り暮らした住まいに、さすがに込み上げてくるものがあった。その思いを振り切って、出立しようとしたとき、数間先から、おりんが息急き切って、駆けてくるのが見えた。

「昨日から、お兄さまが家に帰っていないの。こんなこと、いままで一度もなかったけど……。倫さまは何か聞いていないかしら」

「いや、おれもここ数日は会っていない」

倫三郎はおりんから、そろそろと目線を外しながら、嘘を吐いた。広円の亡骸は、影家老の手の者が、片づけただろうから、見つかることはない。もちろん倫三郎には、おりんに広円の死を告げる勇気はない。ましてや、その死に己が関与したなど、口が裂けても言えやしない。

「奇怪しいわね。ところで、倫さまはこんな早起きで、しかも旅支度だけど、どうしたの」

おりんが、倫三郎の旅姿に、不審を抱いた。

「藩命により、上方にいくことになった。だからしばらく会えない。もしかすると今生《こんじょう》の別れかもしれぬな」

倫三郎が芝居じみた言い方をした。

「そんなの嫌よ」

おりんが暗い顔になった。

「おりんには、好ましい縁談がまとまったと聞いている。幸せな家が築けるよう、遠くの空で祈ることにしよう」

倫三郎はおりんの肩に、そっと手を置いた。

「待って。あたしにとっては、心弾む縁談ではないの。もしや倫さまが……」

「悪いな。品川に到着する刻限が、区切られている。先を急がねばならぬ」

倫三郎はおりんの訴えを遮《さえぎ》った。おりんの気持ちは嬉しい。心が揺らぐ。このまま抱きしめたい衝動に駆られる。しかし――。広円の死に関わった己が、添えるはずもなかった。

「そう寂しがるな。藩命で再び江戸に戻ることもあろう」

倫三郎は逃げ口上を打って歩き出した。しばらくして向き直る。愁嘆場になっているかと思いきや、おりんは凛とした立ち姿で、健気に真っ直ぐな目を向けて、倫三郎を見送っていた。

「潔い娘だ。おれのほうが、はるかに女々しい」

倫三郎も、未練に踏ん切りを付けて、前を向いた。

二十八

影家老が用意してくれた道中手形の威力は抜群だった。「箱根の関所」でも、何らの取り調べもなく、すんなりと通り抜けられた。

「箱根泊まりと見積もっておったが、三島まで足を延ばせそうだな」

倫三郎は歩みを早めた。ところが、箱根宿の鎮守・駒形神社を過ぎて、箱根峠を越えると、もう日が暮れかけてしまった。下り坂といえども、三島宿までは三里もある。他にあたりに人はいない。暗くなってから街道をいくのは、夜盗に襲ってくれというようなものだからである。むろん、腕に覚えのある倫三郎は頓着しない。

そのとき、街道の脇から、すっかり慣れ親しんだ殺気が漲《みなぎ》った。

「こんな遠くまで、追い掛けてきたのか」

倫三郎がのんびりと声を掛けた。とはいえ気配はあるが、姿は見えない。

「見事な隠形術だ。完璧に景色に溶け込んでおる。しかし、たとい目に見えずとも、気配を見破られたからには、もう奇襲はできぬぞ。諦めて姿を現したらどうだ。もっとも、おまえは影家老さまの手先だから、おれの敵ではない。奇襲など企んではおらぬか」

藪の間に、鶉《うずら》に似せて、後ろ向きに蹲《うずくま》っていた忍者が、のっそりと立ち上がった。鶉隠れと呼ばれる忍術である。目立たない柿渋色の胴衣と、裁着袴《たつつけばかま》を着て、素足に草鞋を履いている。残波はこの忍術に長けていることに因んで「鶉の残波」の二つ名があった。

「奇襲などせぬ。真正面から斬り合ってやる。おまえが来るのを待ちかねて、隠形術の稽古をしていただけだ」

「今日おれがここを通ると、なぜ目星を付けられたのだ」

「おまえが東海道へ旅立ったことは、仲間から報せがあった。人通りの多い街道で、襲うのは人目がある。この場所なら適《かな》うと踏んで、待ち伏せしておった」

殺気を露わにする残波を、倫三郎が怪訝そうに見やった。

「殺気が強いから、変だとは思ったが、やはり襲う魂胆だったか。おまえはいつから、敵になったのだ。影家老さまの気が変わったのか」

「おれ自身の意思だ」

残波が胸を反らした。

「意味は分からぬが、いつでも相手になってやるぞ」

「それにしても遅すぎる。すべての宿場で何日も逗留する旅人など、聞いたこともないぞ」

残波が睨みつけた。

「初めて江戸から上るのだから、もったいないではないか。影家老さまから、大枚を頂戴しているから、懐が暖かくて助かっておる。影家老さまに、よろしく伝えてくれ」

「おまえには、追手に対する恐怖はないのか」

「追手がいるのか。考えつきもしなかった。それに、おまえのような忍者が追手ならば、急いでも直に追いつかれる。ならば旅を楽しんだほうが得だ」

倫三郎は鷹揚な構えのままである。

「物見遊山の旅でもあるまいに……」

「実はな。旅支度をしながら、武士を捨てて、密書も放り出して、出奔する考えも一瞬頭を過《よぎ》った。しかし、それでは友に顔向けできないと、考え直した。だからおれはせめて、定めに生きない武士を目指すことにした」

「洟垂《はなた》れの青侍めが、一端《いっぱし》の口を利くな。何らかの悟りの境地に、達した気になっているようだが、片腹痛いわ。言っていることと、やっていることの、釣り合いが取れていないぞ。どの宿場でも、女を引き入れたそうではないか。しかも飯盛女ではなく、藤四郎の女とばかり、乳繰り合ったとの報せがあった」

　残波が口汚く罵倒した。

「それも定めに生きないと決め、物事への拘りを捨てたからこそ、できたことよ」

　倫三郎は平然としている。

「いけしゃあしゃあと、そんな与太が罷り通るものか。女漁《あさ》りに狂った獣《けだもの》め」

　残波の嘲罵に、拍車が掛かる。

「漁ってみたら、楽に釣れた。品川宿では、備えに二人の垢抜けた女に、粉をかけておいたのだが、もうちょっとで、鉢合わせするところだった。まぁ、入れ違いで二人とも、存分に食わせてもらったが……。それからはおれも反省して、一晩一人にしておる」

「恥曝《はじさら》しめ」

　残波の口から泡が飛んだ。

「秋波を送ってくる女の耳元で、おれの部屋の場所を囁けば、女のほうでいそいそと夜這ってくる。おれが不埒なわけではない」

「面の皮の厚い奴め。それでいて、なぜ箱根宿は泊まらなかったのだ」

「それはまぁ、気分だ」

　倫三郎が目を逸らした。

「どうせ箱根宿には、飯盛女がいないと、聞きつけたからであろう」

「それは関わりがない。もともとおれは、素人女にしか食指が動かぬ。もっとも、出女の取り締まりが厳しい箱根は、女にとって験《げん》が悪いのか、素人女もあまり泊まりたがらないと聞いたな」

「語るに落ちたな」

残波が聞こえよがしに、溜息を吐いた。

「おまえの女漁りの旅も、ここがとどのつまりよ」

残波がすっと腰を屈め、短刀を逆手に握った。倫三郎も大刀を抜き、下段に構えた。薩摩示現流の置蜻蛉の構えである。倫三郎はその構えで、大刀の切っ先を小刻みに上下させ、残波の動きを牽制した。残波の気息が乱れた。上段の蜻蛉、あるいは逆蜻蛉に構えると思い込んでいたのだろう。左足を前に出し、重心を低くした置蜻蛉は、薩摩示現流自慢の斬撃に、直に移ることはできないが、隙がなく、攻めどころがない。彦根藩の道場で、念流も習得している倫三郎の、防御姿勢は鉄壁だった。

「忍者との一対一の勝負には、慣れておらぬ。まずは太刀筋を、見極めさせてもらおう」

悠々閑々《ゆうゆうかんかん》とした倫三郎を前にして、残波はいきなり身体を捻じった。残波が使うのは、脇差よりもやや短い忍び刀である。刀身は艶消しが施されており、大禍時《おおまがどき》のいまは、なおさら見えにくい。その忍び刀が、複雑に波打って、倫三郎に迫る。倫三郎はそれを、辛うじて撥ね上げ、返す刀で袈裟斬りを浴びせた。残波は軽々と飛び退《すさ》ったが、倫三郎の斬撃は痛烈である。残波の裁着袴が断ち斬られ、太股が露わになった。月の薄明かりに照らされ、その太股が青白く透けて光り、妙に艶かしい。その刹那、倫三郎は図らずも、血の臭いを嗅いだ。

「骨肉まで届いた手応えはなかったが……」

訝しんだ倫三郎が目を凝らす。残波の太股には、黒い一筋が伝い落ちていた。

「月の物か。もしかして、おまえは女なのか」

「それがどうした」

残波は己の太股を伝う女の証を、忌ま忌ましそうに睨んでいた。

「女は斬らぬのが、おれの信条なのだ」

「女を愚弄するのか」

残波が、明王のような険しい形相になった。

「そうではない。女には別の使い途があると、敬っているのだ」

「それこそが、女への侮辱だ」

残波は右へ左へと、身体を反転させながら鋭く迫る。倫三郎はその勢いに気圧《けお》されながら、技を尽くして忍び刀を撥ね返した。

＊

残波は物心ついたころ、波という名で、戸隠の山中に暮らしていた。父の名は残鬼という。忍者の頭領である。

戦国最強と謳われた武田信玄は、忍者軍団「三ツ者」を重用した。上杉謙信の忍者集団「軒猿《のきざる》」との抗争は熾烈で、いつでも替えが利くように、若い忍者を育て続ける必要があった。そこで戸隠山、飯綱山など、俗世から離れた壺中の天に、忍者養成所が設けられた。いずれも古くから、修験道の霊山であり、修験者が使った洞窟や、岩屋が残されていた。その跡を修復して、用いたのである。

武田家が滅亡してから、「三ツ者」は二手に分かれた。一派は真田家に召し抱えられ、大坂の陣で散った。もう一派は、旧武田家臣である影家老の祖先が、井伊家に臣従する際に集められた。影家老一族の諜報活動を担う、忍者集団となったのである。残鬼は、戸隠山に細々と残っていた武田の忍者養成所を再建し、優れた忍者を輩出してきた。

波は長じるにつれて、残鬼が実の父ではないと、察するようになった。しかし、寂しさを覚えたことはなかった。周りには、一緒に修行する子どもが、多数いたからである。残鬼が近隣の村で、四、五歳の俊敏な子どもに目を付け、もらい受けて、丹精して育てていたのである。波を可愛がっていたお夕姉さんからは、「お父さまに拾っていただかなければ、口減らしで死んでいた。恩に着ないといけないよ」と、言い聞かされていた。

そのうちに波は、年嵩の女たちが、父の寝所に泊まっていることに気づいた。

「お姉さまたちは狡《ずる》い。波もお父さまと一緒に寝たい」

無邪気な波に、お夕はやさしく諭した。

「いつの日か、お波もお腹が痛くなって、ここから血が流れる日がくるわ。そうしたら、お父さまの寝所で、眠ることができるのよ」

お夕に下腹を指差され、波はひどく怖がった。

「ちっとも怖いことではないわ。女は皆そうなるの」

お夕は、そのころには、自分は山を離れているだろうからと、始末の方法も教えてくれた。だから波は、初潮を迎えたとき、痛みよりも嬉しい気持ちのほうが勝っていた。その夜、波は残鬼の寝所に向かった。残鬼は困惑の表情で迎えた。

「もはや、閨をともにすることは適わぬ。父は老いた」

残鬼は、九の一の術とは、どのようなものかを説いた。不能者になったいま、自分に術の伝授はできない、とも付け加えられた。

「案ずることはない。飯綱山で修行できるように、渡りを付ける」

部屋に戻った波は号泣した。見ず知らずの男に、身体を玩《もてあそ》ばれることになる。それが女忍者の宿命なのか。明け方近くになって、波はひとつの決断に至り、枕の下に隠してある短刀を抜き出した。息を吸い込み、歯を食いしばると、その短刀を右頬に突き刺し、ぐいと抉《えぐ》った。鮮血が飛び散る中、激痛を堪えて短刀を抜き、今度は左頬を刺した。

鋸草で血止めして、包帯で顔を巻いた波を見て、残鬼は眉を曇らせた。

「それではもう、九の一の役目は果たせぬ」

「波は女としては生きません。男忍者として、立派に全うして見せます」

現に波は、それまでよりも、忍術の修練に没頭し、なまじの男仲間では太刀打ちできない技を身につけていった。

数年後、残鬼が息を引き取り、仲間たちは四散した。波は影家老直属の忍者になることが決まり、残鬼から一字もらい、残波と名乗ることにした。もともと女にしては体格もよい。毒草で声を潰し、胸にきつく晒布《さらし》を巻いて、男忍者として生きてきた。

＊

その残波の執拗な攻撃を、辛抱強く躱しながら、次第に間合いを見切っていた倫三郎は、忍び刀をがっしりと受け止め、飛び退こうとする残波の手に、翻した刀身を打擲《ちょうちゃく》した。強烈な峰打ちである。残波の手から、忍び刀が零れ落ちた。倫三郎はさっと近寄り、忍び刀を崖下へ放り投げた。残波は諦めて座り込んでいる。

「峰打ちなど、情けは無用だ。首を斬り落とせ」

「だからおれは、女は斬らぬ主義なのだ。黄泉路へ急ぐ用事もあるまい。達者で暮らせよ」

倫三郎は、すっかり暗くなった道を、三島宿に向けて歩き出した。数町進んで振り向くと、残波が付かず離れず追ってくる。

「勘弁してくれ。まだ付いてくるのか」

「おれの勝手だ。いまは敵わなくても、早晩隙を衝いて、仕留めてくれる」

残波が臆面もなく、言い放った。

「そうか、それもまた、旅の味わいになるかもしれぬ」

「さて、おまえは、どこへいこうとしているのだ。おれにも、心積もりというものがあるから、教えろ」

残波が、敵であることを、忘れたかのように、倫三郎に馴れ馴れしく聞いた。

「まずは、東海道のあらゆる宿場に、長々と逗留する」

倫三郎も気安い答えを返す。

「まだ常軌を逸した旅を続けるのか。何か謂われでもあるのか」

「ゆっくり歩めば、どこかで消えた兄者に会えるかもしれぬ。強いぞ、兄者は……」

「おまえ一人で往生しているのに、新手まで現れるか」

「それがな。敵として現れるかもしれぬと、おれの友が案じておった。賢い友がそう推したからには、覚悟しておかねばなるまい。おれにとって、この旅は、兄者がいかなる存念で、どの一味に身を投じたのか、知るための旅になるのかもしれないな」

倫三郎が、自らに言い聞かせるかのように言った。

「それで、行き着く先はどこなのだ」

「いずれは、先祖が生まれた薩摩に辿り着きたい。旅の果てに何が見えるものか……。おまえ、道連れになるのは吝《やぶさ》かではないが、責任は負えないぞ。自慢ではないが、おれは女に飢えやすい。矢も楯もたまらず、おまえを手籠めにしても、四の五の愚痴るなよ」

「戯れ言を抜かすな。よしんば女と分かっても、顔にこんな傷のある女を相手にするほど、物好きでもあるまい」

残波が取り乱した。傷のある頬が真っ赤に染まっている。

「ちっとも気にならんな。それにおまえ、巻いている晒布を剥《は》げば、そこそこ旨そうな乳房を、用意していそうではないか」

倫三郎は残波の胸に、手を伸ばしかけて止めた。残波の右手に、新たな短刀が、きらりと光っていた。

「穢《けが》らわしい。何を脂下《やにさ》がっておるのだ。おれの乳に触ろうものなら、おまえの首を、掻っ切ってくれるわ」

残波の恫喝に、倫三郎はむしろ嬉しそうに、破顔一笑した。

「その意気だ」

残波はまだ男を知らない。この能天気な男とともに、九の一修行をするのも一興か。そんな思いが、つと頭を過《よぎ》った。その折は忍び刀はどこに隠し持てばいいのか。初めから忍び刀を振り翳しながら交わるのが正しいのか。肌はどこまで露わにするのか。どんな声なら男は悦んで気を許すのか。残波は何も知らない己にうろたえた。

「何もかも修行が、解決してくれるわ」

お夕姉さんの声が、聞こえた気がした。

そうだ。この男なら、修行の相棒に、打ってつけかもしれない。そして立派な九の一になったら、感謝の意を込めて、こいつの息の根を止めてやろう。そう思い定めた残波は、短刀を腰に差し込み、叢《くさむら》に横たわった。

「気が変わった。受けて立ってやろう。乳を好きに揉んで構わぬぞ。己の身体を餌にして誑《たぶら》かすのが、九の一の常套らしいからな。さぁ来い」

「いくらなんでも、『さぁ来い』はなかろう。いかな助平でも白ける。それに、三島宿まで辿り着けば、温かい寝床が待っている。楽しみは後に残しておこう。さぁ、急ぐぞ」

早足になった倫三郎の後ろを、残波がひらりひらりと、軽い足取りで付いていく。ホウホウと梟の鳴き声がした。

三十九

「その後、上水流倫三郎はどうしておる」

吉宗は定八から、週に一度のもろもろの報告を受けてから、ついでのように聞いた。

「以前、江戸を離れたところまでは、お報せいたしました。それから、東海道のすべての宿場で、素人女と戯れております」

「さすがと言うべきなのか。そこまでいくと頭が下がるというか、女遊びも堂に入っているな」

吉宗が呆れたような、いささかは讃えたような言い様をした。

「倫三郎には見張りを付けて、動きをお報せするだけで、よろしいので……」

「行方さえ把握しておればよい。ただし、倫三郎が殺められ、密書が奪われたときのみ、御庭番の総力を挙げて奪還せよ。そうならぬのを祈っておるが……」

吉宗は密書を、手元に置く気にはなれなかった。家康も同じ気持ちだったようである。密書は二通作成され、家康と義弘が一通ずつ保管したはずだが、家康の近辺から、発見された形跡がないのである。関ケ原で勝利してしまえば、島津との密約の直証となる密書を、残すのは危険である。偏諱を遵守させ「島津を脅かさず、いざとなれば恃《たの》みとせよ。それは先方も心得ている」と、次期将軍に申し送る仕組みさえ整えておけばすむ。吉宗には、前将軍の家継が幼くして薨去したため、井伊家の影家老を通じて、その仕組みが伝達された。吉宗はもちろん、世継ぎの家重には、直に伝えるつもりだった。しかしながら――。

家重は生まれつき暗愚で、長じても満足に言葉を操《あやつ》れなかった。吉宗は噛んで含めるように教えたが、家重は噛み分けられなかった。吉宗亡き後、慣例として、薩摩藩主への偏諱は踏襲されたものの、島津家との密約が、申し送られることはなかったのである。

そのため、密書の存在を知らない幕閣によって、薩摩藩への弾圧が、行われることすらあった。その代表格である木曽三川の治水工事で、薩摩藩は莫大な借財を抱えた。工事奉行を勤めた平田靱負《ゆきえ》は、責任を負って切腹した。それ以来、薩摩藩は幕府を敵視するようになる。幕末期には尊皇派の中核となり、倒幕の道をひた走る。

奇妙なことに、井伊家の影家老一族は、徳川家と島津家の間に、こうした確執、捩《ね》じれが生じても、仲裁の労を取ることはなく、ただ傍観していた。

四十

島津継豊と竹姫の婚姻から三年半後、長女が産まれ、菊姫と名づけられた。それまでも竹姫は、側室が産んだ世子の益之助を、我が子のように可愛がっていたが、菊姫が産まれてからも、分け隔《へだ》てなく慈しんだ。

継豊は相変わらず、竹姫の寝所に繁く通っていた。そのため、これから男児に恵まれることも考えられた。けれども――。

「我が子を世継ぎにしよう、などという我欲は、けっして抱くまい」

竹姫はそう自らを戒めていた。天英院と月光院の暗闘の果てに、大奥ではあまたの幼い命が喪《うしな》われた。同じ轍を踏むわけにはいかないと、竹姫は肝に銘じていたのである。

竹姫が久々に江戸城に上り、吉宗に拝謁したのは、菊姫が二歳になった折である。益之助も一緒であり、晴れて御目見得となった。吉宗が「これへ」と、菊姫を招こうとすると、菊姫は物怖じせず「そちが来よ」と、大人しやかに叱りつけた。「さすがは、お公家さまの血を引く姫だ」と、吉宗はおどけたような、いくらか臆したような口ぶりになり、菊姫のもとに膝行して抱き上げた。

益之助が十二歳で元服した際には、吉宗は老中を薩摩藩上屋敷に派遣し、益之助に松平の名字を与えるとの沙汰を告げさせた。益之助は松平忠顕と名乗ることになった。

「外様でありながら、松平の名字を賜ったのは、ありがたき幸せにございますが、他に例がないわけでもありません。益之助にはもう一段の、依怙をいただきたく存じます」

竹姫は吉宗にそう掛け合った。幕府はこれまで、福岡藩の黒田氏、仙台藩の伊達氏、加賀藩の前田氏、萩藩の毛利氏、土佐藩の山内氏、広島藩の浅野氏、佐賀藩の鍋島氏など、他の外様大名にも、松平を乱発していたのである。「なさぬ仲の益之助さまのために、あれほど奔走なさるとは……。まるで本物の親馬鹿のようだ」と、薩摩藩の家臣たちからは、喝采の声が聞かれた。

竹姫の請願を入れて、吉宗は益之助改め松平忠顕に登城を命じ、朝廷から従四位下侍従の官位を賜ったことを伝え、薩摩守に任じるとともに、諱を許した。忠顕は吉宗の一字をとって宗信と改名した。

おおかたの大名の位階は従五位下である。四位より上になると内裏清涼殿への昇殿が許されるし、江戸城で伺候する席も大広間になる。四位と五位では、格に天と地ほどの開きがあった。元服したばかりの若者に、ここまで至れり尽くせりとは奇怪しいと、眉を顰める幕臣もいた。だが――。

「わたくしは現将軍の養女。すなわち宗信は現将軍の孫です。これしきの優遇に、面当てをされるのは、上様への不敬に当たりましょう」

竹姫がそう突っ撥ねると、どの幕臣も口を噤んだ。

竹姫が島津家に嫁いで十七年後、大病を患った継豊は、家督を宗信に譲り、養生のために、薩摩で隠居暮らしをすることになった。

「わたくしもお供します」

竹姫はそう言ってはみたものの、田舎暮らしに馴染めるはずもなかった。

継豊に優しく諭され、宗信のために、力を合わせていこう。遠く離れても心はひとつだ」

「これからは、宗信のために、力を合わせていこう。遠く離れても心はひとつだ」

継豊に優しく諭され、江戸に残った竹姫は、薩摩藩のために孤軍奮闘する。まず徳川家との結び付きを強めるために、宗信と尾張藩主・松平宗勝の五女の房姫との婚約を成立させる。輿入れ間際に房姫が病没すると、房姫の妹の勝子姫との婚約を整えた。ところが、ほっとしたのも束の間、宗信が病に倒れ、そのまま亡くなったのである。竹姫は紅涙を絞った。

宗信を失った竹姫は、次の藩主となった重年の嫡男・重豪《しげひで》を、掌中の珠のごとく慈しんだ。その重豪が薩摩藩主になると、正室に一橋家当主の宗尹《むねただ》（吉宗の四男）の娘・保姫を迎えることに成功する。そして亡くなる直前には、重豪の子を身籠もっている側室・登勢が女児を産んだら、一橋家の豊千代に嫁がせるように、との遺言を残した。元将軍の養女の遺言は重く、登勢が産んだ茂姫は、三歳で豊千代と婚約。豊千代は十一代将軍・家斉となり、茂姫はその正室に収まった。

さらに十三代将軍・家定には、島津家の分家・今和泉家の生まれで、島津斉彬の養女になった篤姫が嫁いだ。かくして徳川家と島津家の絆は、確固たるものになったのである。

ちなみに茂姫は近衛忠熙《ただひろ》、篤姫は近衛経熙《つねひろ》の養女の形を取って嫁いだ。島津家が徳川家との紐帯を強めるとき、あるいは何らかの事を起こそうとするとき、それは島津家単独の動きではなく、常に背後に、近衛家の影が見え隠れしていたのである。

四十一

京御所の界隈は、夜の帳《とばり》が下りると、すっかり人の通りが途絶える。竹姫の輿入れから三カ月後、人目を忍ぶように、その暗い夜道を歩いて、今出川の近衛邸を、訪れた武士がいた。武士の名は押川《おしかわ》公仁《きみひと》という。薩摩藩の忍者集団「山潜《くぐ》り」を束ねる立場にある。いまの肩書は、室町通四条下ルの薩摩藩京屋敷の「周旋方」であり、朝廷、幕府、雄藩などの裏の顔役と繋がりを持ち、極秘の話を仕入れて、国許や江戸屋敷に報せる役割を負っている。近衛家とも定期的に、密談の場を設けているが、今日は三カ月ぶりの訪問で、常より間が空いていた。なぜなら公仁は、継豊と竹姫の婚姻準備のために、江戸に向かい、竹姫を芝の屋敷に迎えてからも、諸所で何らかの不穏な動きが生じていないか、念入りに検《あらた》めたうえで、京に戻ってきたからである。

「将軍家との婚姻に、ひとかたならぬご尽力を賜り、恐悦至極に存じますと、殿からの伝言にございます。本日は、ほんの気持ちばかりの御礼品を、持参いたしました」

公仁は近衛家の当主に、口上を述べた。現当主の近衛家久は、継豊の伯母・亀姫を正室に迎え、亀姫が逝去した後は継豊の姉・満姫を継室とした。いまは両女とも鬼籍に入っているが、継豊と縁戚であることに変わりはない。

公仁は近衛邸の茶室に招じ入れられ、家久の饗応を受けた。六畳の茶室は、点前座の奥に床の間が置かれている。亭主床と呼ばれる設《しつら》えである。床框は通常より一段高い。瀟洒な花明窓《はなあかりまど》があり、釘隠しの意匠も麗しい。近衛家らしい品格であると、公仁は感じた。

「本日は、茶碗から茶入、茶杓、香合、水差に至るまで、島津さんから拝領した茶道具で揃えてみました。乙な趣向と思うておりますす」

継豊からの御礼品には、金子も含まれている。だからということもないだろうが、家久はご満悦であった。今年四十四歳になる家久は、関白と藤氏長者を務めている。

「例のあの人、井伊さんでは影家老さんと呼ばれておるそうな……。策士に似つかわしい名ですわ」

その公家筆頭の大立者が、含み笑いをした。

「家久さまから『竹姫さまとの縁談を、受容せよ』との文を頂戴したときは、冷や汗を掻きました。ご公儀から打診されたものの、何とか断れないものかと、画策している最中《さなか》でしたから……」

公仁が両手を突いて、陳謝の意を示した。

「そんなことではないかと案じて、差し出がましいとは思いつつ、あんな文を送ったのです。せっかく先方から、縁組を働き掛けてくれましたのに、断る法はありますまい」

「獅子身中の虫になれ、ということでございますな」

「ええ。近衛は先んじて、虎穴に入っております。麿《まろ》の伯母御の天英院さんが、将軍さんの正室になり、その父の近衛基熙《もとひろ》さんは、二年間も江戸に滞在し、幕閣と誼《よしみ》を通じました。そのせいで公家衆からは、近衛は武家に肩入れしていると、色眼鏡で見られております。それどころか、霊元上皇さんが下御霊神社に納められた祈願文には、基熙さんを『私曲邪佞《しきょくじゃねい》の悪臣として排除する』と、書かれておりましたそうな……」

「ご心痛、お察し申し上げます」

「帝を戴いて、日の本を統《す》べることが、近衛家の悲願です。いまは幕府に参ったふりをしておりますが、誰が好き好んで、粗野な連中と付き合うものですか。すべては宿願成就のためなのです。それを公家の烏合の衆はさておき、上皇さんにまで誤解されるとは、惨めなことです。しかし、麿らはあえて、言い訳はいたしません。敵を欺くなら味方からの格言もあります。艱難辛苦を耐え忍んで見せましょうぞ」

　家久が、大袈裟なほどに声を詰まらせ、目頭を押さえた。

「その本願を実現するために、島津さんには、先鋒を担ってもらわねばなりません。此度の婚姻は、恰好の布石となります。そこで、伯母御の天英院さんにも手伝うてもろうて、要所に働き掛けるとともに、島津さんにも粛々と応諾するように、申し入れたのです」

「上様も、こちらの思い通りに、働いてくださいましたな」

「吉宗さんですか。期待を上回る働きでした。聞くところによると、天英院さんに一声掛けられると、蛇に睨まれた蛙のようになるそうな……。けったいな話ですけど、まぁ、どの道、あの密書があるからには、誰も婚姻を拒めやしません」

「その密書は、彦根藩の上水流倫三郎と申す者が、保持したままで、江戸を離れました。山潜りで見張ってはおりますが、どうにも正気の沙汰ではない動きをする奴のようです」

公仁が気鬱な表情になった。

「そのようですな。当家が雇っている八瀬童子さんも、追尾しておりますが、来る報せがどれも、腑に落ちません。倫三郎さんとやらは、ありとあらゆる宿場に何日も泊まり込み、十指に余る女と遊び惚け、影家老さんが放った女忍者とも、深い仲になったそうな……。『なぜそんなことに、なっておるのか』と、何度も聞き直してしまいました。大切な密書を携えているのに、緊張感の欠片《かけら》もなく、だらだらと東海道を上っているとは、図太いのか、頭の螺子《ねじ》が欠けておるのか……。念のため、京に来ても、磨の近くには寄せないよう指図しました。妙な憑き物にでも乗り移られたら、往生しますからな」

家久も浮かない顔である。

「この際、密書を奪い取って、我らが手元に置くことにいたしましょうか」

「それは下策というものです。倫三郎さんとやらは、御庭番も監視しています。我らが密書を奪おうとすれば、余計な詮索をされてしまいます」

公仁の提案を、家久が一蹴した。

「それにしても、誂《あつら》え向きの密書が降って湧いたものです」

「初めて聞いたときには、麿も驚愕しました。そういった密書が存在するのなら、関ケ原合戦の後で、義弘さんから近衛家に、一報あってしかるべきでしたな。さすればあのように、慌てふためいて、家康さんに島津さんの赦免を、請い願う必要もありませんでした。報せがなかったのは、まさか義弘さんには、近衛家に何か、含むところがあったとか……」

家久が皮肉めかして言った。

「滅相もございません。退き口ではぐれた者たちを、近衛さまの屋敷で匿っていただいたこと、家康公に赦免を懇願していただいたこと、感謝に堪えないと、亡くなる直前まで、言い続けておられたとのことです」

公仁が慌てて、申し開きに努めた。

「まぁ、おかげで徳川さんと島津さんに、裏の絆が結ばれておるのですから、それは願ったり叶ったりではあるのですが……」

家久の顔色は晴れない。

「他に、どのようなお叱りがございましょうか」

「いや、苦情ではありません。太閤検地を断行し、荘園制度を瓦解させた豊臣さんは、公家にとって、怨念の敵に他なりません。島津さんが家康さんと通じて、豊臣さんを根絶やしにしてくれたのならば、それは恩に着こそすれ、難癖を付ける謂われはありません。さりながら、密書のことは、近衛家だけでなく、島津さんにも、伝えられておらなかったのですか」

「密書は、上水流家の者が、井伊家に持ち込んだのですから、現物を目にしたことがないのは、当たり前なのですが……。面妖なことに、藩主も、我ら山潜りの頭領も、その存在を聞かされておりませんでした」

「吉宗さんによると、将軍家でも密書は見つかっていないとか……。不可解ですな」

家久はコホンと咳をした。それから一層声を顰《ひそ》めた。

「不意に頭を過《よぎ》ったのですが、まさか何もかもが、影家老さんの狂言というか、皆が一杯食わされたわけではありますまいな」

「はて。意味がよく分かりませぬが……」

公仁が要領を得ない顔つきになった。

「密書が偽物、ということはないでしょうか」

「荒唐無稽にすぎまする。どこで掏り替えられたと仰せで……」

公仁が浮腰になった。

「それはいつ、どこでも、できたはずです。封を開けることもなく、長らく保管されていたわけですし……。倫三郎さんも惚けた御仁のようですから、いくらでも騙《かた》る機会はあったでしょう。影家老さんと密談した折に、掏り替えられたかもしれません。それならまだいいのですが……。倫三郎さんの先祖が、関ケ原から井伊さんに持ち込んだ時点で、もう偽物だったとは考えられませんか。裏読みのしすぎでしょうか」

公仁が場も弁えず、口をあんぐりさせた。

「いやいや、倫三郎の先祖が、関ケ原から密書を持ち帰ったことは、動かぬ事実です」

「倫三郎さんの先祖が、島津豊久さんから、何らかの密書を託されたことは、確かでしょう。でも、関ケ原から同行したのは、影家老さんの先祖ですから、道中で別の密書と、入れ替えることもできたはずです。豊久さんが預けた密書の中身が、家康さんと義弘さんの密約であったと言っているのは、井伊家の当主さんと影家老さんだけです。本物はまったく異なる内容だったかもしれません」

「いえ、上様が倫三郎宅で、中身を確かめておられます」

「もちろん、いま倫三郎さんが持っている密書は、両家の絆を明証する内容なのでしょう。でも、そんな大事を、井伊家の他の誰にも、伝えられていないなんてことが、あり得ますか。影家老さんの話に、渡りに船と飛び付きましたが、ときが経って子細に鑑みれば、奇怪《おか》しなことが多すぎるのです。そもそも上水流さんのような軽輩者の家に、密書の守秘を委ねて、平気なものでしょうか。敵に奪われれば一大事ですぞ。けれども、仮に敵が、何らかの交渉材料にしようとしても、密書が偽物であれば、難はありません。むしろ偽物だったほうが、はるかに得心がいきます」

「敵に使われそうになったときに、どうやって偽物と証明するのですか」

「花押か筆跡にからくりを施すか、あるいは作法から外れた書式にしておけばいいのです。偽作の名手なら、手もなく作れますよ。いざとなれば、そこを指摘して、偽物だから交渉に応じる必要はないと、しらを切れます」

「さすがは古文書、古美術の鑑定家としても、著名な家久さまでございます。わたくしのような凡夫には、考え及びもしませんでした」

「それから……。実は、八瀬童子さんから、異様な報せが届いております。倫三郎さんを襲った花房さんの屋敷周辺で、密書の存在と、それを井伊さんのところの上水流さんが、秘匿していると吹き込んだのは、影家老さんの手の者だったようなのです」

八瀬童子は残波の動きを、しっかりと把握していた。

「それはまた異なこと……。しかし、近衛さまでは、早くから、影家老どの子飼いの忍者も、監視の対象にしておられたのですな」

公仁は唇を噛んだ。それを自分たちが怠っていたことが、悔しかったのである。

「井伊さんのところに、影家老さんなるいかがわしい人物がいるというのは、よく知られた話ですからね。それにしても、花房さんに目付けするとは、影家老さんいう人は、玄人ですな」

「花房家はいまや、天下の旗本です。密書の奪取のような大それたことを行って、何の利得があるので……」

公仁には、倫三郎を襲った花房家の、真意が測りかねた。

「花房さんにとっては、密書は迷惑千万な代物です。関わりたくないのが本音でしょう。けれども、先祖から子々孫々、宇喜多家のために尽力せよと、遺言されています。もしか事が明るみになったときに、何もしていなかったとなれば、武士の忠義を何と心得ておるのかと、謗《そし》られてしまいます。影家老さんが流した噂が、耳に入ったからには、貧乏籤《くじ》は承知のうえで、押っ取り刀で、敏腕の家臣に密書探索を、命じざるを得なかったでしょう」

「花房家としては、どこまで本気かは別として、とりあえずそういう体裁を、整える必要がありましょうな。しかし、影家老どのはなぜ、わざわざ花房家を、引っ張り出そうとされたのか。思惑が見えませぬ」

「奪おうとする者がいれば、守りにも力が入るというものですよ」

「なるほど。花房家が曲者を放ったことで、密書がより日の目を見ましたか。しかしながら、そこまでする利が、井伊家にありますか。詰まるところ、此度の一連の騒動で、成し遂げられたことは、竹姫さまと我が藩主の婚姻だけです。それが、影家老どのの目当てだったとは、とても思えませぬ」

公仁は、影家老の胸中が読み解けず、朦朧模糊《もうろうもこ》とした顔つきになった。

「昨今、井伊さんの威光は、随分と色褪せておりました。あの密書を持ち出すことで、それを家中に秘匿する井伊さんが、家康さんの信任厚い家柄であると、改めて示威できます。確かに吉宗さんはむろんのこと、この先の将軍さんが、井伊さんを徒《あだ》や疎《おろそ》かにすることはありますまい。かの密書は、井伊さんの栄達の質に取られた、ということになるのでしょう。もしかすると継豊さんと竹姫さん、いや、いまは御守殿さんとお呼びすべきですな。そのお二人の婚姻も、影家老さんにとっては、成否はどうでもよいことであり、密書に光を当てるための、材にすぎなかったのかもしれません」

「目的は井伊家の再興ただひとつであり、此度の唯一の成果に見えた婚姻も、そのための道具であったと……」

公仁は絶句した。

「それで、結局のところ、倫三郎がいま保持している密書は、本物、偽物いずれなのでしょうか。もし偽物だとすれば、関ケ原で豊久さまが託された本物の中身は、いかなるものだったと、家久さまは推察されておられるのですか」

「分かりません。いままで話したことも、麿の当て推量でしかありませんから……。しかも、事がここまで進んでは、いまさら真相を穿《ほじく》り返しても、仇にこそなれ、何の益もありません。影家老さんにしてやられたということでしょう」

「いずれにしても、影家老どのの一族は、百余年も前から、密書を上水流家に秘匿させ続け、井伊家のために使える機会を、じっと待っていたわけですか」

「影家老さん一族のような裏仕事の人たちは、日々、いろんな謀を巡らしています。そうでないと暇を持て余しますし、己の存在価値を見失ってしまいますからな。かの密書も、あまたの仕掛けのひとつに、すぎないのでしょう」

「他にも多種多様な仕掛けが用意されており、これからも、臨機応変に引っ張り出されると……」

茶室に沈黙が満ちた。公仁は二の腕の肌が泡立つのを感じた。

静寂を破るようにカコーンと高らかな音が響いた。近衛家今出川邸の庭には、地下から汲み上げた井戸水を使った「出水の小川」が流れている。嵐山から切り出した竹の筒に、その清らかな水を引き入れて鳴らす鹿威しが、家久の自慢だった。小川の傍《かたわ》らに植えられた糸桜も、直に満開を迎えるだろう。そんな風流な屋敷の茶室に、鉛を呑んだような顔がふたつ並んだ。

【著者紹介】
黒木　比呂史（くろき　ひろし）
1958年鹿児島県生まれ。県立鶴丸高校から筑波大学卒。教育ジャーナリストとして『検証大学改革』『迷走する大学』『大学版PISAの脅威』『芝浦工業大学の21世紀戦略』などの著書がある。国際プロレスファンで、ラッシャー木村著『猪木へのラブレター』をプロデュースしたほか、共著書に『プロレス仁義なき戦い』がある。本書は小説第一作。

密書《みつしよ》　島津《しまづ》の退《の》き口《ぐち》異《い》聞《ぶん》

2023年8月4日　第1刷発行

著　者 ― 黒木《くろき》　比呂史《ひろし》

発行者 ― 佐藤　聡

発行所 ― 株式会社 郁朋社《いくほうしや》

〒101-0061　東京都千代田区神田三崎町2-20-4
電　話　03（3234）8923（代表）
ＦＡＸ　03（3234）3948
振　替　00160-5-100328

印刷・製本 ― 日本ハイコム株式会社

装　丁 ― 宮田　麻希

落丁、乱丁本はお取り替え致します。

郁朋社ホームページアドレス　http://www.ikuhousha.com
この本に関するご意見・ご感想をメールでお寄せいただく際は、
comment@ikuhousha.com　までお願い致します。

 ISBN978-4-87302-792-0 C0093